이래봬도
말짱해

이래 봬도 말짱해

펴 낸 날 2025년 5월 15일

지 은 이 박정용
펴 낸 이 이기성
기획편집 이지희, 서해주, 김정훈
표지디자인 이지희
책임마케팅 강보현, 이수영
펴 낸 곳 도서출판 생각나눔
출판등록 제 2018-000288호
주   소 경기도 고양시 덕양구 청초로 66, 덕은리버워크 B동 1708, 1709호
전   화 02-325-5100
팩   스 02-325-5101
이 메 일 bookmain@think-book.com

• 책값은 표지 뒷면에 표기되어 있습니다.
  ISBN   979-11-7048-876-7(03810)

Quirky Yet Fine

이래 봬도 말짱해

박정용 지음

생각나눔

박정용 SiMone Park

런던 WSET 과정을 들여와, 충북대 평생교육원에서 '와인 스피릿(Wine & Spirits)' 강좌를 스무 해 가까이 열었다. '소믈리에'보다 한 수 위라는 뜻에서 '대믈리에' 혹은 '대물리에'로 불렀다. 요사이 영혼의 고갈은 스피릿으로 채운다. 바텐더를 꿈꾸며.

술 퍼마시는 건 좋아해도, 글 퍼오는 건 질색이라 아예 문학저널에 수필로 등단했다. 술장엔 위스키가, 서랍엔 묵은 글이 숨을 고르고, 이제 와인 한 통쯤 책으로 빚어, 빈 잔에게 말을 걸어볼 참이다.

동성고등학교와 경희대학교 치과대학을 졸업하고, 어찌하다 박사 학위까지 받았다. 청주에 살며, 여태 '그린치과(www.grin.co.kr)'에 몸담고 있다.

사진은 남들도 마구 찍기에 접었다. '나이가 들어도 여행은 필요해!'라는 핑계로 유튜브 '보이에이징(@voyageing)'에서 영상 작업을 이어가는 중이다.

쌍팔년도생이라 할 건 해야 직성이 풀린다. 세련됨은 어김없이 챙기고, 진부함은 가차 없이 밀어낸다.

어릴 적 놓쳤던 예체능의 세계가 자꾸 아른거려, 우쿨렐레며 어반스케처스(USk), 아르헨티나 땅고까지 기웃거렸다. 문화를 새로이 창조할 깜냥은 못 돼도, 그 안에 흠뻑 젖어 함께하고는 싶다.

무엇보다 여행을 사랑한다.

앤티크 코크 스크루, 손수 매듭짓는 나비넥타이, 포크 파이 스타일 모자가 남보다 많은 게, 그게 다다.

이래봬도 말짱해!

어디쯤인지 모를 진담 반 농담 반 사이에서,
유쾌함과 씁쓸함이 교차하는 하루. 대수롭지 않게 또 한 줄을 넘긴다.

겸손함이야말로 내가 가진 여러 자랑거리 중 하나다.

가끔 이런 질문을 받는다.

"글을 참 재미있게 잘 쓰시네요. 그런데 팩트(Fact)인가요, 픽션
(Fiction)인가요?"

만약 나를 작가로 인정했다면 애초에 나오지 않았을 질문이다.
이미 빈정이 상한 나는 대충 얼버무린다.

"글쎄요, 저도 써놓고 보면 뭐가 진짜고 뭐가 거짓인지 헷갈립니다."

콩트란 인생의 단면을 예리하게 포착하고, 해학과 풍자를 담는
장르다. 하지만 그 정도로는 부족하다. 위트와 기지는 기본, 정곡
을 찌르는 촌철살인의 반전은 덤이어야 한다. 독자의 재미를 위해
복선을 까는 건 작가의 특권이며, 동시에 은근한 쾌감이다. 그럴싸
하게 쓰기 위해선 다양한 경험과 깊은 관찰이 필수다.

어느새 콩트는 문학계에서 실종된 장르가 되어버렸다. 비평가들은 관심조차 없고, 지망생인 나로선 괜히 서럽다. 그래도 언젠가는 겸허하게 이런 말 할 날이 오리라 믿는다.

'저는 콩트 작가입니다. 제 글은 팩션(Faction)입니다.'

✎ 웃으며 집필에 들어섰다가 울면서 탈고를 마무리했다.

구태의연한 자서전은 애시당초 염두에도 없었다. 술만 가지고도 책 한 권은 거뜬하리라 믿었다. 나름 폭넓은 경험을 해왔고, 그 이야기를 자유롭게 풀어보고 싶었다. 형식에 얽매이지 않아, 어떤 글은 전부 체험이었고, 어떤 건 아예 허구였다. 그때그때 떠오른 거리에 맞춰 할 말은 했고, 재미까지도 챙겼다. 제법 잘 써냈단 자부, 지금도 흐려지지 않았다.

그런데 막상 책을 내려니 조잡하고 허술한 글이 적잖았다. 그럴듯한 것만으론 양이 부족해, 빈틈을 메우는 사이 자전적인 이야기들이 슬쩍 끼어들었다. 그렇게 물에 물 탄 듯, 술에 술 탄 듯한 모양새가 되어버렸다. 집 한 채 한 채는 그럴싸했어도, 전체로 보면 맥락 없이 산만하게 배열된 주택단지 같았다. 초가집 옆에 기와집이 어울리던 옛 시골 마을처럼, 이질적인 것들이 자연스럽게 어우러지길 바랐으나, 솔직히 자신이 없다.

죽도 밥도 아닌 애매한 무언가가 되었을까 싶어 걱정이 앞선다. 그래도 글쓴이를 아끼는 마음으로, 죽도 먹고 밥도 먹는 한식 정찬이라 생각하며 한술 떠보시면 어떨까? 혹여나 세계의 내로라하는 셰프들이 각자의 요리를 뽐내는 경연대회에 팔자 좋게 시식 위원으로 초대받았다고 쳐보시라. 그쯤이면 나쁘지 않을 게다.

게다가 퇴고를 해보니, 오탈자는 바퀴벌레도 고개를 절레절레 저었고, 이리저리 꼬인 문맥 속에서 나조차 길을 잃을 지경이었다. 탈고에 닿는 길이 이렇게 험난하고, 버거울 줄은 진즉에 몰랐다.

그럼에도 하나 건진 게 있다. 직접 삽화를 그려 넣기로 마음먹은 뒤, 서툰 선은 어반 스케쳐스로 이어졌고, 쏠쏠한 손맛은 덤이었다.

어설퍼도 그게 내 결이다.

책 제목과 부제를 결정하는 일도 간단치 않았다.

맨 처음은 '콩트가 꿈틀댄다'였다. 제목 그대로 살아 움직이는 책을 만들고 싶었다. 전부 콩트로만 채우기엔 버거웠고, 술로 한정하기엔 겪어온 스토리가 그릇에 넘쳤다. 결국 첫 페이지도 넘기기 전에 내려놓게 됐다.

대신, 뭔가 더 날것의 생동감을 담아보자는 마음으로 주위 사람들의 추천도 곁들였다. '세상이 무거워도 가볍게', '인생을 빚어 삶을 디켄팅하다', '이쯤에서', '대충 살아도 괜찮아' 같은 후보들을 추려놓고 AI에게 지시했다.

"책이 가장 잘 팔릴 듯한 제목을 찍어줘."

솔직히 좀 걱정은 됐다. 내가 끌리는 제목과 골라준 제목이 다르면 인공 지능 녀석이랑 기싸움이라도 한판 벌여야 하나 싶었다. 기우였다.

"'이래봬도 말짱해'가 위트와 자조, 자신감이 모두 담긴 강렬하고 매력적인 제목입니다."

요렇게 정확히 찔러주는 답변에, 통했다 싶어 반가웠고, 두말없이 수긍했다. 홀로 외로운 결단을 내려야 할 참이었는데, 누군가 알아주니 괜히 기운이 솟았다. 책 한 권 사 줄 리 없는 애한테 인정받고도 혼자 뿌듯해져, 하마터면 Chat GPT 4o를 위해 감사의 글까지 만들 뻔했다.

'이래 봬도'가 맞다 해도, 눈깔 나고 맛깔 내려면 정신줄은 꽉 붙잡고 맞춤법쯤은 가끔 놓아도 괜찮지 싶다.

인생을 외계인 출장이라 여기며, 살짝 비튼 시선과 현재진행형 삶의 조각들을 담아보려 '대믈리에의 지구별 출장 중간 보고서'라는 부제를 달았다가, 너무 뻔하고 식상해 지워버렸다.

국내 시장이 좁다는 우려에, 아예 세계에 내다 팔 요량으로 영문판 제목 Quirky Yet Fine을 앞표지에 걸었다. 어차피 폼생폼사니까.

✎ 이쯤에서, 내 삶의 한 획을 긋는 계기로 삼고 싶었다.

나는 왜 글을 쓰는가. 나는 왜 살아가는가?

조지 오웰은 글쓰기의 첫 번째 이유로 "순수한 이기심"을 들었다. 리처드 도킨스는 "인간 존재 자체가 유전자의 이기심에서 비롯됐다"고 했다.

글을 쓴다는 건, 지나온 자리에 발자국을 남기고픈 본능에서 비롯된 일이다. 결국 나라는 생명이 남기는 건 언어의 흔적이고, 살아간다는 건 어딘가에라도 존재를 증명하려는 몸부림이다.

그 모든 행위는, 결국 자기 복제이자 자기 위안과 다름없다.

살아있다는 감각이 흐릿해질 때면, 키보드를 두드리는 손끝만이 나를 붙들어줬다. 호기심의 앞바퀴가 이끌고, 뒷바퀴는 불안감이 받쳐주었다. 새로운 무언가를 향해 나아가려는 마음과 안정을 바라는 욕구가 절묘하게 균형을 지탱해 주는 삶. 그 자전거가 서지 않고 굴러가며 나를 이어줬고, 바퀴에 묻은 먼지를 털어내듯 틈틈이 글을 써왔다. 네이버 블로그, 다음 카페, 카카오 브런치, 그리고 내 컴퓨터 구석 어딘가에 나를 흘려 두었다.

그걸 그냥 엮기만 해도 책 한 권쯤은 나오겠지 싶었다면, 참으로 순진한 생각이다. 글을 쓰는 일, 그걸 한 권의 책으로 묶는 작업, 그리고 누군가의 책장에 꽂히게 만드는 과정은 전혀 다른 차원이다. 혼자 좋자고 하는 거라면 누가 뭐라 하겠나. 그럼에도 어디선가 이 글에 기꺼이 값을 치르고, 귀한 여유까지 내어줄 거란 믿음을 쉽사리 거두지 못했다. 쑥스럽긴 해도, 나로서는 품어볼 만한 사치다.

더불어 이 책의 인세로 떠날 여행, 항공편은 이미 검색해 뒀고, 숙소는 아직 고민 중이다.

도와주신 분들께 감사 인사 한마디 남기지 못한 채, 다시금 넋두리만 길게 늘어놓고 말았다. 짧게 쓰고 싶었지만, 그럴 시간이 없었다.

Contents

제2부 대믈리에의 출장

제3부 이거 그대로 한잔 쭉 들이켜 봐

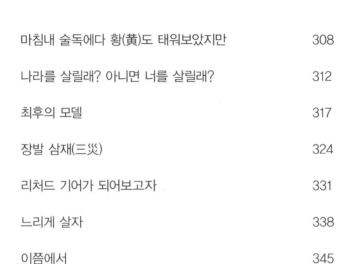

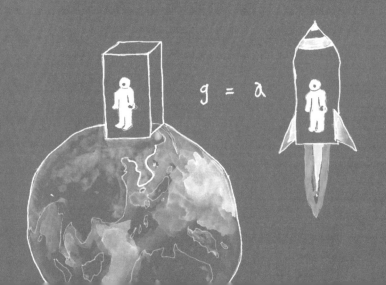

$$g = a$$

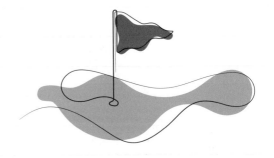

제1부

내 안에서 일어나는
물리 법칙

마시지 않으면
바라나시를 보여주지 마라

　　과음한 다음 날 아침, 속을 달래 줄 해장 음식으로 복어국만한 게 또 있을까? 두툼하게 자른 무와 송송 썬 미나리를 넣어 끓인 시원한 복어국 한 그릇. 국물을 들이켜면 찌뿌둣하던 속이 금세 가뿐해진다. 특유의 고소함 뒤에 은은하게 감도는 단맛이 채소의 향긋함과 어우러져, 술꾼의 숙취를 단번에 날려버린다.

　　국도 일품이기는 하나, 이 생선의 진수를 느끼려면 회로 맛봐야한다. 복어 살은 눈부시게 희고 맑은 광채를 띤다. 넓은 접시에 종잇장처럼 얇게 저며 펼쳐놓으면, 투명한 살결이 마치 공기 속에 떠다니는 듯하다. 솜씨 좋은 요리사가 손질한 복어회는 그 맑음이 유리처럼 훤해, 빈 접시를 들여다보는 듯 경이롭다. 향은 은은하고 맛은 담백하다. 그럼에도 심심하지 않아 천하 일미라 할 만하다.

　　장미에 가시가 돋듯, 복어에는 독이 들어있어 다룰 때 각별한 주의가 필요하다. 조금이라도 남아있으면 치명적이기에, "복어 한 마리에 물 서 말"이라는 속담처럼 독을 철저히 제거하고 깨끗이 씻어내야 한다.

일부 미식가는 맛의 정수를 느끼기 위해 회에 아주 미량의 독을 남겨둔 채 즐긴다고 한다. 송나라 시인 소동파는 이를 두고 "죽음과도 바꿀 만한 가치가 있는 맛"이라 극찬했다. 그 감각을 "혀가 살짝 쌉쌀하고 까슬까슬해지는 느낌"이라 표현했다.

복어회로 유명한 청주의 한 식당에서 나 역시 그 맛을 경험해 본 적이 있지 않았을까 싶다. 함께 회를 먹던 일행도 비슷한 느낌을 받았다고 술회했다. 그러나 그것이 정말 복어회에 남아있던 독성분 때문인지, 아니면 지레 겁먹은 탓에 생긴 착각인지는 단언하기 어렵다. 당시 요리사는 '말도 안 되는 소리'라며 펄쩍 뛰었으니, 아마도 그저 낭설일 뿐이라 믿는 편이 나을 것 같다.

'이식위천(以食爲天)- 먹는 것으로 하늘을 삼는다.'

사람이 살아가는 데 있어 먹는 일이 가장 중요하다는 뜻이다. 오죽하면 한자어로 식사(食事)라 하여 먹는 것을 하나의 '일'로 삼았겠는가? 중국인은 책상을 제외한 네발 달린 짐승, 비행기를 제외한 날개 달린 동물은 모두 먹는다 할 정도로 음식에 대한 열정이 대단하다.

이처럼 수많은 요리가 발달한 중국에서도 최고로 치는 8가지 진미가 있는데, 그중 하나가 원숭이 골 요리이다. 이 요리는 광둥성과 같은 남부 지역에서 발전했으며, 과거에는 권력층의 부를 상징하는 음식으로 여겨졌다. 그러나 잔인한 요리 방식과 야생 원숭이 보호의 필요성 때문에 현재는 거의 사라졌다. 이 지역에는 과거 성업 중이던 식당에서 원숭이를 가두어 두었던 철창 우리가 아직도 남아있다.

당시 요리 주문이 들어오면 주인은 손님을 철창으로 안내해 원숭이를 고르게 했다. 포식자가 나타나면 원숭이 떼는 구석으로 몰려가 서로 숨으려 애썼다. 그러나 한 마리가 선택되는 순간, 나머지 원숭이들은 '나만 아니면 돼.'라며 희생양의 등을 떠밀어 문 쪽으로 내보냈다고 한다.

바라나시는 인도에서 가장 오래된 도시 중 하나로, 삶과 죽음이 공존하는 힌두교도의 성지다. 이곳에서 화장된 유골을 갠지스 강에 흘려보내면 윤회의 고통에서 벗어난다는 믿음이 신자들 사이에 깊게 자리 잡고 있다. 죽음의 도시로 불리면서도, 생명이 태어나고 대를 이어가는 삶의 터전이다.

하루 종일 발가벗고 물구나무를 서는 자, 긴 수염을 휘날리며 경전을 읽는 자, 눈을 비비며 하품하는 자, 갓난아기를 둘러메고 관광객을 쫓아다니는 자까지, 온갖 광경이 사방에서 펼쳐진다. 말로만 듣던 난장판이요, 글로만 접하던 아수라 장터가 바로 여기가 아닌가 싶다. 누구 하나 가만히 있지 않건만, 무엇 하나 달라지지도 않는다. 가까이서 보면 혼돈이 휘몰아치고, 멀리서 보면 묘한 정적이 흐르는 바라나시는 삶과 죽음의 경계가 희미해지는 공간이다.

인도라는 단어만 떠올려도 자연스레 '카오스'가 연상되는데, 하물며 '인도의 블랙홀'이라 불리는 바라나시를 두고 더 무슨 설명이 필요할까?

    어느 겨울, 오래전부터 내게 남겨진 바라나시 방문의 숙제를 마무리하겠다는 마음으로 길을 떠났다.

    여행 둘째 날 저녁, 허름한 현지 식당에서 식사를 기다리던 중 종업원이 술을 한 잔 따라준다. 잽싸게 들이킨다. 술이 고팠던 탓에 집사람 몫까지 연거푸 두 잔을 비운다. 소주 고리로 증류한 전통 소주에 테킬라를 섞은 듯한 알쏭달쏭한 맛이 입안을 적시며, 고개가 절로 갸우뚱해진다. 때마침 빈속이라 금세 짜릿한 감각이 목울대를 지나 식도를 타고 위까지 줄줄 흘러내린다. 곧바로 뜨거운 기운이 몸 구석구석 퍼지며 온몸이 싸해진다. 취기가 가슴에 차오르다 팽 돌며 머리로 솟구친다. 몸이 붕 뜨는 듯 어지럽다. 예의 그 '혀가 살짝 쌉쌀하고 까슬까슬해지는 감각'까지 찾아온다. 아차 싶다! 종업원에게 술의 상표를 물어보니 여염집에서 제조한 걸 사 왔기에 이름도 모른단다.

    밀주였다! 한국에서 들었던 '독성 화학물질이 포함된 싸구려 밀주로 인해 인도에서 100여 명이 사망'이라는 뉴스가 불현듯 떠오른다. 인도에 도착한 후에도 현지 언론은 '동북부 아삼주에서 무허가 술을 마신 차 농장 근로자 84명이 사망했다'는 보도를 연일 쏟아내던 참이었다.

    주위를 둘러보니 일행 중 아무도 술을 건들지 않는다. 잇따라 두 잔을 마신 나만 물끄러미 쳐다보더니, 원숭이가 희생양 대하듯 슬며시 자기 술잔을 모두 다 내게 떠밀어 준다.

일본 속담에 "복어를 먹지 않는 사람에게는 후지산을 보여주지 마라." 했다던가. 그렇다고 인도에서도 "밀주를 먹지 않는 사람에게는 바라나시를 보여주지 마라." 할 리는 없을 터였다. 그러거나 말거나 하늘에 운명을 맡기고 일행이 떠넘긴 공짜 술까지 모조리 비웠다.

그날 밤, 바라나시 화장터 신세를 지고 갠지스 강에 재로 뿌려지는 불상사는 다행히 면했다. 하지만 잠들기 전까지 입안이 텁텁한 채로 한참 동안 조마조마한 시간을 보내야 했다.

다음 날 아침, 눈을 뜨고 나서는 어제 일을 떠올리며 크게 '안도의 한숨'을 내쉬었다.

어쩌면 '인도의 한숨'이었으려나!

내가 방문한 라오스의 밀주 제조 현장

참으로 희한한
미국 사람들

"미국 사람들 참 희한하네. 왜 야밤에 사용하라지?"

집사람은 좀처럼 이해가 가지 않는지 연신 고개를 가로저었다.

"뭔데 그래?"

나도 오랜만에 밝은 미국 땅이 새롭고 신기했다. 선진국 중에서도 으뜸이라 여겼기에, 미국은 변함없이 늘 그대로일 거로 생각했다. 베트남이나 중국처럼 조금 뒤처진 나라들만 성장해 가는 줄 알았다. 하지만 10여 년 만에 다시 찾은 이곳도 많이 바뀌어 있었다. 도로나 교통 같은 공공시설뿐만 아니라, 미국인들의 내면세계도 예전과는 사뭇 달랐다. 각종 시설에는 청결함과 편리함은 물론, 약자를 배려하는 세심함까지 담겨있었다. 그들의 일상에서는 여유와 자부심까지 흠뻑 묻어났다.

"저기 안내판을 봐요. '밤 10시 이후에 그릇을 닦으라'잖아. 오밤중에 개수대를 이용하라니, 글쎄 이게 말이나 돼?"

안텔로프 캐니언에서 워낙 늦게 출발한 탓에, 이곳 캠핑장에 도착한 건 저녁 무렵이었다. 하늘엔 검은 구름이 잔뜩 몰려와, 부리나케 캠핑카를 세팅하고 차 안에서 서둘러 음식을 차려 먹었는데도 이미 사방은 어스름에 잠겨 색을 잃고 있었다. 가리키는 차창 밖을 바라보니, 개수대 벽에 굵은 대문자로 쓰인 안내판 글씨가 어렴풋이 눈에 들어왔다.

"*DISHWASHING*
AFTER 10 PM"
(밤 10시 이후 설거지)

집사람의 회갑 기념으로 한 달간 미국 서부를 자동차로 횡단하는 중, 오늘 우리가 묵는 곳은 애리조나주 모뉴먼트 밸리 근처 KOA 캠프장이었다. 네바다주의 라스베이거스부터는 캠핑카(미국: 모터홈 Motorhome)를 끌고 다녔다. 안전을 최우선으로 고려한 데다, 물과 전기가 꼭 필요했기 때문에 아무 곳에서나 주차하기엔 현실적으로 제약이 많았다. 물은 탱크에 채워 둬도, 전기는 발전기를 돌려야 했기에 그 소음이 여간 불편한 게 아니었다. 이런 연유로 예약한 캠프 사이트에 주로 머물렀고, 가끔 외딴곳에서 지냈다. 차 안에 주방 설비와 싱크대도 있었으나, 뒤치다꺼리가 번거로워 설거지는 가능한 외부에서 해결하려 했다.

모터홈에서 내다본 나바호족 보호구역의 신성한 땅, 모뉴먼트 밸리

"그러네. 이상한 양반들이네. 한밤중에 그릇을 닦으면 시끄러울 텐데."

"설거지하는 모습도 그다지 보기 좋은 광경은 아니잖아. 미국 사람들은 귀보다 눈이 더 귀한가 보지!"

"완전히 우리랑 반대네! 그래도 시키는 대로 해야지, 뭐."

"맞아. 여기선 주유할 때 녹색 주유기가 경유고 검은색이 휘발유잖아? 그것도 정반대야."

반찬 그릇에서 스멀스멀 냄새가 올라왔어도, 우리는 설거지감을 차 안에 쟁여둔 채 고분고분한 아이처럼 어서 10시가 오기만을 바랐다. 그렇게 한참 이야기를 나누는데 어디선가 덜그럭거리는 소리가 들려왔다. 창밖을 내다보니, 주위는 괴이할 만큼 캄캄한데 개수대만 환히 불이 켜져있었다. 그 불빛 아래 동양인 남녀가 식기를 닦고 있었다. 몸짓과 실루엣은 선명했지만, 얼굴까지는 분간하기는 어려웠다. 시계는 8시 30분을 가리켰으니, 규정보다 한참 이른 시각이었다.

"쟤네 좀 봐. 미친 거 아니야? 1시간 반이나 앞질러 사용하네."

"글쎄 말이야. 누구는 냄새 풀풀 풍기는 찬 그릇을 차 안에 둔 채 얌전히 기다리는데."

삼십 분 이상이나 딸그락거리며 설거지를 이어가는 그들이 부럽기 짝이 없었다. '고지식한 놈이 손해 본다' 해도, 우리는 모범 시민이 되기로 작정했으니, 그 길이 옳다고 믿어야 했다.

"설마 그 인간들은 아니겠지? 아까 버스에서 봤던."
그날 낮, 국립공원에서 셔틀버스로 이동했던 일이 때마침 떠올랐다. 버스에는 '차 내부에서 음식물을 먹지 마시오.'라는 경고문을 붙여놓았다. 그런데 중국어로 대화하는 부부와 영어를 구사하는 아들로 이루어진 한 가족이 버스에 오르더니 햄버거와 콜라를 꺼내 들었다. 운전기사가 자리에서 일어나 부부를 제지했다. 그들은 알아듣지 못한다는 듯 무어라 대꾸하면서 아랑곳하지 않고 계속 음식에 손을 댔다. 영어가 통하는 아들에게까지 기사가 따로 주의를 줬는데도 막무가내였다. 강제로 내리게 할 권한이 있음에도 불구하고, 기사는 어깨만 한두 번 으쓱하고는 운전석에 되처 앉았다. 버스는 꼼짝없이 멈춰 섰고, 가족은 전혀 신경 쓰지 않은 채 돌려가며 먹고 마시다가 한참 만에야 끝장을 냈다. 나머지 승객들은 혀를 끌끌 차며 기다릴 수밖에 달리 어쩔 방도가 없었다.

이런저런 생각과 대화로 시간을 보내니 마침내 밤 10시에 다다랐다. 오늘 일정이 원체 빡빡했기에, 졸음이 눈썹 밑까지 내려왔어도 우리는 끝까지 기다렸다. 아직 잠들지 않은 주위 캠핑족 눈에 띄지 않도록 좀 더 미루기로 했다. 미국인에겐 눈이 소중하다고 하니까!
개장 시간보다 30분을 더 참아, 최대한 늦게 그릇을 부여안고 조용히 개수대에 갔다. 역시 미국답게 싱크 시설은 고급스러웠고, 뜨거운 물도 거침없이 잘 나왔다. 그런데 웬일인지 전등이 켜지지 않았다. 선진국이라더니, 정전은 좀 뜻밖이었다. 칠흑의 어둠 속에서, 이게 접시인지 밥그릇인지도 모르고 손끝에 겨우 의지해 대충 헹굴 수밖에 없었다. 설거지라기보다 무언가를 해냈다는 행위 자체에 만족해야 했다.

돌아오니 어느덧 11시. 몸은 천근만근이었으나, 규범을 지킨 선진 시민이라는 긍지로 가슴이 충만했다. 그 기분 그대로 이불 속에 몸을 묻었다.

다음 날 이른 아침이었다.

규범을 엄격히 따르는 민주 모범 시민으로서, 나는 시찰하듯 캠프장 곳곳을 우아하게 둘러보았다. 방학이 시작되고 난 성수기라 100여 개 캠프 사이트가 거의 만원이었고, 우리 캠핑카 주변도 크고 작은 모터 홈들로 빼곡했다. 차로 되돌아가기 직전, 어젯밤 나를 '선진국 시민'으로 만들어 준 개수대 규칙이 문득 떠올랐다. 자부심에 벅차올라 안내판을 거듭 확인하고 싶어 천천히 그쪽으로 발길을 옮겼다.

그런데… 아뿔싸!

어젯밤 차창 너머로 봤을 땐 어둠 탓에 미처 알아채지 못했던 모양이다. 개수대 지붕을 떠받치는 시멘트 기둥이 안내문의 단어 하나를 가로막고 있었다는 사실을.

"NO DISHWASHING

AFTER 10 PM" (밤 10시 이후 설거지 금지)

누이 좋고
매부 좋고

"선생님, 우리나라는 최첨단 핸드폰을 개발하여 전 세계에 내다 팔고, 자동차도 성능이 뛰어나 수출을 많이 하고 있습니다. 이렇게 다양한 분야에서 훌륭한 제품을 만드는 한국이 와인은 왜 대부분 수입에 의존하는지 매우 궁금합니다."

와인 강의를 나가면 수강생들이 종종 던지는 질문이다. 대답은 이렇다.

지구상에는 수만 가지 종류의 포도가 존재한다. 이를 간단히, 술로 만들기 적합한 양조용 포도와 먹기에 알맞은 식용 포도로 구분할 수 있다.

양조용 포도는 알이 작고 씨가 큰 데다 껍질도 두꺼워 먹기가 불편하다. 대신 당도가 높고 향이 진해 와인 제조에는 제격이다. 여름철에 비가 거의 내리지 않는 유럽과 아메리카 대륙의 기후에서 잘 자라고, 배수가 쉬운 자갈밭이나 척박한 토양에서 뿌리를 땅속 깊게 내린다. 이러한 특성 덕분에 이 지역에서는 오래전부터 이런 포도를 발효시켜 와인 제조에 힘써왔다.

반면, 식용 포도는 알이 굵고 과육이 풍부해 먹기 좋아도, 당도가 낮고 향이 약해 술을 빚기에는 적합하지 않다. 한국, 일본

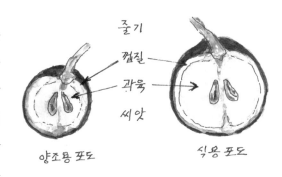

줄기
껍질
과육
씨앗

양조용 포도   식용 포도

등 수확 전 여름철에 비가 많이 내리는 지역에서 주로 재배되며, 물을 충분히 머금은 토양 덕에 포도나무는 깊게 뿌리를 내리지 않고도 손쉽게 커다란 열매를 맺는다. 고래로 이러한 기후와 토양에 적응한 포도 품종이 계속 살아남아 먹는 용도로 쓰여 왔다.

사람들은 자신들의 땅에 맞는 농산물을 기르며, 이를 먹거나 술로 담근다. 한국은 양조용 포도가 적합하지 않아 식용 포도를 재배하기에, 고품질 와인 생산이 힘들다. 상황이 어렵더라도, '토미(登美)' 같은 국제적으로 인정받는 브랜드를 만들어 낸 일본처럼 한국도 노력하면 어느 정도 성과를 거둘 수는 있다. 그러나 문제는 경제성이다.

중저가부터 고가에 이르기까지 와인 강국들의 가격 경쟁력과 상품 이미지를 따라잡기는 현실적으로 불가능하다. 더구나 현재 국제 와인 시장은 공급 과잉 상태다. EU에서도 남아도는 와인을 연료로

전환하거나, 포도나무를 뽑아내는 농부들에게 보조금을 지급하는 데 매년 수억 유로를 쓴다. 와인 시장 역시 '빈익빈 부익부'의 세계라, 상위 몇몇 브랜드 외의 대부분은 상당한 어려움을 겪고 있다.

　최근 슈퍼마켓에서 딸기 가격을 보고 의아했다. 평소엔 가격표를 자세히 본 적 없었는데, 딸기 작은 상자가 만 원에 가깝다니 제법 비싸다는 생각이 들었다. 혹시 올해 작황이 부진했던 걸까 싶어 직원에게 이유를 묻자, 예상 밖의 답이 돌아왔다.

　"요즘 동남아로 수출이 잘돼서 국내 공급량이 줄었어요."

　처음에는 비싸게만 느껴졌던 가격표가 수출 호조로 인한 공급 감소라는 배경과 맞물려 단번에 납득이 갔다. 물론 선뜻 장바구니에 담기는 여전히 망설여졌어도, 우리나라 딸기가 세계적으로 인정받고 있다니, 그 흐름을 떠올리며 괜히 흐뭇했다.

　실제로 최근 홍콩과 싱가포르 등지에서 한국산 딸기의 인기가 상당하다고 한다. 당도가 높고 보관 기간이 길어 현지 소비자들에게 큰 호응을 얻으며, '프리미엄 과일'로 자리 잡아 수요가 꾸준히 증가하는 추세다. 지지난해에만 600억 원어치를 수출했으며, 지난해에는 홍콩에서만 200억 원 상당을 팔았단다. 딸기는 과육이 연하고 신선도가 생명이기에, 빠른 운송이 필수다. 이를 위해 전용 항공기로 수송하는데, 한국산 딸기를 실어 보낸 비행기는 돌아올 때 바나나와 열대 과일을 가득 싣고 온다. 그야말로 '누이 좋고 매부 좋은' 격이다.

한반도 남서쪽 끝에 해남이 자리한다면, 영국에서도 비슷한 위치에 땅끝마을 콘월(Cornwall)이 있다. 대서양과 맞닿은 깎아지른 절벽과 거친 해안가를 따라 한적한 어촌이 이어진 이곳은, 몇 년 전 G7 정상회담이 열리며 한국 대통령이 방문해 우리에게도 낯익은 지명이 되었다.

언젠가 콘월을 여행하던 날, 해안가에서 어부들이 분주히 작업하는 모습이 눈에 들어왔다. 그들은 송송 구멍이 뚫린 플라스틱 통에서 달팽이를 닮은 무언가를 잔뜩 쏟아내며 손질하고 있었다.
"여기서 뭘 잡고 계신 건가요?"
나는 호기심을 참지 못하고 다가가 물었다.
"웰크입니다. 웰크(whelks)."
가까이 가보니, 어선 위 나무 상자에 바다 달팽이들이 빼곡히 담겨있었다.

골뱅이를 손질하는 영국 어부들

"여기 사람들도 이런 걸 즐겨 먹나요?"

서양인들은 보통 이런 종류의 어패류를 즐기지 않는다고 알고 있었기에, 의아해하며 조심스레 질문을 던졌다.

"아니요. 우리는 맛을 몰라서 잘 안 먹어요. 먹는다 해도 이스트 엔드 뒷골목 같은 데서나 쓰이죠."

어부는 쓸쓸한 미소를 지으며 답했다. 이스트 엔드는 한때 낙후된 런던 동북부 지역으로, 최근 힙한 장소로 변모했다지만 여전히 과거의 흔적이 남아있다. 골뱅이는 오래된 시장이나 일부 해안가의 별스런 식당에서나 취급될 뿐, 대중적인 해산물은 아니다.

"그럼 이렇게 많은 웰크를 계속 잡아서 어디에 쓰시려는 겁니까?"

내 물음에 어부들의 표정이 한결 밝아졌다. 모두 만면에 미소를 머금고 부지런히 주워 담기에 여념이 없었다. 서로를 힐끗 바라보며 씩 웃더니, 한 사람이 장갑을 벗으며 대답했다.

"전부 수출하지요. 아 글쎄, 지구 반대편에 사는 한국인들이 술 안주로 엄청나게 즐긴답니다. 그분들 덕에 지난 삼십 년 동안 우리가 이렇게 자-알 살고 있습니다."

최경주의
멀리건

12월이 코앞이니 곧 지지난달의 일이 되겠군요. 전날 밤부터 비바람이 거세게 몰아쳤어도, 꼭두새벽부터 고교 동기회 골프 경기에 나섰습니다. 날씨는 사납고 시간은 이르다 보니, 첫 홀부터 모두 정신없이 허우적댔습니다. 미스샷이 심장뿐 아니라 마음 건강에도 큰 상처를 줄까 봐, 우리 넷은 그날의 라운드에 한 해 각자 필요할 때 멀리건을 한 번씩 쓰기로 암묵적으로 합의했습니다. 누가 먼저랄 것도 없이 이심전심으로 묵시적 작당을 해버린 셈이었지요.

평소 워낙 샷이 정확했던 나는 멀리건이란 말만 들어봤지, 실제로 써본 적은 없었습니다. 멀리건은커녕, 평생 거짓말 한 번 입에 올린 적도 없었으니까요. 그럼에도 그날, 청렴하고 고귀했던 나의 골프 인생에 처음으로 먹칠을 하고 말았습니다. 18홀 내내 부끄러움에 얼굴이 화끈거려 캐디와 눈조차 마주치기 싫었습니다. 스스로 용서되지 않아 마치 범법자가 된 듯, 당장 경찰에 잡혀갈 것만 같았지요.

세월이 흘러 글을 쓰는 이 순간까지도 그날이 영 께름칙해 손에 진땀이 다 배어납니다.

그런데 말입니다. 라운드를 도는 도중, 룰 적용 문제로 동반자들 사이에 다툼이 벌어졌습니다. 기실 '룰'이라기엔 민망하나, '세컨드 샷이나 써드 샷에서 멀리건을 써도 되는가?'를 두고 의견이 엇갈렸지요. 멀리건 자체가 애당초 규칙 위반이라 골프 규정집에는 이런 사항이 적혀있을 리가 없으니까요. 왈가왈부 끝에 결국 목소리 큰 친구의 주장이 먹혀들었습니다. '멀리건은 티샷에서만 사용해야 한다'는 결론으로 마무리되었죠. 범법자들 주제에 자체적으로 토론하고 판결까지 내린 셈입니다. 입으로 맥주를 들이켜든 주둥이에 소주를 퍼부었든, 술 마시고 차를 몰면 전부 음주운전이 아니던가요?

집에 돌아와 곰곰이 되씹다가 문득 의문이 들었습니다. '티샷에서만 사용하자'고 한 데는 나름의 이유가 있겠다 싶더군요. 그 까닭을 알아내기로 하였습니다.

이제부터 차근차근 연구 과정과 결과를 밝혀드릴 테니 끝까지 읽어보세요. 그에 앞서, 혹시 '멀리건'이 무슨 뜻인지 아시나요? 모르신다고요? 그렇다면 글의 흐름을 따라가기 쉽도록 단어의 정의와 어원부터 짚어드리겠습니다. 아시는 분은 그냥 넘어가셔도 됩니다.

멀리간은 골프 용어입니다. 하기사 그걸 골프 용어라고 부르기에도 어딘가 멋쩍군요. 도둑이 제 발 저린 격 같아서요. 아무튼 '첫 샷이 좋지 않을 때 벌타 없이 이를 없었던 일로 하고 다시 치는 행위'를 뜻합니다. 거듭 강조하는데, 규칙에 어긋나는 행위라 공식 용어집에는 의당 없습니다. 실제 경기에서는 '볼이 현재 놓인 상태 그대로 플레이를 이어갈 것'과 '플레이가 불가능할 경우 벌타를 받고 다시 칠 것'이라는 조항이 적용됩니다.

영어로는 Mulligan이라 적고 '멀리건' 또는 '멀리간'이라 발음합니다. 혹자는 순 한국식으로 '몰간'이라고도 합디다. 심지어 어떤 이는 일본식인지 '모루간'이라고까지 하더라고요.

국제골프학회 용어분과위원회에 따르면 멀리건의 어원에는 몇가지 설(說)이 존재합니다. 대체로 사람 이름에서 비롯된 다음 세가지로 간추려집니다.

첫째, 철학자 멀리건: 골프 룰을 엄격히 준수해야 한다는 극단적 원칙주의자로, 골프 규칙을 집대성한 인물이다. 그래서 위반 행위에 상징적으로 그의 이름을 가져다 붙였다는 설.

둘째, 골프장 직원 멀리간: 어느 돈 많은 사업가가 골프는 하고 싶은데 파트너를 구할 방법이 없었다. 혼자 플레이하기는 싫어 클럽에서 일하는 왕초보 직원 멀리간을 꼬드겨 라운드를 돌았다. 이 청년은 미스샷을 범할 때마다 새로 치게 해달라고 사업가에게 요청했고, 이후부터 이를 멀리간으로 불렀다는 설.

셋째, 운전자 멀리건: 이름이 멀리건인 자가 동반자들을 위하여 골프장까지 긴 시간차를 몰았다. 그 때문에 경기 중 몹시 피곤해했고, 실수도 연발했다. 그리하여 그에게만 각별히 미스 샷을 만회할 기회를 주었고, 이를 멀리건이라 하였다는 설.

그러나 위의 세 어원 죄다 근거가 희박한, 말 그대로 '썰'에 불과하리라 여겨졌습니다. 성미 급한 나는 이를 그냥 지나칠 수 없어서 영국 골프협회의 오래된 회의록, 각종 사전과 책자, 19세기 대영박물관 소장 목록, 스코틀랜드 신문과 전문잡지를 샅샅이 뒤졌습니다.

며칠 전, 마침내 두 나라가 얽힌 새롭고도 획기적인 사실을 밝혀 냈습니다. 놀랍게도 이 낱말이 조선과 닿아 있었고, 그걸 뒷받침할 귀한 사진까지 함께 들춰냈습니다. 내가 잉글랜드 신문에서 처음 발견한 자료는 신빙성이 높아 보였어도, '돌다리도 두들겨 보고 건너라'고 한국 국립도서관에서 조선 말기 자료까지 찾아 교차 검증을 마쳤습니다.

그러면 지금까지의 조사를 바탕으로 시방 네 번째 설을 발표하겠습니다.

이 설은 단순하게 설이나 가설의 차원을 넘어, 정설로 자리 잡을 만한 학문적 토대를 갖추었다고 자부합니다. 연구 결과를 영문으로 번역한 뒤, 빠른 시일 내에 세계 골프 학회지에 투고할 예정입니다. 그러니 이 글을 읽는 여러분이 내 연구를 가장 먼저 접하는 셈입니다. 부디 감사히 여겨주기 바랍니다.

잘 아시다시피 조선은 1883년 영국과 우호 통상조약을 체결하며 수교의 첫발을 내디뎠습니다. 그러나 불과 2년 뒤, 러시아 침략을 견제한다는 구실로 영국 해군이 남해의 한 섬을 무력으로 점령합니다. 이른바 '거문도 사건'입니다. 이는 조선에 큰 충격을 주었고, 개화의 필요성을 절감하게 만든 계기가 되었습니다. 조선 정부는 서구 열강과의 교류와 기술 습득이 시급하다고 판단해, 1888년 영국에 산업시찰단을 파견했습니다. 시찰단은 단장 강석형을 비롯해 김홍영, 이종원 등 열 명의 개화파 인물로 구성되었습니다. 이들은 한 달간 영국의 주요 도시를 돌며 공장, 의회, 도시 위생 등 다양한 분야에서 선진 기술과 체계를 직접 체험했습니다. 이를 통해 조선의 발전 가능성을 모색하고 새로운 방향을 고민하기 시작했지요.

　멤버 중에는 보건 분과 청년 대표 최경주(崔傾酒)가 있었습니다. 약관에 장원 급제한 그는 학문에만 머물지 않고, 스포츠에도 깊은 열정을 지닌 인물이었지요. 이번 시찰에서도 럭비, 축구, 테니스 등 본토 스포츠를 직접 체득하려는 의지가 누구보다 강했습니다. 조선 전통의 격구(擊毬)에도 능했던 그는, 골프를 처음 접하자마자 그 매력에 사로잡혔습니다. 골프 발상지의 필드를 직접 밟아보고 싶다는 갈망이 속에서 들끓기 시작했지요.

　이를 전해 들은 왕세자 에드워드 7세의 제안에 따라, 영국 골프 협회와 정부는 양국 교류의 상징으로 18홀 1라운드 정식 경기를 성사시켰습니다. 다음 날 귀국편 배가 리버풀 항에서 출발하기에, 장소는 자연스럽게 로열 리버풀 골프 클럽으로 정해졌습니다. 1869년 개장 이래 수많은 명승부가 펼쳐졌고, 2023년 디 오픈 챔피언십이 열리며 오늘날 우리에게도 익숙한 명문입니다.

　2년 뒤에 디 오픈에서 아마추어로 우승까지 해낸 전설적인 인물 존 볼 주니어가 파트너로 가세하며, 왕세자와 함께 셋이 나란히 클럽을 들고 필드에 섰습니다. 스윙 몇 번 해본 것이 전부였으나, 이 이국 청년은 조선 체육 외교사의 첫 문을 담담히 열어젖혔습니다.

드디어 조선인 최초로 티잉 에어리어에 올라 역사적인 티 오프를 했습니다. 아무리 머리가 영특하고 운동신경도 뛰어난 최경주라도, 골프는 그야말로 왕초보였습니다. 첫 드라이브 샷에서 공이 오른쪽으로 살짝 휘어지더니 아슬아슬하게 OB(Out of Bounds)로 넘어가고 말았습니다. 그러나 공이 날아간 총거리는 놀라웠습니다. 함께 라운드를 돌던 영국의 프로 골퍼들도 깜짝 놀라며 "이런 샷은 난생처음 본다!"라고 탄복했지요. 당시 현장을 취재한 골프 전문 기자들 역시 전무후무한 비거리에 기겁하며 다음 날 신문에 대서특필했습니다. <공은 엄청나게 멀리 갔으나 아쉽게도 OB!>라는 헤드라인까지 붙을 정도였죠. 경기를 지켜보던 관계자들도 첫 공이 날아가는 걸 보며 환호성을 질렀다가, 약간 슬라이스로 코스 밖으로 벗어나자 곤혹스러운 표정을 감추지 못했습니다. 당시 보도에 따르면, 탄식이 경기장 주위를 감돌며 적막이 흘러 사위가 온통 숙연해졌답니다. 하물며 본인의 심정은 어땠겠습니까?

아쉬움을 감추지 못한 최경주는 공이 날아가 박힌 지점을 물끄러미 바라보며 혼잣말로 중얼거렸습니다.

"우, 씨…. 아깝다! 굉장히 멀리 간 볼인데…. 멀리간…."

터무니없이 멀리 날아간 공이 아까웠던지, 주최 측은 외교적 예우를 빌미로 최경주에게 다시 한 번 티샷 기회를 줍니다. 전영골프협회 공식 경기에서 그런 일은 처음이자 마지막이었습니다.

이때부터 영국에서는 그런 행위를 '멀리간'이라 부르기 시작했습니다.

1888년, 아너(Honor)로서 방금 티샷을 마친 골퍼 최경주의 표정엔 아쉬움이 그득하다.
취재 나온 신문기자들이 주위를 빼곡히 메우고 있다.

40년 동안 끄떡도 없는
국산품

흔히들 "이가 아파 치과에 갔더니 펜치로 잡아 뽑았다."라고 말한다. 둘 다 지렛대 원리에 바탕을 둔 편리한 도구로, 발치에 이용하는 의료 기구는 펜치(Pinchers)가 아니라 치과용 포셉(Dental forceps)이라 부른다. 우리 손이 너무 커서 세세한 것을 집어내지 못할 때나 한꺼번에 대상물을 움켜쥐기 어려울 때 다루는 공구이다. 포셉의 모양과 접촉면은 각 치아 형태에 맞게 다양하게 설계되어 있다. 나는 개원 초기부터 여러 나라의 제품을 사용해 왔다. 그런지 40년이 넘었는데, 다른 기구와 마찬가지로 주로 미국, 독일, 일본제이다. 물론 국산품도 가지고 있다.

치아의 겉면인 법랑질(Enamel)은 인간 신체에서 가장 단단한 조직이다. 굳기가 6∼7°에 이를 정도로 강하며, 광물로는 석영과 비숫한 군기이고, 강철 소재 바늘과 흡사하다. 쇠가 매우 견고해 보이나 이렇게 야무진 치아를 수없이 움켜잡다 보면 포셉의 접촉면도 언젠가는 무뎌지고 변형이 생긴다. '낙숫물이 댓돌을 뚫는' 격이다.

재미 삼아 포셉의 접촉면이 닳지 않고 얼마나 오래 버티는지를 나라별로 비교해 보았다. 대략 따져보니 일본제는 10년 만에 표면이 우그러졌다. 미제는 20여 년, 독일제는 단연 최고로 30년가량 쓸 수 있었고, 그제야 이가 나가기 시작했다. 선진국 물건이라도 일본제는 독일제에 비해 내구성에서 확연히 뒤처졌다. 한국 제품은 40여 년 동안 한 군데의 일그러짐 없이 여전히 포셉의 날이 애당초 모습 그대로이다.

지난가을 청주 성안길을 걷다가 우연히 아들 녀석 친구와 마주쳤다. 몇 해 전 처음 보았을 때와 달리 제법 사회인의 면모를 풍기고 있었다. 수줍게 건넨 명함엔 직책이 '양조사'로 쓰여있다. 흥미가 생겨 이것저것 물으니, "지금 김포의 한 맥주 회사에서 일하며 열심히 배우고 있고, 내년에는 6,000L급 맥주 설비를 도입해 고향 청주에 크래프트 비어 회사를 세울 계획"이라고 했다. 그 포부가 참 대견했다.

국내 맥주 시장은 오랫동안 두 회사가 독과점 구조를 유지하며 품질 개선이나 향상을 위한 노력이 부족했던 측면이 있었다. 그 결과 국산 맥주는 소비자들 사이에서 좋은 평가를 받지 못했다. 모든 상품이 그렇듯 맥주도 가치를 높이려면 경쟁이 필요하다. 다양한 시도와 치열한 경쟁 속에서 제품의 질이 향상된다고 믿는다. 다행히 최근 몇몇 국산 맥주의 맛이 복합적이고 고급스러워져 해외

제품과 비교해도 손색이 없어 보인다. 아들의 친구 같은 젊은 양조사들이 열심히 배우고 노력해 조속히 품질을 국제 수준으로 끌어올리길 기대한다. 외국, 특히 일본 기업에 내준 국내 시장을 되찾길 간절히 바란다.

지하실은 사시사철 온도가 일정하여 겨울에 따뜻하고 여름엔 시원하다. 겨울철에는 습도가 낮고 온도도 선선하여 별다른 애로사항이 없다. 그러나 여름이 되면 사정이 달라진다. 습도가 높아지고 바깥 기온이 40도에 육박하면서 결로라는 골칫거리에 맞닥뜨린다. 외부와의 온도 차로 물방울이 맺히면 곰팡이가 피고 퀴퀴한 냄새가 난다. 순식간에 걷잡을 수 없게 되기에, 이때 습기를 올바로 잡지 못하면 호미로 막을 것을 가래로도 못 막는 상황이 벌어진다. 아무리 과학이 발달해도 자연의 힘을 이겨내기는 결코 쉽지 않다.

작년 봄에 이사 온 우리 집 지하실도 여름철이 되면 이슬이 맺혀 이를 제거하는 데 필사적으로 매달려야 했다. 온갖 방법을 시도한 끝에 마침내 제습기를 활용하는 편이 가장 확실하고 안전한 해결책임을 깨달았다. 업소용 제습기 두 대를 돌리면 금세 습기가 사라지고, 침대 시트까지도 뽀송뽀송해질 만치 쾌적해졌다.

그렇다고 제습기를 무작정 틀어놓기에는 부담이 된다. 전기 절약을 위해 지하 사방에 습도계를 설치하고 결로 방지 작전을 짜야 했다. 지금까지 일본 상품 4개를 각각 다른 위치에 두고 습도를 측정해 왔는데, 수치가 서로 크게 달라 의아했다. 같은 지하라도 위치에 따라 차이가 있을 거라 여겨오다가, 하루는 시험 삼아 모두 한곳에 모아 비교해 보았다. 결과는 충격적이었다. 동일한 시간과 장소에서 측정했음에도 4개의 습도계가 서로 크게 다른 수치를 나타냈다. 가장 낮은 값은 38%, 그다음

각각 제멋대로인 일본제 온·습도계

은 42%, 또 다른 하나는 49%, 최고 값은 무려 68%였다. 차이가 이처럼 크니, 적어도 3개, 아니면 전부 엉터리라는 결론에 이를 수밖에 없었다. 결국 가장 낮은 값과 높은 값을 제외하고 중간치 두 개의 평균을 내어 46.5%로 어림짐작했다. 그동안 일본 제품의 신뢰성과 정밀함을 의심 없이 맹신했던 자신이 부끄러웠다. 현재는 가장 믿을 만한 독일제를 구입해 기준으로 삼고 있다.

이 글을 읽는 독자 중에는 한국제 포셉이 40여 년이 지나도록 접촉면에 변형도 없고 날도 무너지지 않았다는 말에 기뻐하실 애국자님도 분명코 계실 것이다.

사정은 이러하다.

국산 포셉을 처음 사 온 날, 세척을 위해 물에 담가두었더니 '슬프게도' 다음 날 녹이 슬어버렸다. 그래서 서랍 속에 고이 모셔두고 더는 사용하지 않았을 따름이다.

아저씨들,
시방 머 하세요?

누군가 고향을 묻는다면 으레 보은이라 답한다.

엄밀히 말하자면, 내가 태어나고 초등학교 시절을 보낸 곳은 대전이다. 기억의 첫머리는 선친께서 '한일 왕관 콜크 공업사'라는 병뚜껑 공장을 운영하시던 모습이다.

여덟 살 무렵, 부모님께서 양조장을 하시겠다며 보은으로 들어가셨고, 우리 형제는 그대로 대전에 남아 학교에 다녔다. 방학이면 어김없이 부모님 댁에 내려가 마음껏 뛰놀며, 그야말로 휴가를 만끽했다. 정들면 고향이라 했던가? 그렇게 보은은 자연스레 정이 들었고, 어느덧 마음속 고향이 되어있었다. 어린 시절 추억이 스민 시골을 마음의 고향으로 품었으니, 남들보다 하나 더 가진 셈이다.

그 시절, 물은 멀고, 술은 가까웠다. 집이 양조장이었으니, 갈증쯤은 술 한 모금으로 달랬다. 그때부터 맛을 안 건 결단코 아니었다.

그 나날들이 나를 빚고 익혀냈으니, 와인을 가르치고 코크 스크루를 모으며 살아가는 삶, '운명'이었으리라.

어릴 적 놀이터였던 양조장의 구조를 간단히 정리해 보겠다. 부모님이 머물던 살림집 서쪽에는 마당이, 북쪽에는 두꺼운 목재로 만든 육중한 대문이 있었다. 초등학교 운동장을 어른이 되어 다시 보면 초라하게 느껴지듯, 그 대문도 나중엔 그렇게 작게 보였을 것이나 어린 시절엔 밤이 되어 대문이 닫히면 거대한 성곽 안에 홀로 남은 왕자가 된 듯한 기분이 들었다. "제집에서 임금"이라는 말처럼, 대문 안은 나만의 왕국이었다. 높다란 담장은 철옹성이었고, 그 너머는 아무리 넓어도 닿을 일 없는 세상이었다.

정문 오른쪽은 배달 일지와 외상 장부, 간단한 실험 기구들이 놓인 사무실이었고, 왼쪽은 고약한 냄새를 풍기는 직원 숙직실이었다. 중앙 공터에는 짐 자전거가 여러 대 세워져 있었으며, 공터를 기준으로 동쪽에는 살림집이, 남쪽에는 양조장 건물이 자리 잡고 있었다. 양조장은 왼쪽부터 보일러실, 사입실(仕込室), 냉각실(冷却室), 종국실(種麴室), 그리고 제성장(製成場)으로 구분되어 있었다.

보일러실에서는 경유를 태워 만든 수증기로, 커다란 나무통 안에서 고두밥을 쪘다. 지금처럼 편리하고 안전한 전기 버너가 아니었기에, 불을 붙일 때마다 시커먼 연기가 한동안 자욱했다. 쉭쉭 소리를 내며 마치 중증 천식 환자처럼 숨을 몰아쉬는 버너를 볼 때마다 겁부터 났다.

냉각실은 뜨겁게 찐 고두밥을 빠르게 식히는 공간이다. 온도가 높으면 미생물이 죽고, 낮으면 발효가 지연되므로, 적정 온도를 유지해야 한다. 고두밥 대부분은 식혀서 사입실로 들여갔고, 일부는 종국실로 보내졌다. 방학이 되면 극히 일부는 냉각실의 조그만 창문을 통해 밖으로 빼돌려졌다. 창밖에서 애처롭게 쳐다보는 아이들에게 내가 몰래 건네주었기 때문이다.

사시사철 무더운 종국실은 발효에 필요한 흩임누룩을 길러내는 공간이다. 고두밥이 설렁설렁 담긴 사각 나무 상자에서 곰팡이를 배양하는데, 온도와 습도를 일정하게 유지해야 한다.

사입실(仕込室)은 종국실에서 만든 입국에 고두밥과 물을 부어 발효를 시작하는 방이다. 효모와 미생물이 활발히 작용하는 곳으로, 여기서 본격적으로 술이 되어간다. 종국실에서 발효 종균을 기르고, 사입실에서는 그것으로 술을 빚는다.

발효가 끝난 원주는 제성실에서 채로 걸러 전내기(모로미, もろみ, 醪)를 얻는다. 알코올 도수가 높은 전내기에 맹물을 배 정도 섞어 시판용 막걸리를 만든다. 걸러진 술 찌꺼기인 지게미는 돼지우리로 보내거나, 배곯는 마을 주민이 원하면 나누어 주기도 한다.

와인은 포도 자체에 당분이 포함되어 있어 효모만으로도 자연스럽게 발효가 진행된다. 반면 맥주는 곡물을 원료로 쓰기 때문에 당화와 발효가 따로 이루어지며, 이를 '단행 발효(單行發酵)'라 부른다. 먼저 맥아(몰트, malt)로 녹말을 당으로 변환한 뒤, 효모를 첨가해 발효시키는 단계적 과정을 거친다.

막걸리는 같은 곡물을 쓰더라도 당화와 발효가 동시에 일어나 '병행 복발효(並行複發酵)'로 분류된다. 이 과정은 훨씬 민감하고 까다롭다. 기온이 오르면 발효가 빨라지고 부패하기 쉬워, 여름철이면 양조장은 늘 긴장의 연속이었다. 술이 상하면, 아까워도 몽땅 내다 버려야 했다.

그런 사정을 알 리 없었던 초등학교 2학년 여름 방학이었다. 당시 양조장에는 몇 분의 아저씨들이 종업원으로 계셨는데, 나는 이들과 무척 사이가 좋았다. 그들은 나를 '작은 사장'이라 부르며 잘 어울려 주었고, 어리지만 도시에서 자란 내가 그들에게는 이야기 상대가 되었던 듯하다. 하루는 천장이 높고 사방이 트여 시원한 제성실에서 혼자 놀고 있던 참에, 아저씨 두 분이 사입실 앞에서 일을 하고 계셨다. 정확히 말하면, 식힌 고두밥과 입국을 버무려 물과 함께 항아리 발효단지에 넣는 작업이 한창일 때, 심심해진 내가 슬그머니 그들 곁으로 다가갔다. 나는 그들이 무슨 일을 하는지 뻔히 알면서도, 별다른 의미 없이 물었다.

"아저씨들, 시방 머 하세요?"

그중 한 분, 경수 아버지가 대답해 주었다. 당시 그는 40대 초반쯤으로 보였고, 무성한 구레나룻이 퍽 인상적이었다. 술을 워낙 좋아해 마음껏 마시려고 양조장에 취직했다는 소문이 어린 나에게까지 들릴 정도였다. 그의 아들 경수는 훗날 우리 집에서 술 배달을 했고, 부인인 경수 엄마는 내가 고등학교를 졸업할 때까지 오랫동안 우리 집 부엌일을 맡아준, 거의 가족 같은 분들이었다.

"으응, 사입하는 거야. 작은 사장님도 우리처럼 해보고 싶어?"

아저씨의 말에 생각할 겨를도 없이 반사적으로 대꾸가 튀어나왔다. 그런데 내가 말을 하자마자 두 아저씨가 동시에 입과 코에 게거품을 물며 미쳐 날뛰었다. 털이 덥수룩한 경수 아버지는 배를 움켜쥐고 컥컥거리며 휘청거렸고, 또 다른 키다리 아저씨는 바닥에 쓰러져 데굴데굴 굴렀다. 웃음소리는 양조장 전체를 가득 채우며 울려 퍼졌고, 정말 이 사람들이 웃다가 숨넘어가는 게 아닌가 싶어 겁이 날 정도였다. 대체 왜들 저러는지 나는 도무지 알 수 없었다. 내가 뭐 그렇게 웃기는 말을 했나 싶어 곱씹고 또 곱씹어 보고, 생각하고 또 생각해 봐도 답이 나오지 않았다. 나는 단지 이렇게 말했을 뿐이었다.

"아니. 난 사업은 할 줄 몰라. 오입은 잘하지만."

양조장 내부. 나무 술통이 이채롭다.

토니 블레어가 아니고
그냥 토니예요

갑자기 경찰차가 대문 앞에 멈추더니, 남녀 경찰관 두 명이 정원으로 성큼 들어섰다. 여경은 갓 스무 살쯤 되어 보이는 앳된 모습이었고, 남성은 몸집이 큰 40대였다. 감색 제복에 은빛 계급장이 반짝이며 다가오는 모습은 위압적이었어도, 첫인상만큼은 모두 순해 보였다. 요청도 하지 않은 경찰 출동은 처음이라 순간 긴장이 되었다. 이곳 영국은 물론 한국에서도 겪어본 적 없던 상황이었다.

내가 살던 런던 근교 스테인스(Staines)는 평화롭기 그지없는 동네였다. 경찰차의 사이렌 소리는커녕, 일 년 내내 고함 한 번 들리지 않을 만큼 조용하고 한적한 마을이었다. 창밖을 내다보면 형형색색의 보트가 템스강 위를 유유히 오가고, 백조 무리가 물살을 가르며 떠다니는 풍경이 펼쳐졌다. 여름이면 크고 작은 조정 경기가 열리던 템스강 중류의 전형적인 영국 마을이었다.

우리 집은 전통적인 영국식 구조로, 널찍한 뒷 정원이 야트막한 나무 담장으로 둘러싸여 있다. 담 너머로는 강가를 따라 오솔길이 나있어, 근처 주민들이 산책하였다. 마당이 훤히 보이다 보니 지나가는 사람들과 자연스럽게 인사를 나누게 되는데, 대화는 으레 토니 쪽으로 흘렀다.

"무슨 일로 오셨나요?"
갑작스러운 방문이 궁금하기 짝이 없었다.
"우리는 '#$%&*'입니다. 토니를 키우고 계시지요?"
낯선 기관의 이름이라 제대로 알아듣지 못한 채 잠시 어리둥절했다. 게다가 영국 전 총리 토니 블레어에서 딴 우리 집 개의 이름을 어떻게 알고 있는지도 의문이었다.
"익명의 신고를 받고 출동했습니다."
아마도 동네 주민 중 누군가가 우리를 주시하다가 무언가 문제점을 발견해 연락한 듯했다. 호기심과 걱정이 교차하는 가운데, 재차 그들의 제복을 유심히 살펴봤다. 경찰은 아닌 듯하여 그제야 좀 안심이 되었다.
"그녀가 지내던 데로 안내해 주세요."
그들의 요청에 따라 앞 정원과 뒷 정원을 연결하는 두 평 남짓한 좁은 통로로 안내했다. 이곳은 주로 시내에 나갈 때 토니를 잠시 머물게 하는 폐쇄된 공간이었다. 그들은 나무로 만든 쪽문을 열어 보고, 땅바닥을 만지며 주위를 꼼꼼히 살폈다.
"이렇게 좁은 곳에 토니를 가둬두고 외출하면 안 됩니다. 마실 물도 항상 충분히 제공해야 하고요."

그렇게 주의를 준 뒤, 크게 고칠 사항은 없다고 판단한 듯 조그만 책자를 건네고 떠났다. 책에는 개 사육에 관한 정보가 담겨있었다. 나중에 알고 보니 RSPCA(왕립동물학대방지협회) 소속이었다. 동물 복지와 관련된 업무에서는 강력한 조사 및 조치 권한을 가진 기관원들이었다.

사야 할 물건이 많지 않을 때는 집에서 십 리쯤 떨어진 시장을 토니와 산책 삼아 함께 가곤 했다.

"안녕, 잘 있었어?"

어느 날 장을 보고 벤치에 앉아 쉬고 있는데, 지나가던 할머니가 다정하게 말을 걸었다. 그 인사는 나에게가 아니라 토니에게 하는 것이었다. 처음 뵙는 분이었지만, 할머니는 마치 오랜 친구를 대하듯 토니에게 다정하게 손을 내밀었다. 그러더니 곁의 자기 친구에게 "쟤 이름이 토니야."라며 자랑하듯 이야기했다. 그 순간 깨달았다. 산책길에서 스쳐 지나간 이웃들과 행인들이 이렇게 토니와 우리를 관심 깊게 지켜보고 있었구나!

토니는 래브라도 리트리버 종이라 어릴 때부터 사람이나 동물과의 교류가 중요하다. 물놀이를 좋아해 수영이 필요하고, 규칙적인 운동도 필수다.

넓은 가슴과 탄탄한 근육, 날렵하게 휘어진 꼬리는 토니의 자랑거리였다. 짧고 윤기 나는 누런색 털은 마치 기름이 흐르는 듯 반짝여 품위를 더했고, 작은 발과 튼튼한 다리에서 오는 균형감도 또 다른 매력이었다. 그러나 빛 좋은 개살구처럼 외모와 달리 지능은 크게 부족했다. 솔직히 주의력결핍 과잉행동장애(ADHD)가 의심스러울 정도였다. 강아지 때부터 자주 길을 잃었고, 한 번은 집을 나간 뒤 결국 포기한 적도 있었다. 사흘 후, 런던 교외의 동물 보호소에서 보호 중이라는 연락이 왔다. 그곳에서 이삼일 먹이고 재운 대가로 호텔 숙박비에 버금가는 금액을 내고서야 데려올 수 있었다. 그나마 어릴 때 목덜미 안쪽에 삽입해 둔 식별 칩 덕분이었다.

토니가 얼마나 어리벙벙했는지, 스테인스로 이사 온 지 며칠 안되어 또다시 집을 나갔다가 돌아오지 않았다. 동네를 샅샅이 뒤지니 주민들이 "아까 그 개가 이리로 갔으니 지금쯤 어디에 있을 것"이라고 알려주었다.

언젠가는 시내에서 돌아와 보니, 현관에 낯선 물그릇과 생수통이 놓여있었다. '바깥에 가둬두지 말라'는 권고에 따라 긴 줄을 채우고 거실에 머물게 한 뒤 외출했는데, 토니가 하루 종일 밖에 나가고 싶어 낑낑대며 애를 쓴 모양이었다. 누군가 현관문에 붙은 쪽문(cat door)을 통해 물과 생수를 밀어넣고 간 흔적이 역력했다. 필시 한국에서 이사 온 사람이 개 한 마리를 말려 죽이고 있다고 여긴 이웃이 도우려 했던 모양이다. 우리보다 토니 걱정을 더 하는 그 오지랖이, 솔직히 좀 부담스러웠다.

그도 그럴 것이, 막내 아이가 열 살쯤 되었을 때 토니를 데리고 런던 시내 옥스퍼드 서커스 근처 포틀랜드가에 나간 적이 있었다. 고급 영국식 개인 병원이 밀집해 깔끔하고 부유한 분위기가 물씬 풍기는 거리였다.

내가 먼저 신호를 받아 길을 건넜고, 아이가 토니를 데리고 뒤따르던 중 갑자기 멈춰 선 느낌을 받았다. 뒤돌아보니, 토니를 끌어안은 채 주저앉아 눈물을 글썽이고 있었다. 지나가던 어느 아줌마가 뭐라 한 모양인데, 사정을 듣자마자 속이 부글부글 끓어올랐다. 당장 쫓아가 따지려 했으나, 이미 그녀는 시야에서 사라진 뒤였다.

나도 한참 마음이 상했는데, 어린아이에게는 그 충격이 얼마나 더 컸을까 걱정이 되었다. 이렇게 함부로 말하다니! 정말이지 너무 어처구니없는 여자였다.

"너네 이 개 언제 잡아먹을 거니?"

그리운 토니.
사정상 옆집 변호사 댁으로 보내졌고, 훗날 죽었다는 소식을 전해 들었다.

일석이조
캠벌턴 여행

　　요즘 들어 위스키가 왜 이렇게 방방 뜨는지 도무지 이
해하기 어렵다. 특히 젊은 세대에서 두드러진다. 게다가 싱글 몰트
만 고집하니 알다가도 모를 일이다. 혹자는 그 이유를 코비드 19로
인해 홈술과 혼술에 익숙해진 탓이라 한다. 그러나 생각해 보라. 소
주, 맥주, 럼, 테킬라 등 대체할 술이 차고도 넘치는데, 왜 하필 위스
키일까? 뭔가 석연찮다.

　　그중에서도 특정 브랜드가 고가 행진을 이끌고 있다. 주류 업계
후배에 따르면, 맥캘란 쉐리 캐스크 18년짜리가 한때 100만 원에
육박했다고 한다. 그 얘기를 듣고 눈이 휘둥그레질 수밖에 없었다.
위스키의 맛이 갑자기 훌륭해졌을 리는 없지 않은가?

　　한마디로 유행이 불러온 품귀 현상으로밖에 설명되지 않는다.

위스키는 공산품처럼 단숨에 만들어 낼 수 없다. 증류소와 증류기가 제한적이라 생산량이 한정될 뿐만 아니라, 오랜 숙성 기간이 필수적이다. 한때 버려지던 스페인의 쉐리 통도 귀한 자원이 되었고, 수요 폭증에 공급이 따라가지 못하면서 결국 가격 상승으로 이어졌다.

어떻게 보면 위스키 제조 공정 자체는 그리 복잡하지 않다. 곡류에서 단맛을 추출해 발효시키고, 이를 증류한 뒤 나무통에서 숙성하면 끝이다. 와인처럼 재료의 질에 극도로 민감하지도 않고, 막걸리처럼 발효 과정이 까다롭지도 않으며, 높은 알코올 도수 덕분에 변질 염려도 적다. 그러나 이 단순해 보이는 과정을 완벽히 소화하는 나라는 손에 꼽을 정도다.

서당 개 삼 년이면 풍월을 읊는다 해도, 전통과 노하우 없이는 완성도를 기대하기 어렵다. 위스키 생산국으로는 스코틀랜드, 아일랜드, 미국, 캐나다, 일본이 있으며, 스타일로 나누면 캐나다와 일본은 스코틀랜드파, 미국은 아일랜드파에 가깝다.

위스키의 모태인 증류 기술은 아랍에서 비롯되었다. 그럼에도 오늘날 위스키 시장을 주도하는 스코틀랜드와 아일랜드는 누가 먼저랄 것도 없이 서로 원조를 주장하며 팽팽히 맞선다. 아일랜드파는 'Whiskey'로 철자에 'e'를 추가해 독창성을 강조하는 반면, 스코틀랜드파는 'Whisky'라는 간결한 표기를 고수하며 정통성을 내세운다. 이 작은 철자 하나에도 두 나라의 자존심이 걸려있다.

그러나 시장에서는 이런 신경전과 무관하게 스코틀랜드 위스키, 즉 스카치가 주도권을 쥐고 있다. '스카치'라는 명칭을 사용하려면 스코틀랜드에서 증류한 후 3년 이상 숙성해야 하는 등의 조건을 충족해야 한다.

국내 업체도 서울 올림픽 시절, 정부 주도로 스카치를 들여와 '패스포트'와 '디플로매트' 같은 브랜드로 병입 출시한 적이 있다. 그러나 수익성이 낮아 점차 사라졌다가, 최근 들어 본격적으로 제조에 나서며 새로이 주목받고 있다.

스코틀랜드에서는 위스키 제조 구역을 하이랜드, 로우랜드, 스페이사이드, 아일라, 캠벨타운으로 구분한다. 이는 지리적 특징에 따른 분류로, 각 지역의 특성과 문화가 위스키의 맛과 향에 어느 정도 영향을 주어도, 그 차이가 절대적이지 않다.

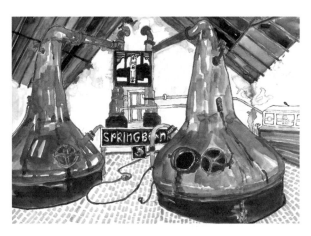

스프링뱅크 디스틸러리의 증류기

이번 여름, 시음을 위해 찾은 캠벨타운(Campbeltown, 현지 발음으로는 캠벌턴에 가깝다.)은 한때 수십 개의 증류소가 자리하며 위스키의 중심지로 번성했던 곳이다. 뜬구름 같은 부귀도 결국 사라지는 법, 지금은 안타깝게도 쇠락의 길을 걷고 있어 글렌가일, 스프링뱅크, 글렌스코샤 디스틸러리 세 곳만 명맥을 잇는다. 앞의 둘은 소유주가 같아 실질적으로는 두 집안만 남은 셈이다.

위스키 외에 스코틀랜드에서 또 하나 명품을 꼽으라면 단연 골프다. 골프의 발상지인 세인트 앤드류스의 올드코스는 독특한 레이아웃과 전통 덕분에 골퍼들이 평생 한 번은 가보고 싶어 하는 성지로 불린다. 해안가 모래 언덕과 황량한 들판을 따라 조성된 링크스 코스는 그 자체로 무한한 매력을 지닌다. 쌀쌀한 날씨 속 라운드에 위스키 한 잔을 곁들이면 화룡점정이요, 위스키를 마시며 골프를 즐기면 금상첨화가 아닐까?

난 요즘 골프를 자주 치지 않는다. 시간이 많이 들고, 팀을 맞추는 것도 번거롭다. 게다가 비용이 부담스럽고, 부킹까지 어려워 1년에 서너 번 나갈까 말까 하니 이제는 골퍼라 부르기조차 부끄럽다. 그래도 어렵사리 찾은 캠벨타운이라, 온 김에 라운드를 돌고 싶었다. 생각나자마자 스마트폰으로 검색하니 곧바로 'Campbelltown Golf Club'이 떴다. 더군다나 바닷가 모래언덕 지형을 그대로 살린, 내가 선호하는 링크스 코스였다. 기대감에 벅차 한 치의 망설임도 없이 화면에 뜬 전화 아이콘을 눌렀다. 이렇게 급히 예약을 시도한 건 촉박한 일정 때문이었다. 내일 오전에는 카덴헤드 웨어하우스에서 시음 약속이 잡혀있고, 모레 아침에는 런던으로 돌아가야 했기에 결국 내일 오후밖에 시간이 없었다.

"여보세요. 시뮌 박입니다, 캠벨타운 골프장이지요? 내일 오후 부킹이 가능할까요?"

"네, 물론입니다. 몇 시로 잡아 두릴까요?"

"가능한 늦게, 오후 2시 반 전후로 부탁드립니다."

"요즘 해가 짧아 오후 1시가 마즈막 티오프 시간입니다만."

'한창인 여름날에 해가 짧다니?' 이상하다는 느낌이 퍼뜩 들었어도, 괜히 따지다 본전도 못 찾을까 봐 대꾸도 못 하고 꼴깍 삼키고 말았다.

"네? 아, 그렇군요. 아무튼 제일 늦은 티 타임으로 부탁드립니다." 하는 수 없어 공손한 목소리로 잼처 간청했다.

"알겠습니다. 마즈막 순서로 예약해 두겠습니다."

골프장 직원의 게일어식 영어 발음이 조금 독특했다. 그렇지만 예약이 성사된 이상 더 신경 쓸 필요는 없었다.

"18홀 1라운드, 플레이어는 나 혼자인데 괜찮을까요?"

"아므런 문제가 없습니다."

"그리고 오른손잡이 클럽을 빌려주시기 바랍니다."

과거 아일라섬 골프장에서 왼손잡이 퍼터가 섞여 곤란했던 기억이 있어 이번에는 미리 확인해 두었다.

"오케이, 미스터 박. 파워 카트는 필유 없으신가요?"

"네, 필요 없습니다."

"그럼, 월유일 오후 1시, 미스터 박으로 예약되었습니다."

'월유일이라니?' 하늘의 해가 짧은 게 아니라 직원의 혀가 짧은 게 아닌가 싶은 생각이 재차 들었어도, 다 된 밥에 재 뿌리기 싫어 입은 꾹 다물었다.

스코틀랜드의 골프 코스, 그것도 링크스라니, 흥분을 감출 수 없었다. 이런저런 생각이 떠올라 그날 밤은 좀처럼 잠들기 어려웠다. 나는 꿈속에서 이미 캠벨타운의 골프장 잔디 위를 몇 차례고 돌고 있었다.

〈 세인트 앤드류스 골프 클럽에서 밤새 줄을 서고서야 겨우 순번을 받아 플레이했던 기억이 떠오르는군. 타이거 우즈도 울고 갔다던 바로 그곳, 캐디가 "이렇게 좋은 날씨는 처음"이라며 감탄했던 순간도 생생하지. 지옥 같은 모래 벙커에 빠져 3타 만에 간신히 탈출했던 일, 마지막 18번 홀에서 파를 기록하며 관중의 박수를 받았던 장면도 잊을 수 없지. 드라이버 티샷이 훅이 나서 옆 1번 홀 페어웨이로 날아간 공을 어떻게든 그린에 올려 마무리했던 바로 그 장면이야. 우리나라 골프장이었으면 OB가 나서 파는커녕 트리플 보기를 겨우 면했을 텐데.

내일은 어떨까? 변화무쌍한 날씨와 거센 바닷바람이 몰아치는 가운데, 오래전에 가봤던 아일라 골프장처럼 황량하기 그지없겠지. 푸른 잔디가 끝없이 펼쳐져도, 사람이라곤 그림자조차 드리우지 않는 드넓은 공간. 18홀 내내 갤러리는커녕, 개미 한 마리도 보기 힘든 적막 속에서 오직 바람과 파도 소리만이 동반자가 되어주는, 마치 유배당한 황제가 홀로 클럽을 휘두르는 듯한 고독한 라운드가 되겠군! 〉

이튿날 오전 10시에 시작한 위스키 시음은 노르웨이에서 온 진지한 단체 시음자들 탓에 예정된 시간을 훌쩍 넘겨 12시 30분 가까이 되어서야 끝났다. 다행히 미리 부탁해 둔 덕에 대기 중이던 택시에 곧장 올라탈 수 있었다. 운전석에는 앳된 청년이 무료한 표정으로 앉아있었다.

"캄벨타운 골프 클럽으로 속히 가주세요."

마음이 급해 택시에 오르자마자 재촉했다.

"캠벌터언 골프장이요? 혹시 이웃 읍에 있는 매키하이쉬 골프 클럽을 말씀하시는 건가요?"

젊은 기사라 그런지 아직 지리에 익숙하지 않은 모양이었다.

"아니에요. 분명히 이 마을 안에 있는 '캠벌틴' 골프 클럽입니다." 혹시나 하는 마음에 현지식 발음으로 바꾸어 말해 주었다. 그러나 기사 청년은 고개를 갸웃하며 대답했다.

"이 근처에 그런 이름의 골프장은 없는데요."

"그럴 리가요? 어제 직접 전화로 예약까지 했는데?"

"그렇다면 다시 연락해 주소를 확인하시는 게 좋겠어요."

"오케이. 구글에서 다시 찾아볼게, 잠깐만 기다려 줘요."

나는 스마트폰을 꺼내 급히 구글링을 시작했다. 화면에 떠오른 전화기 아이콘을 힘껏 누르니 신호는 가는 듯했으나 아무도 받지 않았다. 초조한 마음에 몇 번이고 다시 시도해도 결과는 같았다.

"기사님, 내 전화가 한국 번호라 그런지 연결이 잘 안 되는 것 같네요. 대신 걸어봐 주실 수 있나요?"

"예, 그러지요. 번호를 알려주세요. 제 전화로 걸어보겠습니다."

"가만있자. 아, 여기 있네요. 2-4622⋯."

숫자를 또박또박 불러주었다. 기사는 뭔가 이상하다는 듯 고개를 갸웃거리면서도 번호를 눌렀다. 그러나 그도 역시 안 되는지 몇 번 더 시도한 후 어깨를 들썩이며 말했다.

"번호가 맞나요? 아니면 화면 속의 주소를 일러주세요."

"예, 그러지요. 어디 보자. 아, 여기군. 그런데 내가 지금 돋보기가 없어 잘 안 보이네."

나는 직접 읽어보라며 스마트폰을 기사에게 내밀었다.

기사가 받아 들고 천천히 소리 내어 읽기 시작했다.

"Campbelltown Golf Club이라…. 맞긴 맞는뎅. 그리고 1 Golf Course Drive…. 어라? Glen Alpine…. 근데 이거 좀 이상하네요." 기사는 눈살을 찌푸리더니 위로 치켜올렸다.

"우편번호가 NSW 2560?"

그러더니 갑자기 외쳤다.

"이건 오스트레일리아 골프장이잖아요!"

당시는 몰랐다. 나중에 알고 보니, 영국과 호주의 두 캠벨타운은 이름은 비슷해도 분명히 다른 점이 있었다. 비록 그 순간에는 전혀 알아채지 못했지만 말이다. 혹시 어떻게 다른지 눈치채신 분이 계신다면, 꼭 연락 주시기 바란다. 캠벌턴에서 가져온 위스키를 기꺼이 한 잔 대접하겠다. 그때까지 남아있다는 보장은 없다만.

스코틀랜드 아일라 골프 클럽.
바람과 잔디만 남은 황량한 링크스라 편의 시설은 기대하기 어렵다.

천생
이지적인 나

"두뇌 명석하며 이지적이다." •

초등학교 2학년 생활기록부 '행동 발달 상황'란에 적힌 글귀다. 초등학생을 대상으로 이보다 더한 찬사가 있을까? '두뇌가 명석하다'는 말은 가끔 들을 수 있어도, 어린 나이에 '지혜롭다'거나 '지성적이다'는 평가를 받는 일은 사실상 불가능에 가깝다. 나는 이런 평판 속에서 자라왔고, 그래서인지 사람들은 지금껏 나를 떠올릴 때 자연스럽게 '이지적(理知的)'이라는 이미지를 연상한다. 이는 단순한 우연이 아니라, 어릴 적부터 형성된 나의 본래 모습이라 하겠다.

교부번호	*16841*		담당자		*도*
접수기관	대전광역시교육감		전화번호		042)48
	생 활	기		록	부
1. 학 적	상	황			2.
성 명	*박 정 흥 (朴炡用)* 성별	*남* 여		구분 학년	

생활기록부

이 얼마나 휘황하고 찬란한 표현인가! 본능이나 감정에 휘둘리지 않고 사물을 분별하고 깨닫는 능력이 초등학교 저학년 시절부터 이미 형성되었음을 담임선생님께서 꿰뚫어 보신 게 아니겠는가? 그 선생님의 얼굴은 기억나지 않지만, 그분 역시 나만큼이나 지성미 넘치는 분이었음이 틀림없다. "크게 될 나무는 떡잎부터 다르다"고 하지 않던가? 나는 어릴 적부터 이미 총명했고, 그야말로 영민했다. 한마디로, 천생 이지적이었다.

떡 본 김에 제사 지낸다고, 혹시 초·중등 시절의 생활기록부나 성적이 궁금한 분들을 위해 신청 방법을 간단히 안내를 드리겠다. 절차만 소개할 뿐이니 세부 과정에 대한 가타부타는 삼가주시길 부탁드린다.

먼저 해당 교육청 홈페이지에 접속한다. 전자민원 창구에서 '제증명민원 신청' 항목을 선택한 뒤, 졸업증명서나 성적증명서 등 필요한 문서를 요청한다. 생활기록부는 A4 크기로 축소되어 팩스로 전송되므로 해상도가 낮아질 가능성이 있다. 인쇄된 글씨는 비교적 잘 보이나, 손 글씨는 흐릿하거나 판독이 어려울 수 있으니 이 점 유의하길 바란다.

감히 말씀드리건대, 발급에는 신중을 기하시라. 담임이 바라본 어린 시절의 모습이 당신의 기대와 전혀 다를지도 모르기 때문이다. 나처럼 '두뇌 명석하며 이지적임'이라는 평가는 아무에게나 주어지는 게 아니다. 만약 이 글이 자화자찬처럼 들리거나 비위에 거슬린다면, 다시 말해 이지적이지 못한 분이라면 여기서 읽기를 멈추는 편이 현명할 터이다. 어릴 적 학창 생활에 막연한 환상이나 그리움을 품고 있다면 더욱 경솔해서는 안 된다. 소싯적 추억이나 유소년기의 자부심이 한순간에 날아갈 수도 있다. 정말이지, 떡메로 찍힌 떡살처럼 큰 충격을 받을지도 모른다.

아무런 조언도 듣지 못한 채 무턱대고 생활기록부와 성적표를 발급받은 나 역시, 그 멋진 평가에도 불구하고 크게 후회했다. 모든 과목에서 '수'를 받았으리라 찰떡같이 믿었는데, '미'가 두 개나 나온 초라함 때문이었다. 누가 볼까 두려워 성적표를 보자마자 얼른 접어 주머니에 넣었다. 얼굴은 어느새 붉게 달아올라 있었다. 주변 사람이 눈치채지 않기를 바라며 애써 태연한 척했으나 속은 복잡하기만 했다. 한참 멍하니 서서 충격을 곱씹다가, 결국 현실을 받아들이기로 했다.

담임의 총평

수십 년 골프를 쳤어도 90타의 벽을 넘지 못하는 내가, 예전에는 '보건'으로 불리다 지금은 '체육'이 된 과목에서 '미'를 받은 것은 어쩌면 과분한 일이었을지도 모른다. 음악에서도 또 하나의 '미'를 받았다. 몇 년째 우쿨렐레를 배우고도 반 박자 쉬고 들어가는 노래조차 버거운 나로서는, 담임선생님의 평가는 오히려 후하게 느껴질 정도였다. 결국 "지능 교과는 우수하나 예능 교과가 뒤떨어짐"이라는 혹평을 감지덕지하며 받아들일 수밖에 없었다.

그런데 막상 정신을 차리고 보니, 성적을 인정하고 말고와는 별개의 문제에 봉착했다.
이제껏 나는 초등학교 1학년 담임이 촌지를 받고 내가 받을 최우등 상장을 다른 아이에게 넘겼다고 철석같이 믿어왔다. 그런데 이번에 성적 증명서를 발급받고 나서야 당시 상황을 제대로 이해했고, 담임선생께 억울한 누명을 씌워왔음을 깨달았다. 모든 사실이 명명백백히 드러난 이상, 담임선생님— 그제야 경의를 담아 '님'자를 붙이기로 했다. —께 진심으로 사과해야겠다고 결심했다. 그러려면 먼저 그분의 성함부터 정확히 알아야 했다. 우편으로 받은 '학교생활기록부'엔 적혀있었는데, 복사본이라 그런지 글씨가 흐릿했고, 도장과 겹쳐 알아보기 어려웠다. 결국 문서에 적힌 삼성초등학교 행정실로 직접 문의하기로 했다.

"여보세요. 송명희 씨이신가요? 저는 54회 졸업생 박정용입니다. 며칠 전에 교육청을 통해 생활기록부를 발급받았는데요. 글씨가 흐릿해 잘 안 보이는 부분이 생겨 확인차 전화드렸습니다."

뜻밖에도 담당자는 나를 알아보았다.

"아, 박 선생님이시군요. 50년 전 기록부를 발급받는 경우가 거의 없어서 기억하고 있습니다. 마침 서류를 제 책상 위에 두고 있네요. 어느 부분이 궁금하신가요?"

"네, 1학년 담임선생님의 성함을 정확히 알고 싶어요. '김' 다음 글자가 흐릿해서 잘 보이지 않는데, 마지막은 '옥'으로 보이네요."

"아, 네. 여길 보니 김영옥 선생님이라고 적혀있네요. 다른 부분은요?"

상대방은 예의 바른 나와의 통화가 제법 유익했는지, 더 이어가고 싶은 눈치였다.

"예, 중간 글자가 '영'인지 '명'인지 헷갈렸을 뿐입니다. 나머지는 잘 보입니다. 생활기록부와 성적표가 따로 관리되어 있었네요! 이렇게 오랫동안 보관해 주시고, 친절히 답변까지 주셔서 정말 감사드립니다."

나는 그녀가 내 모든 기록을 보고 있다는 걸 의식하며, 지성미 넘치는 어조로 감사의 말을 건넸다.

"천만에요. 그런데 박 선생님, 어릴 적 정말 머리가 좋으셨던 것 같아요. 성적이 아주 우수하시던데요."

그녀는 사무실 일이 무료했던 건지, 아니면 내 젠틀한 목소리에 호감을 느낀 건지, 대화를 더 하고 싶은 듯했다.

"웬걸요. 떡이 좋아야 떡잎도 빛난다는 말처럼, 뭐, 공부는 그저 그랬어도 행동 발달 평가는 참 좋더라고요. 성적표보다 생활기록부를 한 번 자세히 읽어보세요. 거기 보시면 '두뇌 명석하며 이지적이다.'라고 적혀있지 않습니까? 으하하하!"

기분이 한껏 들뜬 나는 스스로가 자랑스러워 한바탕 웃지 않고는 견딜 도리가 없었다. 그런데 내 웃음이 끝나기 무섭게, 수화기 너머의 공기가 갑자기 싸늘해지더니 그녀가 낮은 목소리로 말했다.

"죄송합니다만, 사실대로 말씀드려야 할 것 같네요. 교육청에서 팩스를 보내면서 아마 해상도에 문제가 생겼나 봅니다. 원본에는 이렇게 적혀있어요."

잠시 정적이 흐른 뒤, 그녀가 조심스레 말을 이었다.

"'두뇌 명석하나 이기적이다'라고요."

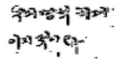

행동 발달 평가

거꾸로
살아가기

"어때, 혹시 좌석이 불편하지 않아?"

오랜만에 놀러 온 친구를 버스 터미널로 마중 나가, 옆좌석에 태우고 집으로 돌아오던 길이었다. 내 차는 운전석이 오른쪽에 있어 누구라도 조수석에 타면 불안감을 느끼고, 순간순간 자기도 모르게 움찔하며 헛 브레이크를 밟게 된다.

"글쎄, 차 자체는 눈에 익어서 괜찮은데, 이젠 거리의 방향이 헷갈리는군."

의외로 태연한 모습이어서 이유를 묻자, 그는 얼마 전까지 일본 오사카에서 영사로 근무 중인 아들 집에 오래 머물다 이틀 전에야 귀국했다고 했다. 일본에서 아들이 모는 우핸들 차를 자주 타서 차 구조에는 익숙해졌어도, 한국은 일본과 반대로 우측통행이라 이번에는 도로 주행이 또 어색하게 느껴진다는 이야기였다.

자동차 업계에서 핸들 위치를 결정하게 된 데는 몇 가지 역사적 배경이 있단다.

18세기 영국에서는 마부들이 오른쪽에 앉아 오른손으로 채찍을 휘두르는 것이 더 안전했기 때문에 마차 운전석도 자연스럽게 오른쪽에 위치하게 되었다. 이 전통은 자동차에도 이어져 영국과 그 영향을 받은 인도, 호주, 일본 등이 우핸들을 채택했다. 섬나라에서는 해안선을 따라 운전할 때 운전석이 도로 중앙 쪽에 위치하는 우핸들이 바람의 영향을 덜 받는다는 주장도 제기되나, 설득력은 다소 부족하다.

반면, 미국과 유럽 대륙 국가들은 좌핸들을 선택했다. 미국에서는 마부가 왼쪽에 앉는 것이 시야 확보에 유리했고, 자동차가 등장한 이후에는 오른손잡이가 변속기를 조작하기에 좌핸들이 더 편리하다는 점이 작용했다. 또한 육상 트랙처럼 왼쪽으로 도는 것이 심리적으로 안정감을 준다는 점도 좌측 운전석이 채택된 이유 중 하나다.

한국은 1905년 좌핸들을 처음 도입했으나, 일제강점기였던 1921년 일본의 '도로취제규칙'에 따라 우핸들로 전환되었다. 그러다 광복 이후 미군정 시절, 다시 좌핸들 방식으로 복귀하면서 오늘날까지 이어지고 있다.

2002년, 우리 가족은 영국으로 이주했다. 처음 두 달 동안은 렌터카를 이용하다가 폭스바겐 중고차를 들여 2년간 함께했다. 그러던 2004년, 재규어를 맞이했다. 당신이 나를 팔불출이라 아무리 놀려도 이 녀석 자랑만큼은 멈출 생각이 없다.

무엇보다도, 녀석은 참 잘생겼다. 부드러운 곡선으로 흐르는 클래식한 몸매, 갸름한 얼굴, 그리고 완벽하게 균형 잡힌 둥근 눈매가 이마 위에 자리 잡고 있다. 크고 작은 원형 헤드라이트는 마치 우아한 보석처럼 빛나며, 상어처럼 볼록한 입매는 앙증맞기 그지없다. 빛의 각도에 따라 은빛과 푸른빛이 미묘하게 변화하며, 마치 빙하에서 방금 녹아내린 듯한 깊은 옥색이 햇빛 아래서 반짝이며 기품을 뿜어낸다. 속내는 노란빛이 감도는 베이지색으로 따뜻하고 온화한 분위기를 자아낸다.

실내는 품격의 정수를 보여준다. 포근하면서도 탄탄한 가죽 시트, 깔끔하면서도 세련된 목재 트림이 차 안을 우아하게 감싼다. 정제된 디자인과 정밀한 마감은 재규어 특유의 기품을 그대로 담아냈다.

운전하는 기분도 그야말로 특별하다. 도로를 미끄러지듯 달리는 부드러운 주행감, 핸들을 잡을 때 느껴지는 일체감, 그리고 강렬하면서도 절제된 엔진음이 조화를 이룬다. 도심을 달릴 때면 사람들의 시선이 자연스럽게 머문다. 차창에 비친 녀석의 모습이 흐르는 풍경 속에서도 또렷하게 살아난다. 나조차 새삼 그 매력에 빠져든다.

옥색 재규어 S-Type은 본고장 런던에서도 흔히 볼 수 없는 모델이다. 단순한 이동 수단이 아니라, 고전의 미학과 재규어 전성기의 기술이 탄생시킨 하나의 예술 작품이다. 함께한 시간과 거리만큼, 그저 차가 아니라 삶의 한 페이지를 장식한 동반자였다.

빙하색(Glacier Blue) Jaguar S Type 2004

이 차는 런던 근교 서비튼에서 지낼 때 퍽 유용했다. 통브리지, 사우스햄튼, 에든버러, 옥스퍼드, 케임브리지 등 아이들 학교를 따라 영국 곳곳을 누비며 단거리는 물론 장거리 운행도 잦았다. 바다를 건너 유럽 대륙까지 함께 달리며 고락을 나눈 추억이 적잖아, 우리는 이 녀석에게 더욱 남다른 애정을 품게 되었다. "자식은 젖 먹일 때보다 키울수록 더 예쁘다." 하지 않던가? 처음부터 마음을 빼앗겼고, 시간이 흐를수록 더욱 애틋하고 소중하게 느껴졌다.

귀국을 앞두고 13살 된 아이를 어떻게 할지 고민하다가, 결국 미안한 마음으로 중고차 시장에 내놓았다. 그런데 중개상이 심장과 폐가 안 좋다며 치료가 필요하다고 했다. 치료비로 £2,000을 요구했다. 몸값은 정작 £1,000라 했다. 배보다 배꼽이 더 큰 상황이라 매각을 포기하고, 현지에서 간단히 처치만 받은 뒤 이삿짐과 함께 데려오기로 했다. 뱃삯으로 1,500파운드 들었고, 인천 세관에서는 세금과 보험료로 100만 원가량이 추가되었다. 결국 데려오는 데 차 가격보다 훨씬 많은 돈이 들었다. 그래서 얼마짜리 차냐고 물으면 나는 당당히 말한다. "450만 원!"

아직은 노인 축에 들지 않지만, 세월이 흐르면 언젠가는 앤티크 카로 불릴 날이 올 것이다. 보통 30년이 지나면 올드 카로 간주하니, 이 젊은이도 클래식 반열에 오를 날이 머지않았다. 언젠가 길에서 이 아이가 헉헉거리며 달리는 모습을 마주친다면, 그때는 손한 번 흔들어 아는 체라도 해주길 바란다.

사람들은 내 차를 신기하게 바라보며, 거꾸로 차량이라 운전하는 데 애로 사항은 없냐고 묻곤 한다. 우린 아무런 문제가 없다. 처음에는 조금 헷갈렸어도, 이제는 완전히 익숙해져 불편함을 느끼지 않는다. 마치 왼손잡이가 오른손을 자연스럽게 사용하는 이치와 비슷하다. 한 가지 성가신 점이 있다면 주차 요금을 낼 때다. 웬만한 유료 도로는 하이패스로 해결되나, 주차장은 그렇지 않다. 과거에는 직원이 직접 요금을 받았지만, 요즘은 대부분 신용카드를 단말기에 삽입해야 한다. 그러려면 차를 세우고 조수석 쪽으로 돌아가야 하니 약간 번거롭다. 그 외에는 딱히 어려운 점이 없다.

오히려 편리한 점이 더 많다.

첫째, 운전석에서 문을 열고 내리면 바로 인도와 연결되어 내가 타고 내리기에 매우 편리하다.

둘째, 정차 중 창문을 내리면 옆 차선 운전자와 가까이 대화가 가능하다.

셋째, 좁은 공간에서 옆 차에 바짝 붙여 주차해도 양쪽 차 모두 운전석 문을 여는 데 지장이 없다. 조수석끼리 맞닿는 덕분이다.

넷째, 모임에서 술을 마시고 싶지 않을 때, '내 차를 몰아줄 대리 기사가 없다'는 핑계를 대기에 딱 좋다.

다섯째, 운전 중 사람들이 신기하게 쳐다보는 것도 나름 즐길 만하다. 특히 아이들이 흥미로워하는 모습을 보면 더욱 그렇다.

여섯째는 아래의 글로 대신하겠다.

하루는 모임에 갔다. 약간 어둑어둑한 지하 주차장에서 차를 세우고 내리는데, 먼저 도착해 있던 친구가 아연실색하며 외쳤다.

"이게 요즘 새로 개발됐다는 완전 무인 자율 자동차인가? 그냥 자율 자동차는 TV에서 몇 번 봤는데, 운전자가 아예 없는 무인차는 오늘 처음 보네!"

아우토반
달리기

"손님께서 예약한 그 차로는 체코에 들어갈 수 없습니다."

베를린 시내의 엔터프라이즈 렌터카 직원은 의외로 단호했다. 이런 규정이 있을 줄이야, 정말 어이가 없었다. 자유 시장 경제를 자랑하는 시대에, 차의 생산국에 따라 입국 가능 여부가 달려있다니. 혹시 내가 잘못 알아들은 게 아닌가 싶어 되짚어 물었다. 직원은 한 치의 흔들림 없이 '회사 규정이고, 이미 고지된 사항'이라며 독일어로 된 책자를 내밀었다.

책자는 읽는 둥 마는 둥 넘겼다. 독일어를 해독할 능력도 없고, 직원이 공연히 거짓말할 리도 없으니 더 이상 따져볼 여지가 없었다. '누가 그런 세세한 조항까지 다 읽고 렌트를 하냐?'라 항의하고 싶었으나, 자칫 '다른 데로 가보세요.'라는 말을 들을까 두려워 속으로만 삼켰다. 좀 전에 여행 경로를 묻는 직원에게 괜히 체코를 언급했던 나 자신이 원망스러웠다.

"보름 동안 여행할 예정이라 짐이 많습니다. 다른 알맞은 차를 추천해 주세요."

별다른 도리 없이 나는 몸을 낮추었다.

"요즘 휴가철이라 모두 나갔습니다. 지금 남은 건 이것뿐인데, 크기는 작아도 최고의 옵션을 갖춘 자동차라 만족하실 겁니다."

직원은 구석의 조그마한 외제 차를 가리켰다. 여행 초반부터 예상치 못한 변수가 생겼어도, 찬밥 더운밥 가릴 처지가 아니었다. 결국 그 차를 몰고 나설 수밖에 없었다.

헤드램프를 데이라이트와 분리해 아래쪽에 배치한 독특한 디자인이 차의 첫인상을 새롭게 했다. '꿩 대신 닭'이라며 아쉬운 마음으로 올라탔지만, 운전석에 앉자 넓은 시야가 답답함을 단숨에 씻어냈다. 처음의 서운함은 곧 사라졌고, 오히려 뜻밖의 만족감을 안겨줬다. 덕분에 이번 여행이 한층 흥미롭고 즐거울 거라는 예감이 들었다. 변속기는 셀렉터 방식이라 중앙 콘솔의 공간이 여유로웠고, 차는 작아 보이는데 후방 트렁크는 한 달살이 짐도 거뜬히 실릴 만큼 넉넉했다. 직원이 자랑하던 최고 옵션은 처음엔 낯설었어도, 금세 익숙해지며 첨단 기술의 편리함을 실감케 했다. 실용적인 설계와 기본 적용된 사양들도 모두 만족스러웠다. 내비게이션 디스플레이는 크고 선명해 지도 보기가 수월했고, 차선 이탈 시 경고음이 울리는 기능이 안전성을 더했다. 좌측 백미러의 주황색 경고등은 주변 물체를 감지해 알려주었으며, 운전석 유리창에는 속도와 도로 정보가 표시되는 헤드업 디스플레이까지 탑재돼 있었다. 코너를 돌 때의 안정감 있는 핸들링과 강력한 주행 성능은 운전의 즐거움을 배가시켰다.

비록 요즘엔 흔한 사양일지 몰라도, 2007년식 차를 몰던 내게는 신세계와 다름없었다. '이런 게 기술의 진보란 말인가!' 감탄이 절로 나왔다.

아우토반은 독일어 Auto(자동차)와 Bahn(도로)의 합성어로, 자동차뿐만 아니라 이륜차와 삼륜차도 운행할 수 있는 고속도로다. 흔히 '속도 제한이 없는 도로'로 알려졌으나, 이는 절반의 진실일 뿐이다. 공사, 날씨, 교통 상황 등의 이유로 상당 구간에서 속도가 제한된다. 실제로 무제한 속도로 주행할 수 있는 약 30% 구간에서는 운전자들이 진정한 자유와 스릴을 만끽한다.

난 평소에는 느긋하게 주행하는 편이나, 이번만큼은 달랐다. 아우토반의 명성을 몸소 체험하고 싶었다. 속도계 바늘이 시속 170km를 넘어설 때, 도로 위 풍경은 시간의 틈을 가르듯 빛의 빠르기로 스쳐 지나갔다. 차는 단단히 도로를 움켜쥔 듯 흔들림 없이 달렸고, 마치 나와 하나가 된 듯 완벽한 조화를 이루며 질주했다.

아우토반에서 검은 원에 대각선이 그어진 표지판은 기존 속도 제한이 해제되었음을 의미한다. 그렇다고 무한정을 뜻하진 않는다. 권장 속도 시속 130km를 기준으로 신중하게 주행해야 하며, 자유에는 그만큼 책임도 따른다. 시속 200km를 넘나드는 차량이 달리는 이곳은 단순한 속도 경쟁이 아니라 정교한 운전 기술과 도로에 대한 신뢰로 유지된다. 최적의 도로 환경과 엄격한 차량 검사 덕분에 아우토반은 세계에서 가장 안전한 고속도로 중 하나로 평가받는다.

무제한 속도 구간의 짜릿함은 한계를 뛰어넘는 경험으로, 그 자유는 법규와 예절을 지킬 때만 허용된다. 추월 차선을 비워두고, 전방 주시와 차선 변경 규칙을 철저히 따르는 것이 필수다.

아우토반의 본질은 속도가 아니라 규율 속에서 누리는 자유다.

이번 자동차 여행은 베를린에서 출발해 아우토반 A2를 타고 서쪽으로 향하면서 바이마르를 첫 경유지로 삼았다. 이후 프랑크푸르트 부근에서 A3로 갈아타 모젤 강의 유명 관광지 코헴에 다다랐다. 거기서 남쪽으로 내려가 하이델베르크를 지나 프랑스 알자스의 와인 명소 콜마르, 스위스 취리히, 오스트리아 잘츠부르크를 거쳤다. 이어 독일의 뮌헨과 밤베르크를 지나 체코 필센을 거쳐 프라하까지 향하는, 5개국을 가로지르는 대장정이었다.

아우토반 주행도 꽤 인상적이었으나 환경 친화 도시 프라이부르크에서 시작된 블랙 포레스트 구간이 진정한 하이라이트였다. 독일, 오스트리아, 스위스 세 나라의 경계를 넘나드는 산길은 마치 영화속 장면처럼 시시각각 풍경이 바뀌었다. '여긴 또 어디지?'라는 생각이 들 때마다 국경을 넘었음을 깨닫는 재미가 쏠쏠했다. 프랑스와 체코는 알파벳 모양이 확연히 달라 쉽게 구분됐다. 반면, 오스트리아와 독일은 버스 승강장 표지판까지 비슷해 한동안 헷갈렸다.

그래도 시간이 지나면서 건물 스타일로 대강 짐작이 가능했다. 스위스에 들어서면 건물들이 한눈에 깔끔하고 정리되어 모범생이 줄을 선 듯 단정하다. 오스트리아는 좀 더 소박하면서도 아기자기한 매력이 있다. 창틀에 걸린 꽃장식과 지붕 아래 섬세한 패턴들이 돋보인다. 독일로 넘어가면 분위기가 미묘하게 달라진다. 실용적이면서도 세련된 느낌이 강하다. 군더더기 없이 절제된 우아함이 있다.

이 세 나라는 딱 '초록동색(草綠同色)'이었다. 서로 다른 듯 닮아 있었고, 그 속에서도 각자의 개성을 간직한 채 조화를 이루었다. 국경마다 마주하는 작은 차이점과 새로움이 여행을 더욱 의미 있게 만들었다.

총 3천 km가 넘는 여정이었기에 가장 염려됐던 건 자동차 사고였다. 길이 멀면 탈이 난다더니, 역시나 후반부 구간에서 결국 사고를 피하지 못했다. 잘츠부르크에서 뮌헨으로 들어가기 직전, 바이안 Weyarn 근처에서 일이 벌어졌다.

회전교차로를 목전에 두고 앞차가 갑자기 멈추는 바람에 나도 급히 브레이크를 밟았다. 그런데 쿵 하는 소리와 함께 가벼운 충격이 느껴졌다. 전방을 확인했는데, 앞차와의 간격은 충분했다. 내가 앞차를 들이받은 건 분명코 아니었다. 뒤를 돌아보니 오른쪽에 오토바이 한 대가 쓰러져 있었다. 4차선의 넓고 한적한 도로였기에 비상등을 켜고 차에서 내렸다. 길바닥에서 한 남자가 어기적대며 일어나는 모습이 보였다. 내 차를 뒤에서 들이받은 오토바이 운전자였다. 그는 곧 오토바이를 끌고 인도로 옮겼다.

나도 차를 길가로 빼내려 기어를 넣었으나, 무언가 바퀴에 걸려 걱걱대기만 할 뿐 도통 움직이질 않았다. 억지로 조금씩 옮겨 안전한 곳에 세운 뒤 내려 보니, 헬멧을 옆구리에 낀 덩치 큰 사내가 멋쩍게 날 바라보고 있었다. 한눈에 보아도 앳된 고등학생이었다. "괜찮아?" 하고 묻자, 그는 다친 데는 없다는 듯 고개를 끄덕였다. 오토바이도 외관상 큰 손상이 없어 보였다. 단순 접촉 사고였다. 서로 차와 오토바이의 사진을 찍은 후 자세히 살펴보니, 내 차는 오른쪽 후면 범퍼가 심하게 파손되어 있었다. 찢기고 뒤틀린 범퍼가 뒷바퀴에 걸려, 이대로는 운행이 어렵겠다는 판단이 들었다.

범퍼가 박살 난 대신 아이를 구한 셈이다. 안전을 우선시한 외제 차의 진가를 다시 한번 실감했다.

아이는 엄마에게 전화를 걸었고, 나는 렌터카 회사 매뉴얼에 따라 보험회사와 경찰서에 연락했다. 약 30분쯤 지나 아이의 엄마와 경찰관이 도착해 서류를 작성한 뒤, 인사만 남기고 무심히 떠났다. 아이는 오토바이를 일으켜 세우고 시동을 걸어보려 했으나 좀처럼 되지 않았다. 몇 번을 더 시도한 끝에 오토바이는 이상한 소리를 내며 겨우 살아났고, 그대로 사라졌다.

한 시간 내로 도착한다던 견인차는 두 시간이 지나서야 겨우 모습을 드러냈다. 차 서너 대쯤은 거뜬히 실을 만한 거대한 레커였다. 기사는 내 차를 싣고 떠나야 하니 짐을 모두 빼라고 했고, 렌터카 회사에서는 대체 차량을 찾고 있지만 언제 도착할지 알 수 없다고 했다. 참으로 답답한 상황이었다.

결국 견인차 기사에게 우리도 함께 정비 공장까지 데려다 달라고 부탁했다. 우크라이나인인 그는 차와 사람을 통째로 견인차에 실어 고속도로를 달렸다. 처음에는 차 위의 차에 앉아 이동하는 게 어색하고 낯설었다가도 이내 묘한 해방감이 느껴졌다.

'그래, 액땜이자 경험이야. 이 정도면 천만다행이지 뭐!' 스스로 다독이며 마음을 추슬렀다.

견인차에 실려 가면서도 여전히 운전대를 붙잡고 있다.

이윽고 인근 ADAC 정비 공장에 도착했다. 기사는 공장 책임자와 다시 이야기해 보라고 했다. 책임자는 젊디젊은 독일인 청년이었다. 나는 정비 공장이 차를 먼저 빌려주고, 나중에 보험회사에 비용을 청구하는 방식이 가능한지 물었다. 그러나 이곳에는 한국처럼 정비 공장에서 대체 차량을 제공하는 시스템이 없었다. 모두 렌터카 회사 소관이라는 답변만 돌아왔다. 결국 차를 공장에 맡기고 택시를 불러 예약된 뮌헨 숙소로 이동해야만 했다. 그러기 전, 앞으로 닥칠 험난한 사태를 머릿속으로 정리해 봤다.

1. 택시를 부른다.
2. 차에서 모든 살림살이를 꺼내 택시에 싣는다.
3. 호텔에 도착해 짐을 모두 방으로 옮긴다.
4. 내일 아침, 렌터카 회사에 사정을 다시 설명하고 하염없이 기다린다.
5. 끝내주게 운이 좋으면 오후쯤 새 차를 받는다.
6. 차를 몰고 호텔로 돌아가 다시 짐을 싣는다.

이 끔찍한 과정마저 순조롭게 흘러야 그나마 가능했다. 그렇지 않으면 내일 하루 종일 렌터카 회사 대기실에서 처분을 기다리며 허송세월하거나, 싫으면 대판 싸워야 할 형편에 직면했다.

해는 이미 기울고, 공장문은 벌써 닫혔다. 이 모든 상황이 도무지 견디기 어려워 그 기술자에게 지푸라기라도 잡는 심정으로 물었다.

"내 차, 수리가 가능합니까?"

"네, 범퍼가 완전히 찌그러져 움직이지 못하지만, 차체에는 큰 이상이 없어 보입니다."

"그럼, 어떡해야지요?"

"범퍼를 새것으로 교체해야 합니다. 그러려면 며칠 걸릴 텐데요."

답을 듣고 나니, 더욱 난감해졌다. 보기 흉한 상태라도 차만 움직일 수 있으면 그만이라는 생각이 얼핏 들었다.

"나는 사흘 후면 이 차를 반납합니다. 그때까지라도 쓰게끔 임시로 고쳐줄 수 있나요?"

정비사는 한참을 고민하며 머뭇거렸다. 이미 범퍼 교체를 전제로 서류가 작성되었기에 이를 수정해야 하는 번거로움이 있었다. 더군다나 퇴근 시간이 지나 공장문은 닫힌 상태였고, 모든 일을 혼자 처리해야 했다. 수입도 없는 작업을 기꺼이 떠맡기란 결코 쉬운 일이 아니었다. 임시 수리로 사고라도 나면 책임을 떠안을까 걱정돼, 선뜻 나서지 못했을 법도 하다.

우리의 애처로운 눈빛에 청년은 잠시 망설이다가 이내 고개를 끄덕이며 육중한 공장 한편의 쪽문을 열고 안으로 들어갔다. 필요한 도구를 찾는 데 애를 먹었는지 한참 만에야 모습을 드러냈다. 정비소의 리프트는 이미 멈춰있었고, 모든 장비가 사용 불가능한 상태였기에 그는 앞마당의 땅바닥에 드러누워 작업을 진행해야 했다.

그래도 여긴 독일. 그것도 독일에서 손꼽히는 브랜드 정비소였다. 이 청년은 고등학생 때부터 체계적인 교육을 받으며 성장해 왔을 게다. 독일의 아우스빌둥(Ausbildung) 시스템을 통해 이론과 실습을 병행하며 실력을 쌓아왔으리라. 비록 아직 장인의 반열에 오르지는 못했더라도, 그의 경험과 노하우는 신뢰를 주기에 충분했다. 외제차라 부품 수급이 어렵더라도 능히 해결할 수 있으리라는 확신이 들었다.

나의 믿음은 틀리지 않았다. 30분가량 차량 밑에 들어가 땀 흘리던 그는 마침내 시운전까지 마친 뒤 완벽하게 마무리해 인도했다. 그의 전문가적 태도와 첨단 기술력은 감탄을 자아냈다. 역시 자동차의 나라, 독일답다는 생각이 절로 들었다.

서두에서 밝혔듯, 베를린에서 국산 차 벤츠 GLB를 빌리지 못해 대신 외제 차 현대 코나(Kona)로 여행을 시작했다. 체코에서 벤츠 도난 사고가 잦아 렌터카 회사가 아무리 대여 금지령을 내렸다 한들, 처음엔 아쉬움이 컸다. 그러나 험준한 산악도로와 속도 무제한의 아우토반을 누비며 그 인식은 완전히 달라졌다.

'현대 차' 코나의 최신 첨단 사양은 편리함의 극치를 보여주었다. 안정적인 핸들링과 탄탄한 서스펜션 덕택에 급커브가 많은 블랙 포레스트의 구불구불한 길에서도 흔들림 없이 나아갔고, 광속에 육박하는 아우토반 주행에서도 든든한 안정감을 제공했다. 유럽의 다양한 도로 환경에서도 거침없이 달리며 품격을 드러냈다. '한국산 외제 차'와 함께한 이 여정은 전화위복의 진면목을 보여주었다.

사고 이후 남은 일정도 독일인 청년 기술자의 도움으로 순조롭게 마무리됐다. 그는 최상의 기술력으로 사고 처리를 성심껏 도와주었고, 덕분에 오히려 좋은 추억으로 남았다. 수리비를 극구 사양했더라도, 그의 크나큰 도움에 대한 감사의 표시로 10유로를 더 얹어 30유로를 주었더라면 좋았을 텐데 하는 아쉬움도 함께 남았다.

독일 청년 기술자가 공장 안에서 들고나온 '최신 장비'는 뜻밖에도 검정 비닐 테이프 단 하나였다.

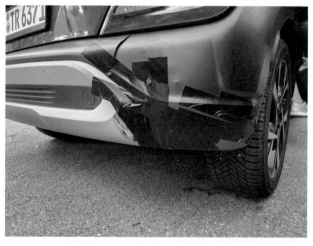

독일의 최신 기술로 수리된 현대 코나(Kona)의 후면 범퍼

내 안에서 일어나는
물리 법칙

　　반나절 진료를 마친 토요일 오후는 늘 애매하고 모호하다. 무언가를 제대로 시작하기엔 시간이 부족하고, 그렇다고 아무것도 하지 않기엔 남아돈다. 결국 어정쩡한 간격 속에서 따분한 공백만 남는다. 마치 에너지가 어디론가 새어 나가 텅 비어버린 듯한 느낌이라, 이런 날은 온몸이 소파에 착 달라붙어 좀처럼 떨어질 생각을 하지 않는다.

　소파에 드러누운 나태함도, 판에 박힌 하루도 결국 같은 원리에 기대어 있다. 뉴턴의 제1 법칙에 따르면 외부에서 힘이 가해지지 않으면 정지한 물체는 계속 정지해 있고, 움직이는 물체는 등속 직선 운동을 지속한다. 이는 관찰자의 위치에 따라 다르게 보일 뿐, 물리적으로는 변함이 없다. 결국 일상의 움직임도 정지도 모두 관성의 흐름 속에 머무른다. 마치 '이대로 살게 내버려 둬.'라고 버티는 것처럼.

이 귀차니즘의 관성을 깨뜨리려면 힘이 필요하다. 창밖을 울리는 두부 장수 트럭의 종소리든, 골목을 지나가는 붕어빵 냄새든, 누군가의 전화 한 통이든, 나를 소파에서 일으켜 세우는 힘이 작용하여 변화를 일으키는 순간 만물이 움직이며, 삶이 흘러간다. 힘은 변화의 원인이며, 그 결과로 새로운 일이 생겨난다. 반대로 힘이 가해지지 않으면 아무 일도 일어나지 않고, 결국 삶도 죽음도, 나아가 인생이라는 개념조차 사라질 것이다.

한낱 그런 관성의 꾀임에 귀가 솔깃했다면 그날도 소파와 한몸이었을 것이다. 그러나 토요일 오후, 예상치 못한 외부의 힘이 작용했다. 그 힘은 다름이 아닌 봄날의 미풍이었다. 창문을 살짝 열어두었더니 어디선가 밀려든 봄 내음이 방 안을 가득 채웠다. 무심천의 벚꽃 향인지, 우암산의 갓 피어난 풀 냄새인지, 아니면 저 멀리 제주에서 불어온 유채꽃 기운인지 분간할 순 없었다. 그 바람은 마치 투명 인간처럼 나를 슬며시 흔들었다. 처음엔 그저 기분 좋은 훈풍인 줄로만 알았다. 가슴 한구석이 간질거리더니, 몸을 감싼 묵직한 관성이 서서히 풀리기 시작했다. 단순히 공기의 움직임이 아니라, 익숙한 공간에서 나를 밀어내려는 한 조각 구원이었다.

구원은 감동만으로 완성되지 않는다. 일상 밖으로 나가 거리 이동이 있어야 비로소 일이 성립한다. '어떤 물체에 힘이 가해지면 그 방향으로 비례하는 운동 상태의 변화가 일어난다.' 이러한 운동 제

2 법칙에 따라, 나는 천천히 소파에서 몸을 일으켰고, 마침내 슬슬 가속이 붙어 바삐 외출 준비를 시작했다.

다리에 착 달라붙는 청바지에 줄무늬가 고상한 캐주얼 재킷을 걸쳤다. 짙은 감색 진에 어울리게 신발장에서 영국산 고동색 구두까지 꺼냈다. 아무런 계획 없이 충동적으로 집을 기어 나오면서도, 시내를 우아하게 거닐겠다는 기대로 차림새에는 나름 신경을 썼다. 오래간만에 신은 신발 때문인지 발뒤꿈치가 아려왔다. 운동화로 갈아 신을까 잠시 고민하다가, "때깔 고운 음식이 먹기에도 좋다"는 말이 떠올라 발이 희생하는 쪽을 선택했다. 멋을 살리기 위해 그 정도 불편쯤은 기꺼이 감수하기로 했다.

밖으로 나오기 전, 현관 거울에 전신을 비춰보았다. 동안(童顔) 클럽의 회장은 못 되더라도, 수석 부회장 자리는 거뜬히 차지할 얼굴이었다. 스스로 꽤 만족스러웠다. 매사에 부정적인 내가 아무리 냉정하게 나이를 올려 잡아도 50대 초반 이상으로는 보이지 않았다. 그래 봤자 겨우 열 살 깎은 거니, 너무 흉보지 마시길 바란다. 하물며 긍정적이고 인심 후한 분들을 만난다면 40대 중반 정도까지도 봐줄 게 뻔했다. 앞날이 괜스레 고무되었다. '이 정도 외모면 세상 어딜 가도 밀리지 않겠군.' 하는 생각이 들자, 발뒤꿈치의 통증은 저 멀리 사라지고 발걸음이 한결 가벼워졌다. 나는 자신감이 흘러넘친 채 문을 나섰다.

전체 높이가 24층인 아파트에서 우리 집은 딱 중간인 12층이다. 좀 높긴 해도, 집에서 나올 때는 언제나 계단을 이용한다. 나만큼

젊음을 유지하려면 체력 단련에 이 정도의 정성은 들여야 한다. 세상에 공짜 점심은 없는 이치니까.

그날은 사정이 달랐다. 젊고 세련된 맵시를 이웃에게 자랑할 좋은 기회라는 생각에, 과감히 엘리베이터를 택했다. 문 앞에 닿자마자, 내 의지 따윈 안중에도 없이 엘리베이터는 우리 층을 지나 24층으로 단숨에 올라갔다. 한참을 꼭대기에서 멈춰 서있던 엘리베이터는 내려오는 길엔 층마다 멈추기를 반복하며 늑장을 부렸다. 마치 내 인내심을 시험하는 듯 꾸물댔다. 주말 오후라 주민들이 많아서인지, 아니면 누군가 장난으로 버튼을 마구 눌렀는지 몰라도 엘리베이터는 좀처럼 내려올 줄 몰랐다.

광속에야 미치지 못하나, 엘리베이터에서도 시간조차 숨을 죽였다. 우주선이 빛의 속도에 다가설수록 외부 관찰자의 시간이 지연되듯, 이곳과 바깥의 흐름은 전혀 다른 차원에 놓여있었다. 층마다 멈춰 설수록 초조해졌고, 기다림은 끝없이 늘어졌다. 아인슈타인의 특수 상대성 이론과는 무관하게, 나는 심리적 시간 왜곡에 완전히 갇힌 게 틀림없었다. '저 안에서는 겨우 몇 초가 흘렀을 뿐인데, 나는 여기서 몇 년을 버틴 게 아닐까?' 그 순간엔 결코 과장이 아니었다. 명백한 현실이었다.

'평소처럼 계단으로 내려갈 걸 그랬나?' 하는 후회가 머리끝까지 차올랐으나, 꾹 참고 오늘만큼은 동네 주민들에게 나의 빛나는 외모를 뽐낼 절호의 기회로 삼기로 했다. 몇 년은 된 듯한 기다림 끝에 마침내 엘리베이터가 도착하고 문이 열렸다. 안은 텅 비어있었다. 사람들로 북적일 거라 예상했건만, 아무도 없는 광경에 허탈함이 밀려왔다. 그렇다고 마냥 서있을 수도 없어 조용히 1층 버튼을 눌렀다.

세 개 층을 곧장 내려가더니 엘리베이터가 멈춰 섰다. 사십 대로 짐작되는 낯선 남자와 초등학교 1학년이 채 될까 말까 한 여자아이가 나란히 들어왔다. 사람을 잘 기억하지 못하거니와 낯도 꽤 가리는 편인 나는 안면이 없는 그들에게 적당히 눈인사만 건넸다. 그럴밖에 달리 할 말도 없었다. 그런데 남자가 갑작스레 절을 하다시피 허리를 90도로 굽히는 게 아닌가?

"안녕하십니까. 얼마 전에 9층으로 전입한 아무개입니다."

같이 늙어가는 판에 이렇게 정중한 인사라니 몹시 쑥스러웠다. 처음 이사 왔으니 잘생긴 동네 터줏대감에게 그런 예를 갖출 만도 하다는 생각이 들어, 나도 머리를 제대로 숙이며 아는 체했다.

"아, 그러시군요. 요 며칠 인테리어 공사를 하시는 것 같더니만…."

그의 다음 말은 나를 꽁꽁 얼어붙게 하였다.

"죄송했습니다. 그동안 매우 시끄러우셨지요? 어르신."

뭐라고? '어르신!' 순간, 내 머릿속이 백지장보다 더 새하얘졌다. 형님이라 불러도 서운할 판에, 어르신이라니? 이건 해도 너무했다.

"아, 네. 그리 소란스럽지는 않았어요. 여기로 자알 오셨습니다."

너무나도 기가 막혔지만, 눈이 몹시 나쁜 사람이겠거니 하고 애써 넘겼다.

그런데 한층 더 가관이었다. 남자는 여자아이의 어깨를 다독이며 말했다.

"은주야, 앞으로 여기 계신 할아버지를 뵈면 꼬박꼬박 인사드려야 해! 알았지?"

'뭐, 뭐 뭐라고? 할아버지!' 이 말이 내 입에서 새어 나오기도 전에, 자랑스럽던 동안(童顔), 청바지와 캐주얼 재킷, 영국산 구두까지 나락으로 내리꽂혔다. 더불어 자부심도 바닥으로 곤두박질쳤다.

엘리베이터가 추락하며 몸이 붕 떴다. 순간, 나는 우주인이 되었다. 중력은 여전했지만, 발밑은 텅 비어있었다. 등가 원리. '가속과 중력은 구별되지 않는다'는 그 원칙이 지금 내 몸에 고스란히 적용되고 있었다.

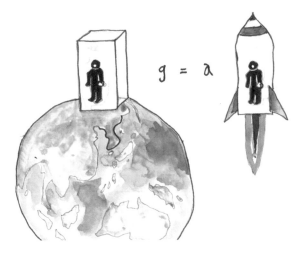

일반 상대성 이론: 중력 가속도(g)와 일반적 가속도(a)가 구별되지 않는다.

한참을 헤매다 바닥에 닿는 즉시, 현실로 단박에 돌아왔다. 그나마 감속 장치가 충격을 흡수해 가까스로 균형을 잡았다.

여느 사람 같으면 이미 기절하고도 남았을 상황이었다. 나는 달라도 한참 달랐다. 혼돈 속에서도 기묘한 전율을 느끼며 휘말려 들지 않으려 애를 썼다. 손잡이를 단단히 움켜쥔 채 혹시나 하는 마

음으로 주위를 둘러보았다. 그러나 어디를 봐도 '할아버지'라 불릴
만한 사람은 나 외엔 없었다.

　적어도 뉴턴의 제3 법칙만큼은 내 마지막 자존심을 지켜주려 애
쓴 모양이었다. 그의 작용에, 나의 한마디가 반작용처럼 튀어나왔다.
나는 문이 열리자마자 잽싸게 엘리베이터를 빠져나오며 그 남자를
향해 벌컥 한마디를 던졌다.

　"참 이쁜 손녀를 두셨네요!"

택시로 80일간의
세계 일주

"그린치과까지 가주세요. 시계탑의."

걸어서 출근하는 게 일상이나, 어제 아침에는 시간이 촉박해 택시를 잡았다.

"적잖이 더우시죠!"

뒷좌석 문을 열자, 감색 제복을 매끈하게 다려 입은 중년 남성의 운전기사가 환하게 미소 지으며 인사를 했다. 머리숱이 적고, 염색한 흔적도 살짝 엿보였으나 대략 40대 중반쯤으로 보였다. 차량은 흰색 소나타였다. 시트와 바닥까지 구석구석 깔끔하게 관리된 덕분에, 한결 편안한 마음이 들었다. 그 평온함도 잠시, 차가 어느 정도 나아가자 머리가 어질어질해졌다.

"흠, 흠…. 상큼한 향기가 가득하네요?"

차 안에 설치된 향수 디퓨저가 과하게 작동해 숨쉬기조차 답답했어도, 이렇게 에둘러 말했다.

"예, 제 차가 주행은 많이 안 했으나 오래돼서 냄새가 난다고 해 향수를 뿌렸습니다. 라벤더라던데. 향이 산뜻하여 좋으시지요?"

운전기사는 방향제가 대견스러운지, 아니면 오랜만에 손님을 태워서인지 연신 싱글벙글하였다.

"네, 당연히 좋지요. 그래도 저에게는 조금 과한 편이네요. 기관지가 약해서요."

사실 인공적인 향 자체가 싫었으나, 기사의 자부심이 묻어나는 향기 자랑에 차마 면박을 줄 수 없어 그럴듯한 핑계를 댔다.

이미 출근 시간대가 지나 도로에는 차량이 드문드문했다. 기사는 가속 페달을 깊게 밟았다.

"평소 과속을 많이 하시나 봐요?"

살짝 겁이 난 내가 농담 반 진담 반으로 묻자, 그는 피식 웃었다.

"뭐, 속도위반이 제 체질인가 봅니다. 아무런 계획 없이 동거부터 시작해 20대 초반에 애가 둘 생겼고, 지금 모두 대학생이에요."

갑자기 자식들 학비 걱정이 밀려온 듯 그의 표정이 살짝 어두워졌다.

"애를 먼저 갖는 게 속도위반일까요? 물리적으로는 속력 위반이 맞지 않을까요?"

엊저녁 들여다본 물리학 책 내용이 문득 떠올랐다.

"속력 위반이라…. 그게 그거 아닌가요?"

그가 내 말을 곱씹더니 잼처 물었다.

"네. 속력(speed)은 단순히 얼마나 빠르게 움직이느냐를 의미합니다. 속도(velocity)는 방향까지 포함한 개념이죠. 말씀대로 목표

없이 서둘렀다면 그건 속력 위반이 되겠네요."

그는 여전히 이해하기 어렵다는 듯 머리를 저었다. 순간, 공연히 벡터와 스칼라 개념을 꺼냈나 싶었다.

우리가 말하는 속도위반도 결국 지구를 기준으로 한 것이다. 하지만 지구조차 시속 10만 km 이상으로 태양을 공전하고 있으며, 태양계와 은하계는 그보다 훨씬 빠르게 움직이고 있다. 절대적인 기준 좌표계에서 정지 상태란 존재하지 않으며, 속도란 기준에 따라 달라지는 상대적인 값일 뿐이다. 결국 중요한 것은 '얼마나 빠른가'가 아니라 '어디로 가는가'다.

남과 비교하지 말라는 말이 단순한 위로가 아니라, 물리적 사실이자 철학적 통찰이라는 생각이 들었다.

이렇게 쓸데없는 참견 중에도 가슴 답답함은 점점 심해져, 기사에게 양해를 구하고 창문을 살짝 열어 바깥 공기를 들여왔다.

"이 차로 몇 년간 영업하셨나요?"

비싼 방향제 향기를 바깥으로 그냥 내보내기가 머쓱해 슬쩍 화제를 돌렸다.

"6년 반이나 몰았는데도 겨우 54만km밖에 못 달렸어요. 그런데 이제 곧 폐차해야 해요. 앞으로 이삼 년은 더 몰아야 본전을 제대로 뽑을 텐데."

새로 뽑을 차 할부금까지 떠올랐는지, 기사 얼굴에서 활기가 완전히 사라졌다.

"겨우 54만km밖에 달리지 않았다고요? 겨우라니요! 그게 얼마나 긴 거리인데요."

나는 침을 꼴깍 삼키며 바로 말을 이었다.

"이 차로 그만큼 달렸다면 지구를 몇 바퀴나 돈 줄 아세요? 자그마치 열세 번 하고도 반 바퀴를 더 간 거예요. 6년여 동안에."

"열세 바퀴를 넘게 돌아요? 에이, 설마 그럴 리가!"

기사는 말도 안 된다는 듯 눈을 크게 치켜뜨고 되물었다.

"그렇다니까요."

"음, 잠깐만요. 그럼, 제가 1년에 지구를 두 바퀴도 더 운전한다는 뜻인가요?"

그는 입때껏 달린 거리가 아직도 믿기지 않는 듯 고개를 절레절레 흔들면서도 계속 대화를 이어갔다.

"네, 그렇네요. 기사님이 무리해서 하루에 500km를 주행했다 가정하면 지구 둘레가 4만km니 80일에 한 바퀴씩 도는 겁니다. 석 달이 채 안 걸리네요."

그러고 보니 '택시로 80일간의 세계 일주'였다. 택시 기사만큼은 아니더라도, 보통 사람도 매일 출퇴근으로 50km씩 달린다고 가정하면 800일 만에 지구를 한 바퀴 도는 것이다.

그 어마어마한 거리를 고작 2년여 만에 주파하는 셈이니 "실도랑 모여 대동강 된다"는 말이 그야말로 실감이 난다.

택시로 세계 일주

"과학 선생인가 몰라도 잘 아시네요. 빛이 1초에 지구를 7바퀴 반 돈다고 하잖습니까? 아닌가요?"

갑자기 초등학교 과학 시간이 생각난 모양이었다. 아닌 게 아니라 블랙홀처럼 조건만 충분히 갖추어진다면 빛조차 회전 운동을 할 수 있긴 하다.

"거리상으로야 그렇지요. 그런데 기사님도 빛이 2초가량 이동한 만큼을 벌써 주행하셨어요. 놀랍네요."

중형 개인택시의 사용 연한인 7년을 넘어 평생 운전한다면 지구를 백 바퀴 넘게 돌 만한 거리를 달리게 되는 셈이었다. 참으로 경이로운 기록이 아닐 수 없다.

"그 정도면 내가 달나라도 다녀왔겠어요."

기사는 한껏 들뜬 듯했다.

"맞습니다. 산술적으로만 따지면, 고작 5년 만에 아폴로 11호의 달 왕복 거리보다 훨씬 더 먼 길을 다녀오신 겁니다. 진짜 대단하세요!"

"그런데 지구 둘레가 고작 사만 킬로밖에 안 됩니까? 정말로? 그리고 이 큰 땅덩어리를 어떻게 잰대요? 바다 때문에 줄자로 잴 수도 없을 텐데."

택시 기사는 이런 대화가 재밌는 듯, 마구 의문을 쏟아냈다.

"뭐, 지금은 GPS나 첨단 장비로 아주 정밀하게 잴 테지만…"

나는 일부러 말을 끊고 잠시 뜸을 들였다.

"지구를 최초로 잰 기록은 기원전 234년이에요. 예수님이 태어나기 200여 년 전인데, 혹시 어느 나라 사람인지 짐작 가시겠어요? 기사 양반."

그 시대에 지구 둘레를 재겠다는 발상을 했다니, 실로 찬탄할 만한 일이었다.

"미국은 아닐 테고, 그리스나 로마 사람이 아닐까요?"

이제 두 자식과 새 차 할부금 걱정에서 온전히 벗어나, 농담을 섞으며 대화에 한층 적극적으로 끼어들었다.

"그렇죠. 내 생각에도 당시엔 그리스인이나 로마인이 제일 똑똑했지 싶어요. 그런데 도형이나 기하학은 오히려 이집트가 가장 발달했었다고 하더라고요."

그리고는 '나일강 상류에서 흘러온 강물이 매년 반복되는 범람으로 인해 경작지의 측량술이 발전해서, 결과적으로 이집트가…'라고 말하려다, 점점 복잡해질까 싶어 입을 다물었다.

"와, 지금은 후진국인데 옛날엔 대단했나 봐요, 이집트가. 뭐 특별한 기계도 없었을 텐데, 어떻게 그런 걸 알아냈대요?"

기사의 눈에는 순수한 호기심이 반짝였다.

"집의 자제분에게 한 번 물어보세요. 대학생이라면 잘 설명해 줄 겁니다."

택시는 사직동 사거리를 지나 체육관 앞의 오르막 길로 접어들었다.

"지구가 정확히 4만 킬로라니, 우연도 보통 우연이 아닌가 봐요! 나 참. 에누리 없는 장사가 어딨나요?"

아직도 미심쩍은지 계속 말을 걸어왔다.

"지구의 둘레가 딱 4만

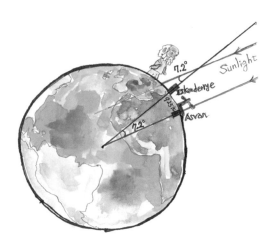

에라토스테네스(Eratosthenes)의
지구 둘레 측정

km인 건, 사람들이 그렇게 정했기 때문이에요."

18세기 말, 프랑스 주도로 적도에서 북극까지 자오선 길이의 1천만 분의 1을 1미터로 정하고, 백금으로 미터원기를 제작했다. 그러나 백금 막대는 온도 변화에 따라 길이의 편차가 생겼고, 결국 20세기 중반에 빛의 파장을 기준으로 1미터를 재정의하였다.

시계탑 오거리 신호등이 파란불로 바뀌자 기사가 속도를 높였고, 대화는 자연스레 마무리되었다. 치과 앞에 택시는 멈춰 섰고, 나는 신용카드로 요금을 결제하며 마지막으로 한마디를 덧붙였다.

"요즘은 측정 기술이 정밀해져 지구를 4만보다 75킬로미터 정도 더 크게 본다더군요. 기사님 말씀대로, 에누리 없는 장사는 없나 봅니다."

세뱃돈으로 벤틀리를
한 대씩 뽑으면

사업상 나는 런던에 가끔 머물게 된다. 굳이 만날 사람
도 없고, 함께 술 한잔할 친구도 마땅치 않아 그럴 때마다 따분하기
짝이 없다. 그래서 무료한 시간을 달래기 위해 박물관, 미술관, 앤
티크 시장 등을 자주 찾곤 한다.

이곳을 방문하는 이유를 거창하게 포장하자면

1. 고결한 문화적 성취감을 느끼고
2. 인류 유산을 통해 지적인 호기심을 자극하며
3. 귀중한 삶의 보고이자 미래를 밝힐 등불을 찾는 여정에 동참
   한다는 점이다.

솔직히 말하면

1. 몇 시간, 며칠이 아니라 몇 달, 몇 년도 버틸 만큼 이야깃거리가 넘쳐나고
2. 집에서 걸어갈 수 있어 교통비가 들지 않으며
3. 무엇보다 입장료가 공짜라는 점이 가장 큰 매력으로 다가온다.

경매장도 그런 맛을 간직한 곳이다. 런던에서는 세인트 제임스 공원 북쪽으로 크리스티, 소더비, 본햄 같은 쟁쟁한 경매장이 군데군데 자리하고 있다. 이런 데는 그 자체로 위압적이다. 최고급 호텔에 들어갈 때 괜스레 뒷머리가 당겨지는 사람이라면, 이 거대한 경매장이 왜 위축감을 주는지 굳이 설명할 필요도 없을 것이다.

겉보기에는 건물이 아담해 보여도, 안으로 들어서면 예상보다 훨씬 크고 넓은 공간이 펼쳐진다. 특히 런던 소더비에서는 푸른색 제복을 입은 젊고 건장한 경비원들이 문 앞에 버티고 서있어 입장객들에게 묘한 압박감을 준다. 그러나 뜻밖에 이곳은 누구나 자유롭게 드나들 수 있다.

경매는 먼저 사전 등록을 통해 패들 번호를 받은 뒤, 경매품 카탈로그를 확인하고 사전 관람(프리뷰)으로 물품을 직접 살펴보며 시작된다. 경매가 진행되면 참가자들은 패들을 들어 현장에서 입찰하거나 전화 또는 온라인을 통해 참여하고, 그중 최고가를 제시한 사람이 낙찰받는다. 낙찰자는 결제를 완료한 후 직접 물품을 수령하거나 배송을 요청할 수 있다.

이 과정은 단순한 거래를 넘어, 역사와 예술이 깃든 희귀한 물건들

이 불러일으키는 호기심과 성취감을 동시에 경험하는 순간이 된다.

피카소의 「안락의자에 앉은 여인」 경매 현장
「Femme Au Fauteuil」 by Pablo Picasso

경매장 전면에는 경매대와 대형 전광판이 자리하고, 참가자들은 경매 번호가 적힌 패들을 들고 진지하게 입찰에 참여한다. 경매 가격은 전광판에 파운드(GBP)로 표시되며, 주요 통화로 실시간 환산된다. 런던 경매소 전광 게시판의 화폐 단위는 맨 위에 '파운드(£)'가 자리 잡고 있다. 영국의 경매소답게 자연스러운 일이다. 그 아래에는 미국 달러(USD), 유로화(EUR), 스위스 프랑(CHF), 러시아 루블

(RUB), 홍콩 달러(HKD) 등 소위 '잘 사는 나라'의 화폐가 나란히 표시된다. 내가 지칭하는 잘 사는 나라란 높은 소득 수준으로 '잘사는' 나라와 경매 시장에서 활발하게 '잘 사는' 국가 둘 다를 말한다. 아쉽게도 한국은 아직 이 두 기준 중 어느 하나에도 부합하지 않는다.

US 달러나 유로, 스위스 프랑은 영국 파운드와 비교했을 때 액면 가치에서 큰 차이가 나지 않는다. 홍콩 달러(HKD)의 경우, 같은 금액을 전광판 화면에 표시하려면 파운드나 유로보다 '0'이 하나 더 붙어야 한다.

예를 들어, 피카소의 「안락의자에 앉은 여인」 경매 시작가가 420만 파운드로 책정되었다고 가정하면 전광판에는 다음과 같이 표시된다.

- GBP £4,200,000
- USD $6,652,800
- EUR €4,993,800

홍콩 달러로는
HKD 51,332,400으로 자릿수가 늘어나 8자리가 된다. 러시아 루블은 이보다 더 길어진다. 같은 금액을 루블로 표시하려면 파운드나 달러보다 '0'이 두 개 더 붙어
RUB ₽195,514,200처럼 9자리가 된다. 일본 엔(¥) 또한 루블과 마찬가지로 9자리 숫자가 필요하다.

국제 경매장의 주요 고객이 되기는 아직 한참 멀어 보이긴 해도, 한국의 '원(₩)'이 전광판에 등장한다면 어떤 모습일까? 한국 원화는 일본 엔보다 '0'이 하나 더 붙어 'KRW ₩7,568,190,000'처럼 10자리를 차지하게 된다. 주요국 통화와 비교하면 숫자가 눈에 띄게 길어져 자칫 볼썽사나운 인상을 줄 수도 있다. 검정 화면에 빼곡히 박힌 숫자들이 밝게 빛나는 모습을 현장에서 직접 바라보면 이 차이가 더욱 실감 날 터이다. 단순한 단위 문제로 치부할 수도 있으나, 국가 신뢰도나 경제적 위상을 상징하는 듯해 한국인의 자존심이 살짝 구겨질지도 모르겠다.

얼마 전 출근길에 택시 운전사와 나눈 대화를 바탕으로 쓴 글 「택시로 80일간의 세계 일주」가 의외로 많은 관심을 끌며 댓글이 쏟아졌다. 독자 중 상당수가 지구 둘레가 고작 40,000km라는 사실에 의문을 제기했다. 어떤 이는 택시 기사처럼 "설마! 그것밖에 안 돼요?"라며 믿기 힘들다는 반응을 보였다. 그 '설마'가 사람을 잡으려는지 다시금 나의 '횟병'을 도지게 했다. 도대체 What(무엇)이 우리로 하여금 '4만'이라는 숫자를 하찮게 느끼게 만든 걸까? 지구의 웅대함을 잊게 할 그 무엇이 있기에, 40,000이 우리에겐 그토록 적게 느껴지는 걸까?

설날에 손자 손녀들을 포함한 온 가족이 할머니 댁에 모인다. 명절 차례가 끝난 후에는 의례적으로 세배를 주고받고 더불어 현금도 오고 간다. 우리 집에서는 오랜 관례에 따라 세뱃돈 기준을 정해 초등학생 이하에게는 5만 원, 중학생 이상에게는 10만 원을 준다. 아무리 갓난아기라도 머리를 바닥에 대기만 하면 5만 원을 챙긴다는 이야기다.

2024년 기준 한국의 최저임금은 시간당 약 10,000원이다. 반면, 영국의 최저임금은 약 10파운드로, 한화로는 19,000원에 달한다. 한국인은 하루 8시간 아르바이트를 하면 약 80,000원을 벌고, 영국인은 80파운드, 즉 약 150,000원에 해당하는 임금을 받는다. 실제 구매력으로 보면 한국의 ₩80,000은 영국의 £80에 비해 절반 수준이지만, 숫자의 크기로 보면 원화 쪽이 천 배나 크다.

화폐에 표시되는 숫자는 인간의 삶에서 가장 익숙하고 중대한 요소 중 하나다. 한국 아이가 세배 한 번으로 받는 50,000원은, 영국 아이들에게는 몇 년 동안 용돈을 모아야 만날 수 있는 거대한 금액처럼 느껴진다. 어린 시절부터 £5나 £10을 소중히 여겨온 영국 아이들에게, 50,000파운드는 상상조차 어려운 엄청난 규모로 다가온다. 반면, 한국에서는 5만 원이 세뱃돈 정도로 여겨지고, '십억', '백억' 같은 거대한 숫자가 매일 뉴스에 오르내린다. 숫자에 대한 감각이 이처럼 다르니, 누군가 지구 둘레가 4만km라고 말했을 때, 한국인이 '애개, 고작 그 정도야?' 하고 받아들인다 해도 충분히 이해할 만하다.

이런 사소한 차이를 따져보고 계산하며 의미를 찾으려는 건, 결국 나 같은 엉뚱한 사람밖에 없을지도 모르겠다.

객쩍더라도 싱거운 생각 하나 더 떠올려 보자. 화폐 개혁 없이도 한국 돈 1원이 영국 돈 1파운드와 맞먹는 시대가 어서 빨리 왔으면 좋겠다. 아이들이 몇 년 치 세뱃돈을 모아 영국 최고급 차 벤틀리를 최신형으로 뽑아낸다면 그야말로 대박 아닌가! 말도 안 된다고?

말은 안 되어도 글은 되니, 생각만 하여도 그저 즐거울 따름이다.

아바 노래,
「워털루」의 탄생 비화

아바(ABBA)의 노래 「워털루(Waterloo)」가 만들어진 배경에는 다섯 가지 설이 있다. 그중 하나는 사실에 기반했고, 나머지 네 개는 내가 꾸며낸 허구이다. 무엇이 진실인지는 독자가 판단할 몫이며, 어떤 설을 믿을지는 당신의 상상력에 달려있다.

그 하나

♬♪♬♪ Napoleon did surrender 나폴레옹도 결국 항복했죠.
I feel like I win when I lose 난 패배 속에서도 승리의 기쁨을 느껴요.
Waterloo, Finally facing my Waterloo 워털루-마침내 내 운명을 맞이했네요. ♬♪♬♪
1815년, 벨기에 워털루에서 프랑스 황제 나폴레옹과 영국 웰링턴 공작이 이끄는 동맹군이 세계사의 흐름을 뒤흔드는 전투를 벌였다. 나폴레옹은 마지막 승리를 꿈꾸며 전장에 나섰지만, 동맹군의 끈질긴 저항에 결국 무릎을 꿇고 완패했다. 새벽부터 밤까지 이어진 치열한 전투 속에서 양측 모두 막대한 희생을 치렀다. 워털루는 나폴레옹 몰락의 상징으로 남았으나 동맹군에게는 새로운 유럽 질서를 연 승리의 순간으로 기록되었다.

시간이 흐르면서 워털루 전투는 단순한 역사적 사건을 넘어, 인생의 아이러니를 상기시키는 역설로 남았다. 런던 템스강에 세워진 워털루 브리지는 그날의 기억을 담고, 승패를 넘어선 의미를 품고 있다. 이후 '워털루'는 사랑 앞에 무너짐을 가리키는 은유로 자리 잡았다.

아바(ABBA)는 워털루 전투에서 영감을 받아 사랑을 전쟁에 빗대어 독창적인 곡을 만들었다. 사랑 앞에서의 패배가 곧 가장 달콤한 승리임을 의미하며, 나폴레옹이 워털루에서 무릎 꿇었듯 사랑도 굴복하는 순간 새로운 도약이 가능하다는 메시지를 담고 있다.

1974년, 이 곡은 유로비전 송 콘테스트에서 아바를 우승의 주인공으로 만들며, 그들의 이름을 전 세계에 알리는 계기가 되었다. 그 곡이 바로 「워털루(Waterloo)」다.

그 둘

♬♪♬♪ My my, at Waterloo… 오 예, 워털루에서…
Oh yeah, and I have met my destiny… 나의 연인을 만나 왔네…
Waterloo-Finally facing my Waterloo 워털루-마침내 내 사랑과 마주하네요. ♬♪♬♪
1960년대 중반, 스웨덴의 베니 안데르손과 아그네사 펠트스코 그는 영국 유학 중에 운명처럼 만났다. 베니는 사우스햄튼 대학교에서 역사학을 공부하며 음악적 열정을 키웠고, 아그네사는 런던 퀸 메리 칼리지에서 선율을 다듬으며 재능을 꽃피우고 있었다. 음악 축제에서 우연히 마주친 두 사람은 천생연분처럼 서로에게 매료되었으며, 이내 음악으로도 연결되었다.

베니는 매주 주말 기차를 타고 런던으로 향했고, 아그네사는 워털루역에서 그를 기다렸다. 플랫폼에서 서로를 발견하던 설렘, 템스강을 따라 걸으며 나눈 대화는 두 사람의 관계를 더욱 깊게 만들었다. 특히 제2차 세계대전 당시, 대부분의 남성이 전장으로 떠나자 여성들이 나서서 워털루 브리지를 재건했다는 사실을 알게 된 두 사람은 그 강인한 의지와 연대의 상징에 감동을 받았다.

워털루 브리지
실제로는 빅벤은 보이지 않는다.

워털루 다리. 위치상 빅벤은 보이지 않으나 필자가 그려 넣었다.

워털루 다리에서 강바람을 맞으며 미래를 꿈꾸던 시간은 두 사람에게 잊지 못할 추억이 되었고, 베니는 이를 곡으로 담아내기로 결심했다. 워털루에서 함께한 순간마다 떠오른 영감은 자연스레 멜로디에 스며들었고, 아그네사는 이를 악보로 옮기며 곡을 세심하게 보듬었다.

사랑과 열정이 녹아든 이 곡은 발표되자마자 큰 주목을 받았고, 1974년 유로비전 송 콘테스트에서 우승하며 아바를 세계적인 그룹으로 도약시켰다.

그 곡이 바로 「워털루(Waterloo)」이다.

그 셋

♫♪♫♪ The history book on the shelf 역사책 속 기록은

Is always repeating itself 항상 되풀이되곤 하죠.

Waterloo, Finally facing my Waterloo 워털루, 마침내 인간 의지를 대면하네요. ♫♪♫♪

1850년대 런던은 산업혁명으로 인한 인구 폭증과 환경 오염으로 고통받았다. 공장에서 나온 연기와 하수구를 통해 흘러든 오물은 템스강을 죽음의 강으로 만들었고, 전염병이 잇따라 창궐했다. 콜레라와 같은 수인성 질병이 계속되자 런던 당국은 문제 해결을 위해 화장실 개혁을 최우선 과제로 삼았다.

1855년, 런던 시장 앤더슨은 혁신적인 화장실 설계를 모집하며 2만 파운드라는 거액의 상금을 내걸었다. 그러나 수많은 제안이 있었음에도 현실적인 해결책은 좀처럼 나오지 않았다. 강의 오염과 전염병은 여전히 심각했고, 반복되는 실패는 사람들의 희망마

저 꺾는 듯했다. 그때 발명가 린스테드가 물을 이용한 수세식 변기를 설계하며 전환점이 마련되었다. 이 변기는 물로 대소변을 씻어내 일정 시간 저장한 후 배출하는 방식으로, 당시에는 혁명적인 아이디어였다. 공중위생 수준을 크게 개선한 이 발명품은 사람들의 생활 방식을 바꾸는 데 크게 기여했다. 린스테드는 자신의 발명품에 'Water(물)'와 'Loo(화장실)'를 결합해 '워털루(Waterloo)'라 명명했다.

그리고 한 세기 후, 여기에서 영감을 얻은 아바는 끈질긴 도전과 실패 속에서도 불굴의 정신으로 새로운 가능성을 찾아낸 인류의 의지를 노래로 표현했다. 이 곡은 사랑과 도전이라는 주제를 담아냈고, 1974년 유로비전 송 콘테스트에서 우승하며 아바를 세계 무대에 각인시켰다.

그 곡이 바로 「워털루(Waterloo)」이다.

그 넷

♬♪♬♪ Promise to love you for ever more 당신을 언제까지나 사랑할게요.
Couldn't escape if I wanted to 아무리 해도 당신 곁을 떠날 수 없네요.
Waterloo, Knowing my fate is to be with you 워털루, 당신과 함께하는 게 내 숙명이죠.♬♪♬♪

제1차 세계대전이 한창이던 런던, 워털루 브리지에서 로이 크로닌 대위와 마이라 레스터가 운명처럼 마주쳤다. 마이라는 발레리나였고, 로이는 전쟁터로 떠나는 영국군 장교였다. 두 사람은 첫눈에 반해버렸다. 짧은 시간 사랑을 키워가며 결혼을 약속했으나, 로

이는 전선으로 떠나야만 했다. 그리고 얼마 지나지 않아, 그가 전 사했다는 비보가 전해졌다. 마이라는 절망 속에 빠졌고, 생활고에 시달리며 발레단에서도 쫓겨났다. 힘겨운 삶을 이어가던 그녀에게 어느 날, 믿을 수 없는 소식이 들려왔다. 로이가 살아 돌아왔다는 것이다.

영화 「워털루 브리지」의 한 장면

두 사람은 다시 워털루 브리지에서 재회했으나, 거리의 여자로 전 락한 마이라는 더 이상 로이와 함께할 수 없다고 여겼다. 그녀는 눈물을 머금고 떠나기로 결심했다. 로이는 붙잡으려 했으나, 마이 라는 이미 깊은 상처를 안고 있었다. 결국 그녀는 워털루 브리지에서 절망 속에서 극단적인 선택을 했다. 로이는 뒤늦게 모든 걸 알게 되었지만, 전쟁이 남긴 깊은 상처 속에서 사랑은 이미 한 줌 재처럼 흩어지고 말았다.

이 비극적인 이야기는 머빈 르로이 감독이 연출하고, 비비언 리와 로버트 테일러가 주연한 영화「워털루 브리지(1940년)」에서 펼쳐졌다. 이 스토리에 감명받은 아바는 사랑과 운명의 격돌을 전쟁에 빗대어 곡을 만들었다. 1974년, 유로비전 송 콘테스트에서 이 곡은 아바에게 대상을 안겨주었고, 그들을 승승장구케 하였다.

그 곡이 바로「워털루(Waterloo)」이다.

그 다섯

♫♪♬♪ My my 오 이런

I tried to hold you back, but you were stronger, Oh yeah 붙잡으려 했지만, 당신은 더 강했어, 오예.

And now it seems my only chance is giving up the fight 이제 보니, 갈라지는 듯해도 결국 하나로 이어지네요. ♫♪♬♪

1973년, 아바는 해체 위기에 놓여있었다. 스웨덴에서 큰 인기를 끌었지만, 유럽 무대에서는 이렇다 할 성과를 거두지 못한 탓이었다. 몇 번의 실패 끝에, 멤버들은 각자의 길을 고민하고 있었다. 런던에서 마지막 공연을 마친 날, 네 사람은 런던 워털루역(London Waterloo Station)에 서있었다. 각자 다른 기차를 타고 떠날 준비를 하며, 서로 아무 말 없이 시계를 바라보고 있었다. 그때 비요른이 문득 플랫폼을 가로지르는 수많은 선로를 바라보며 말했다.

"우리가 지금 갈라지려고 하지만, 결국 한 목적지로 향하는 거야."

벤니도 고개를 끄덕였다.

"이 선로들, 다시 접속할지도 몰라. 그러면 언젠가 다시 만날 수도 있겠지."

아그네타는 역내 방송을 들으며 미소를 지었다.

"아니, 다시 만나는 게 아니라… 우리는 이미 맞물려 있어."

그 순간, 네 사람은 같은 생각을 했다. 워털루역처럼, 아바도 다시 하나로 이어질 수 있다. 종점처럼 보이던 상황이, 어쩌면 새로운 출발일지도 모른다.

그날 밤, 호텔에서 그들은 새로운 곡 작업을 시작했다. 역에서 들었던 기차 소리, 플랫폼의 웅장한 분위기, 그리고 선로가 연결되는 모습에서 얻은 느낌을 노래로 지었다. 이듬해, 아바는 유로비전 송 콘테스트에서 그 곡 「워털루」로 우승하며 음악계의 전설로 남았다. 그리고 워털루역은 단순한 기차역이 아니라, 아바가 다시 길을 내디딘 장소로 기억되었다.

그 곡이 바로 「워털루(Waterloo)」이다.

WSET 학창 시절의
에피소드

WSET는 Wine & Spirit Education Trust의 약자로, 1969년 설립된 세계적인 주류 교육 기관이며, 본사는 런던에 있다. 나도 와인과 위스키를 비롯한 다양한 술을 배웠다. 여기서 제공하는 교육 과정은 와인과 증류주 분야에서 국제적으로 인정받아, 수많은 전문가가 실력을 입증하는 데 활용하고 있다.

🖋 생쏘를 하다

비틀즈가 고향 리버풀에서 출출할 때 자주 찾던 펍이 더 그레이프스(The Grapes)다. 런던 내로우 스트리트에도 같은 이름의 펍이 있는데, 오래된 의자들이 다닥다닥 붙어 전통적인 분위기를 물씬 풍긴다. 시설은 낡았어도, 템스 강가에 면한 테라스가 매력적이라 WSET 수업을 마친 뒤 자주 들렀다.

어느 날 이곳에서 와인 리스트를 살펴보다가 스펠링 오류를 발견했다. 당시 나는 WSET 정규 과정을 거의 마치고 자격시험을 앞둔 상태라 와인 관련 지식에 충만해 있었다. 메뉴판에는 프랑스 남부 랑그독 루씨옹 지방에서 많이 재배되는 포도 품종 'Cinsault(생쏘)'가 'l' 자가 빠진 채 'Cinsaut'로 기재되어 있었던 것이다. 이를 종업원에게 알려주자, 그는 고맙다며 곧바로 수정하겠다고 했다.

일주일 후 다시 찾아가 보니, 메뉴판엔 여전히 'Cinsaut'로 적혀있었다. 그날은 그 웨이터가 비번이라 다른 직원에게 이야기했더니, 돌아온 대답은 뜻밖에도 "Cinsault와 Cinsaut, 두 가지 철자가 모두 사용됩니다."였다. 예상치 못한 반박에 당혹해 곧바로 교과서를 샅샅이 뒤져보니, 그

생쏘 와인(Cinsaut Wine)

의 말이 맞았다. 빈 수레가 요란하다더니, 괜한 참견을 하다 제대로 한 방 먹었다.

결국 한 가지는 알고 두 가지는 모른 내가 생쏘를 한 셈이 됐다.

✍ 한국인 최고 유명 인사 '지'

런던 버몬지의 WSET 본교를 다니는 동안, 점심은 공원 벤치에

서 편의점 샌드위치로 간단히 해결했다. 정문 바로 앞에 버몬지 바 앤 키친(Bermondsey Bar and Kitchen)이라는 레스토랑이 있었어도, 비싸 보이는 가격과 번거로울 것 같은 분위기 탓에 선뜻 발길이 가지 않았다. 그러다 마지막 수업 날, '지게꾼도 짐 내려놓을 때가 있다'는데, 스스로 보상을 주기로 마음먹고 값비싼 스테이크를 시켰다.

식사를 마친 후 계산하려고 웨이터를 불러 신용카드를 내밀었다. 웨이터는 카드를 받아 들고 한참이나 뚫어지게 쳐다봤다. 대한항공 퇴역 비행기의 동체를 잘라 만든 듀랄루민 소재의 카드라 두껍고 디자인이 특이해, 흥미를 끌었나 보다 싶었다. 그런데 웨이터는 엉뚱하게도 이렇게 물어 왔다.

"지를 아세요?" 예상치 못한 질문에 당황하며 "모르겠다."라고 답하자, 웨이터는 아쉬운 표정으로 말을 이었다.

"Ji 말이에요, 지! 프리미어 리그에서 무척 유명한 축구 선수예요."

아하! 박지성! 크레딧 카드를 보고 내 성씨가 '박(Park)'이라는 걸 알아챈 모양이다. Ji-Sung Park에서 '지(Ji)'를 퍼스트 네임으로 생각했구나. 그렇다면 더더욱 실망시킬 순 없지.

"아, 지성이! 그 애는 내 친척이야. 아주 가까운."

내 대답에 웨이터는 반색하며 이것저것 더 물어댔다. 그의 말을 알아듣기도 어렵고 대응하기도 난감하여 그냥 미소로 얼버무리며 식당을 빠져나왔다.

그때만 해도 한국이 세계적으로 주목받는 나라가 아니었으니, 평범한 영국인에게 한국인을 한 사람 떠올려 보라고 하면 박지성이 거의 유일했을 터였다. 굳이 한 명을 더 꼽자면… 김정일? 그 외엔 딱히 떠오르는 인물이 없었다.

🎨 블라인드 테이스팅 시험

빅토리아 핌리코 마을의 한 와인 숍 이름이 '빈티지 셀라'다. 집에서 도보 3분 거리에 있는 작은 상점으로, 기본적으로 필요한 주류는 대부분 갖추고 있다. 이곳의 직원 리카르도는 삼십 대 후반쯤 된, 체구가 작은 이탈리아 청년이었다. 노랗게 물들인 꽁지머리가 꽤 잘 어울렸다. 나는 꼭 와인을 사러 간다기보다, 종종 들러 라벨을 구경하거나 궁금한 점을 묻곤 했다.

가끔 술을 살 때는 부담 없이 한 번에 마실 수 있는 사이더(Cider)를 골랐다. 이곳은 영국 남부의 소규모 농장에서 생산된 제품을 특히 많이 들여놓았는데, 일반 슈퍼마켓에서는 보기 힘든 전통 방식의 크래프트 사이더가 주를 이뤘다. 사과 품종의 개성을 살린 드라이한 스타일로, 자연 발효를 거치며 알코올 도수가 거의 10%에 육박했다. 옅은 황금빛에 갈색이 살짝 섞인 독특한 색감에 시큼털털한 향이 감돌았다. 탁하고 농밀한 맛에 탄닌 감도 있었다.

WSET 고급반 자격증(Advanced Certificate) 시험은 필기와 실기로 나뉜다. 필기는 객관식, 단답형 주관식, 그리고 서술형 에세이로 구성된다. 객관식과 단답형 주관식은 한국에서 치르는 시험과 비슷하다. 다만 국내에서 한글로 시험을 보면 합격하더라도 상위 단계로 진학할 수 없다. 서술형 에세이를 영어로 통과해야 디플로마 과정으로 올라갈 자격이 주어진다.

실기는 블라인드 테이스팅으로 진행된다. 사전 정보 없이 제공된 와인을 시음한 뒤, 향과 맛을 기록하고 포도 품종, 산지, 가격대를 추론해야 한다. 수업 시간 동안 꾸준히 연습한 덕에 품종은 어느 정도 맞출 수 있었다. 그래도 산지와 가격을 정확히 알아내는 일은 여전히 어려웠다.

시험 전날 저녁, 초조한 마음을 달래려 빈티지 셀라를 찾았다.

리카르도에게 화이트 와인 한 병을 골라 달라고 부탁한 뒤, 고민을 접고 한 잔 마시며 일찍 잠들기로 했다.

시험 당일 오전에는 필기시험이 있었다. 객관식과 단답형 문제는 비교적 수월하게 풀었고, 영어가 서툴러 에세이 파트가 다소 까다롭긴 했지만, 주제가 와인에 한정되어 있어 큰 애로 없이 마무리하였다.

블라인드 테이스팅.
편견 없이, 와인 자체에만 귀 기울인다.
이름도, 배경도 지운 채, 오로지 맛과 향에 집중한다.

마지막 관문은 오후에 치러진 블라인드 테이스팅이었다. 시험관이 따라준 잔을 들고 향을 맡아 보니, 품종은 분명 '샤도네이'였다. 놀랍게도 색과 맛, 향이 전날 리카르도가 골라 준 와인과 완벽히 일치했다.

마꽁 블랑(Macon Blanc)! 산지와 가격대까지 척척 답안지에 적어 내려갔고, 이로써 시음 시험도 땅 짚고 헤엄치듯 가뿐히 통과했다.

✍ 템스강의 유람선에서

배를 타고 그리니치에서 웨스트민스터 집으로 돌아오는 길이었다. 5월임에도 강바람이 거세 갑판에 머물기 어려워 선내로 들어왔다. 중앙 휴게실에는 긴 나무 의자들이 빼곡히 놓여있었고, 쌀쌀한 날씨 탓에 승객들로 가득했다. 따끈한 핫초코를 사 들고 겨우 빈자리를 찾아 앉았다. 옆 사람에게 시선을 주고 말을 걸어도 전혀 어색할 것 없는 분위기였다.

옆자리 중년의 백인 여성이 신문을 펼쳐 들고 십자말풀이를 하고 있었다. 고민하는 표정이 역력해 보여 나도 거들기로 했다.

"거의 다 푸셨는데 마지막 하나가 남았군요."

자세히 보니 M으로 시작해 T로 끝나는 네 글자 빈칸만 남아있었다. 힌트는 'embryo of wine'. Embryo란 생물학적으로 세포 분열이 시작된 이후 완전한 개체로 성장하기 전의 배아를 뜻한다.

"네, 그렇긴 한데 마지막 단어가 정말 어렵네요. 배아 단계의 미숙한 와인이라니, 도대체 뭘 말하는지 모르겠어요."

여인의 얼굴에 답답함이 묻어났다.

"제가 알려드려도 될까요?"

나에겐 즉각적으로 떠오르는 단어가 하나 있었다.

"정말 아시겠어요? 그럼 부탁드릴게요."

그녀의 눈빛에 기대가 섞였다.

"제 생각에는 아마 정답은 M, U, S, T, must일 겁니다."

"Must요? 머스트에 그런 의미도 있나요?"

"예. 발효 직전이나 초기의 포도즙을 뜻하기도 합니다."

must는 '어린 포도주'라는 뜻의 라틴어 'vinum mustum'에서 유래했다. 껍질, 씨, 줄기 등이 모두 포함된 갓 으깬 포도 주스로, 걸쭉하고 불투명하다.

"말투로 봐서는 영국인 같지 않은데, 어떻게 그걸 아세요?"

역시 일반인에게는 생소한 개념이다.

"예, 실은 와인을 공부하고 있습니다."

나는 영어는 서툴어도, 현재 WSET에서 와인을 배우고 있기에 관련 단어에는 익숙하다고 덧붙였다.

"아, 그러시군요. 어쩐지! 아무튼 도와주셔서 고맙습니다. 답례로 제가 와인 한 잔 사도 될까요?"

"물론이죠!"

여섯 번째
소식

평소보다 늦게 잠든 탓에 8시가 되어서야 겨우 눈을 뜬다. 일어나자마자 반신욕을 한다. 욕조의 물 온도를 42도로 맞췄는데도 30분 후 목욕을 마칠 즈음에는 39도로 내려온다. 열역학 제0 법칙은 오늘도 어김없이 작동한다. 욕조 물도 뜨거움을 지키려 발버둥 치다 결국 탕 밖 공기와 타협하며 도리없이 평형을 향해 흐를 뿐인가 보다. 바깥 날씨가 여전히 춥긴 추운 모양이다.

반신욕에 시간을 쓰는 만큼 조식은 간단히 해결한다. 평소에는 고구마 반 개, 사과 반쪽, 시리얼에 우유 반 잔을 곁들인다. 오늘은 시리얼을 생략하고 고구마, 사과, 우유만 먹는다. 출근이 더 촉박할 때는 초간단 모드로 사과 반쪽과 우유 한 잔으로 때운다. 이게 나의 아침 풍경이다.

늘 해오던 이 간소한 아침을 그리 하찮게 볼 일만도 아니었다. 언젠가 사진 연구 모임에서, 타의 추종을 불허하는 진짜 왕 선임 원조 독거노인이 자신의 아침 식사 이야기를 꺼냈다.

"내가 의술을 공부하던 학생 시절엔 질병의 주된 원인 중 하나가 영양 부족이었어요. 요즘은 영양 과잉의 시대라 특수한 경우가 아니면 결핍은 보기 힘들죠. 오히려 과식과 비만이 더 큰 문제입니다. 그러니 몸 안의 잉여 에너지를 줄여야만 해요."

에너지는 생성되거나 소멸하지 않는다. 섭취한 열량은 반드시 어딘가에 남고, 사용하지 않으면 지방으로 변할 뿐이다. 신체를 움직여 소비하지 않으면 쌓인 에너지는 몸무게로 돌아온다. '내일부터 다이어트'를 수없이 외쳐봤자, 다짐은 점점 물렁거리고, 몸은 점점 더 말랑거린다. 법칙은 배신하지 않는다. 변하는 건 언제나 우리 의지뿐이다.

"따라서 건강하게 살려면 소식이 필수죠."

그는 잠시 말을 멈추고 뜸을 들였다.

"이 '소식'이라는 낱말을 다섯 개의 동음이의 한자어로 설명해 보겠습니다. 말장난처럼 들릴지도 모르겠네요. 아무튼 잘 들어두세요."

그러고는 본인의 건강 비결을 차분히 이어가셨다.

"첫째는 익히들 아시는 '작을 소(小)'의 소식입니다. 음식은 과하지 않게 먹어야 합니다. 수십 년 독거노인으로 살아오면서 나를 지탱해 준 힘의 밑바탕이자, 90세가 넘어서도 수필을 쓰고 사진작가로 활동할 수 있는 에너지의 원천은 바로 아침 식사에 있습니다. 나는 매일 고구마와 사과 조금, 우유 반 잔만 먹습니다."

부인과 사별한 뒤 오랜 세월 홀로 지내면서도 몸과 마음을 늘 건

강하게 유지해 온 이분을 뵌 지도 벌써 이십여 년이 흘렀다. 그때나 지금이나 한결같이 흐트러짐 없이 반듯하고 균형 잡힌 몸매를 유지하셨다. 나 역시 글을 쓰고 영상 촬영을 취미로 삼고 있기에, 그 말씀이 더욱 깊이 와닿았다.

"귀찮다는 생각이 전혀 들지 않아요. 지금도 매번 아침상을 꾸리는 게 이렇게 즐거울 수가 없습니다. 또 하루를 맞이하며 환하게 웃으면서 먹지요. 말 그대로, 웃을 소의 소식(笑食)입니다."

이분이 9학년이라는 건 알아도 몇 반인지는 모른다. 분명 들었을 텐데, 나도 이제 6학년에 올라오니 기억이 흐리멍텅해졌다. 게다가 올해 들어 새로 반 편성이 되셨을 테니 더더욱 알 길이 없다. 그럼에도 수십 년 동안 직접 상을 차려 웃으며 드셨다니, 참으로 경지가 높은 분이라 하겠다.

"고구마는 혈액순환을 돕는 무기질과 식이섬유가 풍부한 알칼리성 식품으로, 사실상 변비 치료제라 할 만합니다. 피부미용에 효과적이고, 혈압을 낮추며 성인병 예방에도 유익하지요. 사과는 탄수화물, 비타민, 미네랄, 항산화물질 등 다양한 영양소를 고루 갖춰 과일 중에서도 으뜸으로 꼽힙니다. 고구마와 사과 모두 껍질째 먹는 게 한결 좋습니다. 자연에서 온 음식을 온전히 섭취하는 것, 바로 이것이 소식의 또 다른 의미입니다. 세 번째는 푸성귀 소의 소식(蔬食)이지요."

부친과 본인, 자식과 손녀까지 4대째 의업을 이어온 집안의 2대인 이 의사 선생님은 늘 카메라를 들고 다니며 호기심과 활기로 가득 찬 동안의 노익장이시다.

"당연한 이야기로, 되도록 신선한 사과를 고르고, 냉장고에 보관할 때는 다른 과일과 분리해 두어야 합니다. 고구마는 찌는 게 가장 좋고, 생으로 드시거나 구워 드셔도 괜찮아요. 마찬가지로 대부분 음식은 익혀서 꼭꼭 씹어 먹으면 소식에 더 적합합니다. 여기서 말하는 소식(消食)은 '소화시킨다'는 의미의 소입니다."

치과의사이기도 한 이 분은 날마다 새벽부터 건강 검진 버스를 타고 나가 검진의로 활동하신다. 90대에 이르기까지 현역이라니, 그 자체로도 놀라울 따름이다. 매달 우리 회합에도 꼬박 참석하시고, 오셔서도 특별히 가리는 음식 없이 즐기시는 걸 보면 위장도 꽤 튼튼하신 모양이다.

"한 가지 덧붙이자면, 우유를 함께 섭취하면 더 좋겠지요. 아침 식사의 단백질은 그 정도로도 충분하다고 생각합니다. 극단적인 채식주의자보다 달걀이나 우유 같은 유제품을 적절히 섭취하는 걸 권합니다. 아울러 강한 양념이 들어가지 않은 채식 위주의 소박한 밥상이 필요합니다. 다섯 번째 소식(素食)은 '소밥'이라고도 하며, 채식을 뜻합니다."

아이러니하게도 단백질 중 으뜸으로 꼽히는 소고기는 풀을 뜯어 먹는 소에서 나온다. 누가 뭐라 해도 나는 동물성 단백질이 한층 더 믿음직스럽다. 그렇다고 시뻘건 고기나 튀긴 닭 껍질 같은 육류는 피하는 게 상책이다. 나이가 들수록 근육량이 줄어드니, 소식(素食)이라 하더라도 적당한 단백질 보충은 꼭 필요하다.

나의 아침상은 특별히 계획해서 짠 것도 아니었다. 동네 슈퍼에서 가장 손쉽게 구할 수 있는 고구마와 사과, 우유를 그저 선택했을 뿐이다. 그런데 공교롭게도 그분과 아침 식사 식단뿐 아니라 취미까지 닮아서, 그날은 기분이 가일층 더 좋아졌다.

  '길거리에서 우쿨렐레로 버스킹하고, 어반 스케치를 화랑에 판 돈으로 해외여행을 다닙니다. 촬영한 영상을 유튜브에 올려 수입을 얻고, 콩트를 써 인세도 받습니다. 보시다시피, 이렇게 내가 100살까지 활동할 수 있는 에너지의 원천은 바로 아침 식사에 달려있답니다. 매일 아침 고구마와 사과, 그리고 우유를 조금씩 마십니다. 음식은 과하지 않게, 골고루 먹는 게 가장 중요합니다.'

  2055년 신년 모임에서, 내가 건재함을 이렇게 여섯 번째 소식(消息)으로 전하며 새까만 후배들 앞에 당당히 서있는 모습을 감히 상상해 본다.

평소의 조식 메뉴

용(龍)의 혀[舌]를
본 적이 있는가?

용은 허구의 동물이므로 그 모습을 그리려면 상상의
나래를 마음껏 펼쳐야 한다. 일부 생김새만 표현하려 해도 공상의
세계를 헤맬 수밖에 없다. 나의 과문 탓인지, 아직 용을 보았다는
사람을 만나본 적은 없다. 아무도 본 사람이 없어 전체 모습을 정확
히 그리지 못하더라도, 용의 혀를 빼닮았다는 식물은 안다.

바로 용설란이다.

이름은 낯설게 느껴질지 몰라도, 사진을 보면 국내에서도 가끔
마주치는 익숙한 식물이다. 선인장과 비슷해 보이나 엄연히 다른
종으로, 학명은 아가베(Agave)다. 잎은 길쭉하고 끝으로 갈수록 가
늘어지며 뾰족한 창을 닮았다. 가장자리에는 날카로운 가시가 돋
아, 과연 무시무시한 용의 혀로 손색없는 모습이다. 이 아가베가 바

로 테킬라의 원료다.

그러나 실제로 술을 만들 때는 이 '용의 혀'처럼 생긴 잎은 쓰이지 않는다. 바깥 잎은 생김새만큼이나 쓴맛을 내기에 잘라내 버린다. 대신, 줄기 밑동에 자리한 핵(piña)을 쪄서 당분으로 변환시킨다. 이렇게 얻은 당을 발효시키면 막걸리와 비슷한 발효주인 풀케(Pulque)가 나오는데, 이를 증류하면 메스칼(Mezcal)이 된다. 메스칼은 아가베로 만든 증류주의 총칭이며, 테킬라는 그중 하나다. 그러므로 모든 메스칼이 테킬라가 아니다. 마치 프랑스 샹파뉴 지방에서 특정 품종으로 만든 스파클링 와인만 샴페인이라 불리는 것처럼, 멕시코에서도 할리스코를 포함한 특정 지역에서 블루 아가베로 만든 증류주만 '테킬라(Tequila)'라는 명칭을 취할 수 있다.

많은 사람이 테킬라 병에 벌레가 들어있다고 알고 있는데, 이는 사실이 아니다. 벌레가 들어가는 술은 일부 메스칼 브랜드에서 사용하는 방식으로, 전통이라기보다 마케팅 전략에 가깝다. 일각에서는 벌레가 보존될 정도로 높은 알코올 농도를 증명하려는 목적이라고 주장한다. 그런 상징성과는 별개로, 맛에는 거의 영향을 미치지

구사노 메스칼(Gusano Mezcal): 용설란 애벌레가 술병에 들어있다.

않으며, 씹어보면 부드럽고 약간 기름진 질감이 있을 뿐이다. 단백질이 풍부하다는 점 외에는 특별한 풍미도 없다.

당뇨병을 앓고 있는 한 친구는 섭생 때문에 술을 거의 입에 대지 않는다. 하지만 사업상 피치 못할 상황이 생길 때면 언제나 테킬라를 선택한다. 그는 늘 "당뇨에는 그나마 테킬라가 크게 해롭지 않다고 하더라."라며 마신다. 팔은 안으로 굽는다더니, 정보도 꼭 그렇게만 고른다.

멕시코 증류주를 대표하는 술 중 하나가 호세 쿠에르보 에스페시알 레포사도다. 블루 아가베 51%에 기타 원료 49%로 구성되며, 전 세계 주류 시장에서도 독보적인 입지를 지닌 브랜드다.

테킬라는 숙성 기간에 따라 네 가지로 나뉜다. 블랑코(Blanco), 레포사도(Reposado), 아녜호(Añejo), 무이 아녜호(Muy Añejo)가 그 것이다. 블랑코는 숙성 없이 병입해 아가베 특유의 신선하고 강렬한 풍미를 지닌다. 레포사도는 오크통에서 최소 두 달 이상 익히며, 블랑코보다 부드럽고 은은한 나무 향과 단맛이 더해진다.

그가 즐겨 마시는 호세 쿠에르보 레포사도는 대형 오크통에서 6개월간 숙성돼 독특한 풍미를 머금는다. 불빛에 비추면 금빛이 찬란하게 빛나고, 표면엔 은은한 윤기가 감돈다. 물론 나무통 숙성만으로 이런 색이 날 리는 없으니, 캐러멜 색소로 살짝 단장했을 가능성이 크다. 어쨌거나 외관만큼은 화려하고 시선을 끌기에 충분하다.

잔에 코를 깊숙이 박고 향을 맡아본다. 냉장고에 오래 보관한 탓인지 처음에는 향이 잘 올라오지 않는다. 스니프터 잔을 두 손으로 감싸 따뜻하게 데워주니, 그제야 후추 향이 피어오른다. 그러나 이어지는 향은 뜻밖이다. 개수대 물이나 오래된 행주에서 나는 시큼

털털한 냄새가 어딘지 모르게 스며든다. 숙성된 오크 향이 묻히고, 달큼한 바닐라 향보다 먼저 다가오는 것은 낯선 신맛이다.

더는 참을 수 없다. 한 모금 마신다. 특유의 시큼함과 매운맛이 먼저 목을 강하게 자극한다. 블랑코보다 절제된 맛에, 과한 치장 없이 본연의 개성을 그대로 드러낸다. 당뇨를 핑계 삼아 그가 이 술을 선택하는 것은 변명일지 몰라도, 우리가 즐기는 데에는 분명 이유가 있다. 일단 한국 음식과 잘 어울린다. 김치찌개의 얼큰함과 테킬라의 매운맛이 조화를 이루며, 텁텁함과 짭조름함이 절묘하게 맞아떨어진다. 감자탕, 매운탕 같은 탕류는 물론, 젓갈류와의 결합도 색다른 조화를 끌어낸다. 강렬한 맛을 지닌 음식일수록 테킬라의 존재감이 더욱 빛난다.

테킬라를 와인처럼 잔을 빙글빙글 돌리며 찬찬히 향을 음미하는 시음 방식은 무언가 어색하다. 아니, 어색함을 넘어 본 모습을 외면하는 듯한 기분마저 든다.

테킬라는 멕시코의 태양이 녹아든 술이다. 그 강렬함은 단번에 온몸으로 받아들여야 한다. 와인처럼 조심스레 향을 맡고 한 모금씩 마시는 건 그저 요식 행위에 불과하다. 겉절이를 한입에 밀어넣어 전체적인 맛을 느끼듯, 그렇게 마셔야 한다. 잔을 입안 깊숙이 털어넣고, 목구멍에서 번개가 치듯 짜릿함이 올라올 때까지 기다리는 것이다. 혀, 입천장을 거칠 새도 없이 입술에서 막 바로 목울대를 타고 내려가 식도와 위장을 불꽃처럼 휘감아야 한다. 그래야 비로소 테킬라의 진면목을 제대로 경험할 수 있다. 화끈하게, 거침없이.

한 친구가 '테킬라의 나라', 멕시코로 출장 가서 겪은 에피소드다. 어느 저녁, 현지 거래처 사람들이 건배를 제안하며 너도나도 한잔 두잔 들이켜기 시작했다. 처음에는 분위기에 맞춰 몇 잔 마셨는데, 이내 사람들이 "비바 멕시코(¡Viva México!)"를 외치며 병째 들이마시는 모습을 보고 경악했다. 결국 더는 버티지 못한 친구가 물 한 모금 얻어 마시려다, 현지인의 일침을 들었다.

"테킬라를 마시다 물을 찾는 건 태양을 피해 숨어다니는 선인장과 같다네!"

선인장은 뜨거운 태양 아래에서 살아가는 강인함의 상징이다. 그런 선인장이 태양을 피해 숨는다는 건 본질을 부정하는 것이나 다름없다. 마찬가지로, 이 술도 그 특유의 맛을 있는 그대로 느껴야 하는 법, 물을 곁들이는 건 그 매력을 제대로 즐기지 못하는 태도로 여겨질 수 있다.

그날 이후, 친구는 테킬라를 마실 때마다 이 말을 떠올리며 뜨끔해진다고 했다. 마치 자신의 연약함을 들킨 듯한 기분이라며 말이다. 그러면서도 정작 그의 집 술장에는 테킬라 병이 하나둘 늘어갔으나, 이렇게 둘러댔다. "이건 연구용이야!"

테킬라의 주재료인 아가베에서 추출한 수액은 자못 달게 느껴져도, 실제 당도를 재보면 그리 높지 않다고 한다. 이는 프룩탄(fructan)이라는 물질 덕분으로, 단맛은 강해도 체내에서 과당 구조로 작용해 당뇨병 환자에게 긍정적인 효과가 있다고 멕시코 의료팀이 발표한 바 있다.

그러나 이 희소식을 친구에게 굳이 알리고 싶지 않다. 그가 이 사실을 알게 된다면 매일 같이 피치 못할 사정이 생겼다며 테킬라를 병째 마시려 들 게 뻔하다. 그로 인해 또 다른 병을 얻게 될 것도 불 보듯 훤하기 때문이다.

글을 마치려니, 친구들 핑계를 대며 정작 내 이야기를 늘어놓은 건 아닌가 싶어 속이 뜨끔해진다. 이쯤 되면 '사돈 남 말 하네!'라고 꾸짖어도 할 말이 없겠다.

혹시 엘베강을
아시나요?

런던에서 콜레라가 크게 발생하였습니다.

요즘이 아니라, '코비드 19'가 전 세계를 강타하기 100년도 훨씬 전인 1854년의 일입니다. 당시 런더너들은 원인을 알지 못해 그저 속수무책으로 희생될 수밖에 없었습니다. 오염된 물을 통해 이 전염병이 퍼진다는 사실을 존 스노우가 밝혀내기 전까지는 말입니다. 그의 연구 덕분에 인류는 처음으로 콜레라가 수인성 전염병이라는 점을 알게 되었습니다. 당시 감염의 원인이었던 브로드 윅 거리의 수도 펌프를 폐쇄하자, 곧바로 콜레라가 줄어들기 시작했습니다. 그 공로를 기리기 위해 런던 시민들은 그 지역에 '존 스노우 펍(John Snow Pub)'을 세웠습니다. 수많은 사람을 구한 업적을 기념하는 방식이 빅토리아풍의 전형적인 술집이라니? 기발하면서도 영국답습니다.

이 펍이 자리한 소호는 런던 중심부의 작은 구역으로, 개성 넘치는 유명한 펍과 바가 여럿 모여있습니다. 그중 하나인 '더 프렌치 하우스'는 제2차 세계대전 당시 나치 독일에 저항하던 프랑스인들의 만남의 장소였습니다. 지금도 이곳에서는 휴대폰 사용이 금지되고, 내부에 텔레비전도 두지 않습니다. 런던 한복판에서 프랑스 정서를 흠뻑 느낄 수 있는 공간이지요. 게다가 30여 종이 넘는 샴페인과 사이더(Cidre)를 잔술로 제공하며, 이름값을 톡톡히 하는 중입니다.

'드 헴스'는 제1, 2차 세계대전 당시 네덜란드 저항군들이 모이던 펍입니다. 딸기향 가득한 프루티 맥주와 귤껍질 내음이 감도는 화이트 비어를 한 잔 마시면 마치 본국에 온 듯한 기분이 들 겁니다. 다만 몸 성하게 돌아오려면 네덜란드 축구팀 경기가 있는 날은 피하는 편이 좋겠습니다. 누구나 공격적인 축구팀을 좋아할 순 있지만, 그게 옆자리의 네덜란드 술꾼이라면 얘기가 달라지니까요.

혹시 "펍 크롤(Pub Crawl)"이라는 말을 들어 보셨나요?

영어라 낯설게 느껴질 법도 하나, 한국의 주당이라면 본의 아니게 경험해 봤을지도 모릅니다. 2차, 3차 거듭하며 대폿집을 도는 것, 우리말로 하자면 '술집 순례'나 '차수 고치기'쯤 되겠네요. 하루나 한나절 동안 여러 술집을 찾아다니며 마시는 것을, 영국에서는 펍 크롤, 미국에서는 바 호핑(Bar Hopping)이라고 한답니다. '펍 크롤'은 몇 차례 펍을 돌다 보면 결국 취해 엉금엉금 기게 된다는 의미이고, '바 호핑'은 메뚜기처럼 깡충깡충 뛰어다니며 바를 찾아다닌다는 뜻입니다.

이 과정에서 유서 깊은 술집을 방문하거나, 유명인의 발자취가 깃든 곳만을 골라 가기도 합니다. 펍이 밀집한 지역에서는 일정한 거리나 구역을 정해 그곳의 술집을 모두 방문하는 방식도 있습니다. 걸어서 100m마다 한 곳씩 들르거나, 반경 1km 내의 펍을 모조리 섭렵하는 식이지요. 때로는 지하철이나 버스를 타고, 역에서 가장 가까운 펍을 찾아다니기도 합니다. 법으로 정해진 건 아니니, 우리끼리 재미 삼아 룰을 만들고 즐기면 됩니다. 예를 들면, 런던에서는 오래된 펍 위주로, 리버풀에서는 비틀즈와 관련된 데를 돌아다니며 마시는 방식입니다.

단순히 술을 마시는 데 이렇게까지 공을 들일 필요가 있느냐고 묻는다면 유구무언, 할 말은 없습니다. 단지 구실을 만들고, 다양한 술을 분위기 전환하며 신나게 즐기려는 거지요. 이도 저도 귀찮으면 기존의 펍 크롤 투어에 참가하는 방법도 있습니다.

보통 예닐곱 곳을 방문하기 때문에 한 곳당 보통 반 파인트(half pint, 약 300cc) 정도만 마십니다. 덩치 큰 영국인들에게야 새 발의 피입니다만, 모두 합하면 적지 않은 양입니다. 취해서 거북이처럼 기어다닐 정도는 아니더라도, 메뚜기처럼 뛰어다니기는 어렵겠지요. 한국과 달리, 외국에서는 안주를 따로 시키지 않아도 되니 비용 부담도 크지 않습니다.

익산에서의 펍 크롤은 꽤 독특한 경험이었습니다.
어느 날, 한 술친구가 익산에서 살던 시절 단골이었던 호프집을 언급했습니다. 듣다 보니 그 술집은 본점 외에도 익산 시내 여러

곳에서 동일 상호로 영업 중이라고 했습니다. 순간, 펍 크롤이 떠올랐습니다. 그 주점들을 돌며 생맥주 한 잔씩 마시자는 제안에, 재치와 기지가 넘치는 그녀도 흔쾌히 동의했습니다.

토요일 오후, 우리는 오송에서 출발하는 익산행 KTX에 몸을 실었습니다. 첫 번째 목적지는 익산역 앞의 작은 호프집, '엘베강'. 본점이자 원조입니다. 엉뚱하게도 독일의 강 이름을 내건 이 술집은 한자리에서 40년 가까이 운영 중이며, 익산 시민은 물론, 전국 각지의 주당들에게도 추억이 깃든 곳입니다.

가게는 협소했습니다. 널찍한 테이블을 놓을 공간이 부족해 한쪽은 벽에 길고 좁은 나무 테이블을 붙여두었고, 손님들은 스탠드형 의자에 걸터앉아 마시는 구조였습니다. 두께가 상당한 원목 테이블은 반세기 세월을 술꾼들의 칼자국과 낙서로부터 견뎌내야 했습니다.

이곳에서는 500cc 생맥주만 팝니다. 최상의 시원함을 위해 맥주 통째로 냉동고에 보관한 뒤, 살얼음이 낀 상태에서 따라줍니다. 맥주잔 또한 냉장고에서 바로 제공되는데, 손잡이가 손가락에 쩍쩍 달라붙어 얼음 맥주의 진수를 느끼게 만듭니다. 안주는 노가리, 참 쥐포, 땅콩처럼 단출하며, '오징어 입'이라는 특이한 메뉴도 있습니다. 많은 이들이 오징어의 눈이라고 착각하는 다리와 몸체 사이의 작은 기관입니다. 살짝 구운 뒤, 가운데 검고 날카로운 부분을 제거하고 먹습니다. 오징어 특유의 시큼 짭짤한 맛보다는 쫄깃하고 부드러운 식감이 돋보였습니다.

그다음 목표인 엘베강 원광대 지점까지 택시로 이동, 한 잔씩 마신 후 익산역 방향으로 걸어 돌아오며 너덧 군데의 다른 엘베강을 찾아 차수를 고쳤습니다.

  그날의 짜릿한 그리움이 다시금 마음속에서 피어나는 이유를 모르겠습니다. 지금이라도 누군가 함께해 준다면 수년 전의 그 낭만에 더해 새로운 전설을 만들고 싶습니다. 하지만 기존 '엘베강'은 옆 골목의 넓은 신식 가게로 이전했고, 옛 자리는 '더 호프(The Hope)'라는 이름으로 바뀌어 두 곳 모두 성업 중입니다. 더 이상 예전처럼 허름하고 좁은 골목집에서 다닥다닥 붙어 앉아 맥주잔을 기울이던 풍취는 즐길 수 없게 되었습니다.
  흘러간 물로는 물레방아를 돌릴 수 없으니 말입니다.

지금은 사라진 엘베강 본점: 입구도 허름하고 좁디좁다.

청주에서 영어를 가르치던 '해리'는 리버풀 출신입니다. 열댓 살 어린 조카 같은 친구였는데, 술을 좋아하고, 비틀즈를 사랑하여 나랑 죽이 잘 맞았습니다. 어느 날 해리가 말했습니다.

"시뮌, 리버풀에 가서 우리 아버지랑 펍 크롤 한 번 해보세요. 진짜 제대로 해줄 거예요."

리버풀+비틀즈+펍 크롤. 이 환상의 조합을 거절할 이유가 하등 없었습니다. 어느 날 영국에 간 김에 런던 근교 뉴몰든의 치과 정원장을 부추겨 함께 리버풀을 방문했습니다. 해리의 아버지 에드워드는 예상보다 연세가 많았습니다. 열댓 살 이상 연장자였으니, 이제는 반대로 내가 조카뻘이 되었습니다. 그런데 이분, 단순한 주민이 아니었습니다. 리버풀 시내 관광 가이드를 자원 봉사할 정도로 전문가 수준이었습니다. 비틀즈 이야기라면 모르는 게 없었고, 그들의 발자취를 따라 걷는 투어까지 빠삭하게 알고 있었습니다. 가던 날 저녁 식사를 부인과 함께 자택에서 차려 주고는, "리버풀에 왔으면 우리 집에서 자야지!"라며 강권하시던 그분이 마침내 입을 열었습니다.

"펍 크롤! 다들 제대로 달릴 각오가 됐나?"

첫 번째 방문지는 전설적인 캐번 클럽(The Cavern Club)이었습니다. 비틀즈의 초창기 공연장인 이곳에서, 존 레논의 거칠고 쉬어빠진 보컬이 울려 퍼지는 「Twist and Shout」에 맞춰 잔을 부딪쳤습니다.

두 번째는 더 그레이프스(The Grapes). 좁고 아늑한 공간에 오래된 나무 테이블들이 줄지어 놓인 이곳에서, 서둘러 한 잔 털어 넣더니 그는 벽에 걸린 비틀즈 사진을 가리키며 말했습니다.

"비틀즈는 공연을 마치면 늘 저 구석에서 맥주를 들었지."

세 번째는 필 하모닉(The Philharmonic Dining Rooms). 단지 매카트니가 자주 들렀다는 핑계만으로, 화려한 빅토리아풍 장식과 중후한 분위기에서 또 잔을 들이부었습니다.

네 번째는 더 화이트 스타(The White Star). 분위기가 무르익었습니다. 에드워드는 술기운이 올랐는지 「Hey Jude」를 부르기 시작하였고, 우리도 덩달아 따라 부르며 잔을 해치웠습니다.

다섯 번째는 더 자카란다(The Jacaranda). 비틀즈의 초창기 멤버였던 존 레논과 스튜어트 서트클리프가 자주 드나들며 음악의 싹을 틔우던 곳에서, 우리는 당연히 술잔을 기울이며 그 시절 리버풀의 젊음과 열정을 떠올렸습니다.

처음에는 반 파인트씩만 마시기로 했으나, 어느새 한 파인트씩 주문하고 있었습니다. 몇 잔째인지, 여섯 번째인지 일곱 번째 펍인지조차 헷갈렸습니다. 어느새 우리는 의기투합해 다시 잔을 들고 목청껏 외쳤습니다.

"비바 리버풀! 비바 비틀즈!"

어디선가 마지막 잔을 비우고 나니 다리가 휘청였고, 에드워드도 비틀거렸습니다. 그는 나를 지그시 바라보다가 슬며시 손을 맞잡았습니다. 리버풀의 밤이 선사한 가장 멋진 우정의 증표는, 혀가 살짝 꼬부라진 에드워드의 마지막 한마디였습니다.

"네가 내 아들의 친구니까, 나하고도 친구야."

펍 크롤링의 끝은, 누구라도 맨바닥이다.

저렇듯 비싼 걸
왜 사는 거지?

　　지난 여름휴가에 가족 여행으로 일본 나가노의 사또 꼬 씨 댁에서 며칠간 홈스테이를 한 뒤, 동경 하네다공항을 통해 귀국하던 길이었다. 막내아들이 평소 가보고 싶어 하던 아키하바라에 잠시 들렀다. 동경의 아키하바라는 예전만큼은 아니더라도 여전히 세계적인 전자 제품의 집산지로 유명했다. 전철역에서 서쪽으로 십여 분을 걸어가니 전자상가는 점차 사라지고, 일반 사무실 건물들이 빽빽하게 들어선 구역이 나타났다. 그곳에서 막내가 미리 검색해 둔 오피스 빌딩 4층으로 올라갔다.

　　여타 사무실 이름들 사이에 우리가 찾던 'eイヤホン 秋葉原店 (e이어폰 아키하바라점)' 상호가 빌딩 현관에 그저 작고 소박하게 붙어있었다. 일요일 오후라 그런지 건물 전체를 둘러봐도 사람들의 왕래는 거의 없었다. 4층 가게에 들어서자, 상황은 완전히 달랐다.

말 그대로, 발 디딜 틈도 없이 손님들로 북적였다. 간판은 작았어도, 내부는 100평도 훌쩍 넘어 보이는 널찍한 공간이었다. 이어폰만을 전문으로 판매하는, 이미 소문난 매장이었다.

고객 대부분은 20~30대 남성들로, 이어폰을 만지고 또 만지며, 들어보고 또 들어보느라 여념이 없었다. 거치대에 빼곡히 진열된 수많은 이어폰을 하나하나 빠짐없이 섭렵하려는 듯, 제자리에서 꼼짝도 하지 않은 채 몰두하는 모습이야말로 진정한 마니아였다.

아들이 스스로 고른 이어폰에 심취해 있는 동안, 나는 사이사이 통로를 따라 이곳저곳을 기웃거렸다. 상품 자체에는 별다른 관심이 없어, 하릴없이 가격표만 눈여겨보다가 놀라운 사실을 발견했다. 비행기나 관광버스에서 공짜로 나눠주거나 인터넷에서 돈을 주고 사더라도 이어폰이라면 기껏해야 2~3만 원이면 충분히 고급품이라고 생각해 왔던 터였다. 놀랍게도 그게 전부가 아니었다. 매대에 진열된 상품들을 살펴보니 가격이 천차만별이었다. 더구나 물건을 보고도 가격을 짐작하기 어려웠다. 열 길 물속은 알아도 한 치 이어폰 속은 모른다더니 내 눈에는 고급스러워 보이는 제품이 오히려 저렴했고, 반대로 싸구려처럼 보이는 게 10만 원을 넘기도 했다. 어차피 모양이나 브랜드로 품질을 추측할 능력이 나에겐 없었으니, 가장 높은 가격표를 찾아보기로 했다. 어떤 이어폰이 제일 비쌀까 하는 그놈의 호기심 때문이었다.

가격표만 골라 가며 매장을 샅샅이 훑던 끝에, 드디어 439,776원짜리를 찾아냈다. 세상에, 44만 원짜리 이어폰이라니! 도무지 밑어지지 않았다. 이름을 보니 '64 Audio Tia Fourte'라고 적혀있었다. 그런데 놀랍게도, 이 이어폰은 다른 제품들에 비해 특별한 대우를 받는 것 같지도 않았다. 최고가임에도 불구하고 고객들의 관심을 독차지하기는커녕, 주위는 한적하기만 했다. 누구도 이 제품을 숭배하거나 추앙하는 기색은 전혀 없었다. 녹색 바탕에 주황색 고무 테두리가 돌려지고, 어지러운 무늬 속에 '64'라는 숫자가 동그라미 안에 적혀있었다. 타 이어폰들과 조금 다르긴 했다. 고급스러운 느낌보다는 차라리 조잡하고 싸구려 같은 인상이었다. 솔직히 가격표를 보지 않았다면 눈길조차 주지 않았을 물건이었다. 4만 원이라면 모를까, 40만 원을 주고 이걸 살 사람은 세상 어디에도 없지 싶었다.

"저렇게 비싼 이어폰을 누가 왜 사는 걸까? 헤드폰이라면 혹시 모르겠는데…."

공항에 가야 할 시간이 다가오자, 아이를 채근하여 점포를 나오면서 물었다.

"응, 이어폰으로 음악을 듣다 보면, 어느 순간에 어떤 기종이 딱 꽂힐 때가 있거든요. 저 사람들은 바로 그 경험을 못 잊어서 계속 찾아 헤매는 거예요."

아들은 빈손으로 매장을 나서며 아쉬운 기색을 감추지 못했다. 엘리베이터 문이 열렸는데도 고개를 돌려 점포를 힐끔거리며 대답했다. 미련이 남아 닭 쫓던 개 지붕 쳐다보는 꼴이었다.

와인이 그렇다!

어느 순간, 어떤 품종의 와인이 팍 내려꽂힐 때가 있다. '까베르네 쇼비뇽은 신이 창조했고, 피노 누아는 악마가 만들었다'는 전설이 전혀 과장이 아니라고 느껴지는 바로 그 찰나. 묵직하고 떫은 와인에 서서히 질려갈 즈음, 피노 누아의 오묘한 세계가 문을 연다. 촉촉한 이끼가 낀 오솔길을 걷는 듯한 흙 내음, 갓 수확한 체리와 라즈베리의 싱그러움. 트러플과 건초, 가죽이 엮이며 버섯 향이 오묘하게 피어나는 관능의 나락으로 떨어지게 된다. 섬세한 탄닌과 단단한 산도, 풍성한 과일 풍미와 부드러운 단 내음이 완벽한 균형을 이루며, 입안 가득 오래도록 맴도는 여운을 남긴다. 혀끝에 벨벳을 깔아주는 듯한 기품 있는 우아함, 그 감동을 잊지 못해 허덕이는 시기는 누구에게나 찾아오기 마련이다.

아이러니하게도 절대 변하지 않는 유일한 법칙은 '이 세상의 모든 것은 변한다.'이다. 이런 자연의 이치대로, 그토록 매혹적인 순간이 다시 똑같이 찾아오기는 무척 어렵다. 하지만 불혹을 지나 이순을 맞고, 고희에 이르러도 나는 기꺼이 그런 유혹에 또다시 홀리고, 다시 한번 자빠지고 싶다.

이 글을 읽는 당신의 심장에 무리가 갈지 몰라 이제야 조심스레 밝힌다. 내가 가게에서 본 이어폰 값은 ₩439,776가 아니라 ¥439,776이었다. 우리 돈으로 무려 450만 원!

2024년 말, 가격이 혹시 떨어졌나 해서 인터넷을 살펴보니, 현재는 무려 5,555,000원이다.

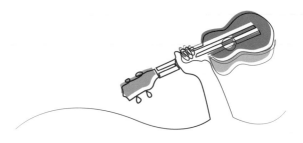

제2부

대믈리에의
출장

맛과 멋

블라인드 테이스팅을 위해 검은 헝겊과 노끈으로 꼭꼭 싸맨 술병

"자, 아베 선생은 자신이 시음한 술이 함경도 금야 양조장의 '와갈주(臥碣酒)'라고 답하였습니다. 이제 박 원장께서 베일을 벗겨 술병의 상표를 보여주실 차례입니다."

한성 구락부 회장 하토야마는 긴박한 상황 속에서도 전혀 흥분하지 않고, 냉정하게 게임의 진행을 독려했다.

박 원장은 이제 안색이 창백해지다 못해 푸르스름하게 변했고, 온몸을 부들부들 떨며 간신히 버티고 서있었다. 그는 술이 담긴 바구니를 쳐다보지도 못하고, 초점 없는 눈으로 멍하니 허공만 응시하였다. 병을 감싼 매듭과 검정 헝겊을 풀어낼 기력조차 없어 보였다.

이날 밤, 경성 가회동 16번지의 '관지거' 사랑채에서 '한성 클럽' 모임이 열렸다. 매월 둘째 금요일 저녁, 우리는 정기적으로 이곳에서 모였다. 오늘 참석한 인원은 회장 하토야마 유키오 경성지법원장, 영국 통상대표부 조선 담당 수석대표 헨리 맥퍼슨 경, 미국 상무부 극동자원국 조선 담당 고문관 에밀리 프레스콧, 프랑스 파리외방선교회 동아시아 총대표 르네 뒤몽, 경성 경찰국장 이시바 시게루, 개업 변호사 아베 신조, 『동아신문』 문화부장인 나 조준희, 그리고 한 달 전 새로 추천된 조선식산은행 총재 사카모토 류지였다. 총 열 명의 회원 중 경성제국대학교 총장 남기헌 박사는 상하이 학회로 인해 이날 불참했다. 박 원장의 부인 김윤미 여사는 늘 그렇듯 옵서버로 참여해 모임 진행을 도왔다.

회원들은 각 분야에서 두각을 나타내는 거물들로, 정치나 사회 같은 무거운 주제는 다루지 않기로 합의했다. 대신 가벼운 이야기와 담소를 나누며, 새로운 문물과 문화적 호기심을 충족하는 자리로 삼았다. 서구 문명과 국제 소식을 경성에서 직접 공유할 수 있는 거의 유일한 모임이었기에, 회원들은 자부심을 느끼며 적극적으로 협력했다.

천하의 달변가이자 한량으로 이름난 아베는 머리 회전이 빨라 회합의 기획을 도맡았다. 그는 동갑내기 박정양 박사와 함께 모임을 결성했고, 바쁜 와중에도 모임에 빠진 적 없는 열성파였다. 어려서부터 홋카이도 일대에서 수재로 명성을 떨쳤으나, 가정 형편이 어려워 동경대 대신 치토세 법대에 전액 장학생으로 입학했다. 3학년 때 변호사 시험에 합격하며 약관의 나이에 주목받았고, 졸업과 동시에 동경 제일의 와타나베 변호사 사무실에 스카우트되며 입지전적 인물이 되었다.

정수리가 훤히 드러난 이마 탓에 언뜻 보면 50대 후반처럼 보였다. 실제 나이는 마흔셋이었다. 까무잡잡한 피부에 기름이 번들거리고, 펑퍼짐한 사각 얼굴과 땅딸막한 체형이 그를 더욱 나이 들어 보이게 했다. 당시 멋쟁이들은 이미 손목시계를 차고 다니기 시작했다. 아베는 독특하게도 불룩한 아랫배에 스위스산 파텍 회중시계를 금줄로 걸고 다녔다. 여기에 영국산 감색 양복과 조끼, 이탈리아산 백색 구두, 프랑스산 검정 손가방을 매치하고 팔자걸음으로 거리를 활보하며 으스댔다.

소문에 따르면 그는 좋지 않은 행실로 부인과 이혼한 뒤 홀로 조선에 건너왔다고 한다. 그렇게 흘러간 세월이 벌써 10년. 그는 경성 양동에서 변호사 사무실을 열고 정치계 권력자들과 친분을 쌓았으며, 재계 인사들과 교류하며 조선에서 유력 인물로 자리 잡았다.

아베는 음악에 상당한 조예를 지니고 있었다. 언제 어디서 배웠는지는 몰라도 서양 클래식에 해박한 지식을 자랑했고, 일본 민요에도 정통했다. 동경에서 변호사로 활동하던 시절, 이미 일본 국악

협회 임원으로 전통 가락 연구에 몰두할 만큼 민속 음악에 깊은 관심을 보였다. 북해도 출신답게 어린 시절 시골 이웃들에게서 배운 뱃노래가 몸에 배어있었기에, 평소에도 「소란절」을 흥얼거리곤 했다. 경성으로 옮겨온 뒤에는 조선 민요의 매력에 빠져 그 깊이와 풍성함에 흠뻑 매료되었다.

그는 일본과 조선 민요의 차이를 자주 언급하며, 일본 민요는 혼자 부르거나 돌아가며 부르는 방식이라 웅장함이 부족하다고 늘 아쉬움을 토로했다. 반면, 조선 민요는 집단적 에너지와 화합의 미학이 담겨있어 더욱 큰 감동을 준다고 했다. 단체에서 뿜어져 나오는 강렬한 힘과 조화가 그의 마음을 완전히 사로잡은 듯했다.

아베는 일본에서도 손꼽히는 미식가였다. 동서양을 넘나들며 다양한 요리에 정통했고, 주류에도 탁월한 감각을 지녔다. "혀 밑에 천 냥"이라는 말처럼, 한입만으로도 재료와 조리법을 짚어냈다. 먹고 마시는 데 국경이 있을 리 없었다. 중국 8대 진미부터 프랑스 정찬, 조선 궁중 음식까지 가리지 않았다.

술은 단순한 기호를 넘어 학문이었다. 제조와 유통에 대한 해박한 지식을 갖춘 것은 물론, 저장과 보관에도 지나칠 만큼 엄격한 기준을 적용했다. 한 잔을 기울일 때조차 맛과 향, 온도를 면밀히 분석했으며, 술잔을 들어 올리는 순간까지도 미세한 차이를 놓치지 않았다.

그는 모임에서 시음할 술의 임시 보관 장소로 박 원장의 집 1층 서재 북쪽 한켠을 지정해 두고, 그곳에 자물쇠가 달린 전용함을 주문 제작해 배치할 정도로 철두철미했다. 단 몇 시간의 갈무리라도 햇빛이 들지 않고 바람이 잘 통하며, 적절한 시음 온도를 유지할 수 있는 조건을 고집했다. 이러한 꼼꼼함은 단순한 애호가를 넘어 집착에 가까운 수준이었다.

탁월한 미각을 지닌 아베는 한 번 맛본 사케는 대부분 기억해 냈으며, 색깔이나 가격을 따지지 않고 다양한 술을 즐겼다. 심지어 마셔본 적 없는 술도 냄새만으로 산지를 귀신같이 알아맞힌다고 떠벌리곤 했다. 청주, 소주, 니고리 사케 등 일본 술 전반을 섭렵했으나, 깊이가 얕고 단조로운 사케의 맛에 싫증을 느낀 그는 몇 년 전부터 조선술, 특히 약주의 흡인력에 이끌렸다.

그윽하고 복합적인 향미에 매료된 그는 틈만 나면 조선 팔도를 누비며 주조법과 향미를 연구했다. 조선인과 일본인을 막론하고 조선 약주에 한해서는 자신을 능가할 자가 없다고 털어놓기도 했다. 그 말이 과장이든 아니든, 그의 크나큰 열정과 탐구심만큼은 누구도 부정할 수 없었다.

술과 음악 사이에 어떤 접점이 있을까 싶어도, 아베는 달랐다. 그는 시음과 음악 감상을 결합해 두 세계를 조화롭게 융합하는 새로운 영역을 개척했다. 얼마나 언변이 뛰어났으면, 전혀 다른 두 분야를 자연스럽게 연결하며 능수능란한 어조로 주위를 사로잡았겠는가? 그것도 경성 최고의 지식인들이 모인 자리에서 말이다. 박 원장은 본인의 성격과 맞지 않았음에도, 동년배인 아베의 지적 능력을 높이 평가하며 오랫동안 친구처럼 지내왔다.

"마치 라데츠키 행진곡 같군요. 경쾌하고 거침없는 발랄함이 시코쿠 지방 청주의 특징이지요. 살짝 무게감은 부족해도요."

"이건 호두까기 인형이에요. 밝고 달콤하면서도 어딘가 애상적인 흐름이 느껴지네요. 나가노현의 시라노쪼 사케가 분명해요."

아베와 잔을 기울이는 순간, 술의 맛은 음악의 멋으로 변했고, 그의 현란한 묘사 덕분에 술의 향미가 마치 노랫가락처럼 귀에 울려 퍼지는 착각마저 들게 했다.

〈 자고로 한반도에서는 고조선 시대부터 곡식과 누룩을 이용한 술이 만들어졌으며, 삼국 시대를 거치며 더욱 발전했다. 『일본서기』에 따르면, 백제의 인번이 일본에 주조법을 전수하며 '술의 신'으로 추앙받았고, 신라의 술은 당나라에서도 높이 평가받았다. 고려 시대에는 술의 종류가 더욱 다양해졌으며, 몽골의 영향을 받아 증류법이 도입되면서 소주가 본격적으로 생산되기 시작했다.

조선 시대에는 덧밥을 활용한 중양법이 널리 보급되면서 술의 품질이 한층 고급화되었다. 사대부 가문을 비롯한 각 가정에서는 특색 있는 가양주를 빚었으며, 다양한 지역적 특성이 반영된 술이 발전했다. 그러나 대한제국 시기인 1909년, 탁지부 법률 제3호 「주세법」에 따라 주류 제조자에게 세금이 부과되면서 상황이 급변했다. 겉으로는 대한제국이 공포한 법이었지만, 실질적으로는 국가권력을 장악한 일제가 조선을 통제하기 위한 수단이 분명했다. 일본은 전국의 세원을 철저히 파악하고, 소규모 주막에 감당할 수 없는 세금을 부과해 일본 대자본이 주류 시장을 장악하도록 만들었다. 그 결과, 조선의 자유롭고 독창적이던 가양주 전통은 점차 사라지고, 밀주로 연명하거나 명맥을 겨우 이어가는 처지로 전락했다.

통일신라 이래로 우리는 떡누룩과 곡식으로 빚은 맑은 술을 '청주'라 불렀다. 그러나 1916년 조선 주세령 분류법의 미명 아래, '청주(淸酒)'는 일본식 술을 가리키게 되었고, 조선의 술 청주는 상대적으로 누룩을 많이 사용한다는 이유를 들어 '약주(藥酒)'라는 생소한 명칭으로 대체되었다. 이는 조선 전통 청주의 위상을 낮추고 일본식 청주를 공식적인 고급주로 자리 잡게 하려는 식민지 정책의 일환이었다. 발음은 '청주'와 '세이슈'로 달랐으나, 한자 표기가 같았던 탓에 조선의 청주는 이름은 물론, 정체성마저 빼앗기고 말았다. 결국, 조선의 전통주는 제도적으로 변질되고 왜곡되었으며, 일본식 양조 방식이 강제적으로 보급되는 과정에서 전통 양조업이 쇠퇴하는 결과까지 초래했다. 〉

호가 대물(大物)인 박정양 박사는 1899년 제중원 의학교를 졸업하고, 동경제국대학 치의학부 보철과에서 임상학 수련을 마친 뒤 박사 학위를 받았다. 1908년 귀국하자마자 경성제국대학 치과병원 진료과장을 맡았고, 현재는 병원장으로 재직 중이다. 박 박사는 조선에서 명의로 이름을 떨치며 매일 밤늦게까지 환자를 돌보았지만, 한성 클럽 월례회만큼은 어떤 일이 있어도 빠지지 않으려 애썼다. 모임이 시작되기 직전에야 가까스로 자신의 사랑채인 회합 장소로 돌아오곤 했다.

박 원장은 외부인에게 공개하지 않은 술 저장고를 주택 지하에 마련할 정도로 술에 대한 애착이 남달랐다. 최근에는 조선의 발효주인 막걸리와 약주의 본향을 찾아 시음하며 체계적으로 연구하였다. 맛은 단순하나 서구 양조법을 차용해 일정한 품질을 유지하는 일본 사케도 따로 공부하며 조선술 발전에도 기여하고자 했다.

뿐만 아니라, 당시 구하기 어려운 서양 와인과 위스키에도 박학한 지식을 갖추었다. 혼자 시음할 때는 학문적으로 탐구했고, 동료나 친구들과 함께 마실 때는 풍류로 대했다. 술을 머리로 이해하고, 가슴으로 즐기는 당대 최고의 애주가였다.

맛에 대한 열정은 예술과도 맞닿아 있었다. 그는 사진을 찍고, 악기를 연주하고, 붓을 들었으며, 춤을 사랑했다. 더불어 인생의 한 단면을 예리하게 포착해 해학과 풍자를 담은 콩트를 썼다.

조지 이스트먼이 롤 필름을 개발하면서 사진이 간편해지자, 직접 촬영한 필름을 암실에서 현상하며 시간을 붙잡는 기쁨을 누렸다. 하와이어로 '뛰는 벼룩'을 뜻하는 우쿨렐레는 밝고 경쾌한 소리를 냈고, 스케치는 흘러가는 감흥을 담아냈다. 그리고 저 멀리 아르헨티나에서 막 태동한 매혹적인 리듬, 땅고를 조선에 처

음 들여와 동호인들과 밀롱가를 열어 즐겼다.

이처럼 그는 새로운 문화를 받아들이고 보급하며 선구자 역할을 했다. 단순한 취미를 넘어 조선의 문화 지형을 확장하고, 전통과 현대가 공존하는 흐름을 만들어 갔다.

박 원장은 막대한 부동산과 함께 조선 최대의 주택인 '관지거(觀池居)'를 부모로부터 상속받았다. '연못을 감상하는 집'이라는 뜻

그대로, 조선은 물론 일본에서도 탐낼 만한 대저택이었다. 단순한 거처가 아니라, 대대로 가문의 위상을 상징하는 동시에 조선의 미학과 권위를 담은 건축물이었다. 저택 중심에는 넓은 전통식 연못이 자리 잡아, 계절마다 다른 풍경을 연출했다. 봄에는 버들가지가 물을 스치고, 여름이면 연꽃이 만개했으며, 가을에는 단풍이 물들고, 겨울에는 얼음이 얼어 운치를 더했다. 연못 주변에는 정자가 세워져 있어 시와 서예를 즐기는 공간으로 활용되었으며, 돌다리와 작은 인공섬까지 갖춘 정원은 한 폭의 산수화를 떠올리게 했다.

그러나 그의 재산은 관지거에만 국한되지 않았다. 경성 본정통의 백화점과 영화관 부지, 남촌의 신식 빌딩 상가 등에서 발생하는 막대한 토지와 건물세가 그의 주 수입원이었다. 일본식 거리로 변한 남촌에서 대부분의 한국인 지주들이 밀려났어도, 그는 단단한 재력과 고결한 인품을 겸비한 인물이었다. 덕분에 어디서든 건재할 수 있었고, 누구도 함부로 시비를 걸지 못했다. 병원장으로 받는 월급은 거대한 재산에 비하면 미미한 수준이었다. 그러나 그 월급마저도 장학금과 무료 진료 사업에 거의 쓰였고, 집으로 가져오는 일은 드물었다. 외국인을 상대로 한 특진과 근교 논밭의 소작료로 받는 수입도 엄청났지만, 그의 생활은 의외로 풍족함과 거리가 멀었다. 최근에는 재산이 점차 줄면서 형편이 말이 아니라는 소문까지 나돌았다. 극소수의 지인들만 알 수 있었던 사실로, 그는 비밀리에 부동산을 조금씩 처분하는 듯했다. 독립군 자금 지원으로 인해 재정적 어려움이 닥쳤으리라 짐작만 할 뿐, 그 내막은 철저히 비밀에 부쳐졌다. 심지어 절친인 나조차 그 전모를 알지 못했고, 알려고 해서도 안 되는 일이었다.

그는 일본을 지극히 경멸했어도, 겉으로는 일본인 유지들과의 친분을 유지해야 했다. 조선인들의 어려운 사정을 일본 유력 인사들에게 전하기 위해선 불가피한 일이었다. 이렇듯 복잡한 상황 속에서도 그는 언제나 흔들림 없이 타인을 돕고 사회에 기여했다. "멋은 가슴에서 우러나온다"는 말처럼, 품격과 기개를 갖춘 당대의 진정한 멋쟁이로 추앙받았다.

한성 클럽에서 시음하는 술은 주로 조선 약주와 일본 사케였다. 여름철에는 과하주를 채택하기도 했었으나, 대체로 순곡 발효주를 선호했다. 과하주는 조선의 뛰어난 주조 기술로 탄생한 혼양주의 일종이다. '여름을 난다'는 뜻처럼 복합적인 감칠맛을 지닌 순곡주에 무게감 있는 증류 소주를 섞어 풍미와 보존성을 동시에 만족시키는 독특한 양조 방식이었다.

이 시기는 일제가 조선의 술 문화를 억압하기 시작한 지 10년이 지난 시점이었다. 군산을 비롯한 전국에 일본식 양조장이 우후죽순 들어서며 시장을 장악했고, 전통 양조장은 점차 설 자리를 잃어갔다. 전통 주조 명인들은 몸부림치며 살아남기 위해 발버둥 쳤지만, 근근이 명맥을 이어갈 뿐이었다. 대규모 일본식 양조장에 밀려 점점 쇠락해가는 흐름은 막을 도리가 없었다.

박 원장은 이처럼 사라질 위기에 놓인 약주와 막걸리에 대한 애착이 깊어져, 우선 시음하길 원했다. 다행히 변호사 아베 역시 이에 동의했기에 모임은 큰 마찰 없이 이어졌다. 두 사람의 공감과 협력 덕분에 조선술의 전통과 깊은 맛이 자연스럽게 모임의 중심에 자리 잡았다.

〈 전술한 대로, 조선에서는 가양주가 발달해 도가나 주막에서 각기 독특한 술을 빚어왔으나, 주세령 시행으로 이 전통이 하루아침에 막혔다. 그 결과, 소규모 양조 기술은 사장되고, 비법이 전수되지 못할 위기에 처했다.

반면 일본은 청일전쟁에서 받은 배상금을 활용해 네덜란드의 미생물학 전문가를 초빙하며 양조학을 발전시켰다. 그들은 발효의 핵심인 효모를 제어하는 기술을 확보했고, 이를 통해 안정적이고 균일한 술을 생산할 수 있었다. 일본의 양조장들은 자신만의 상표를 단 청주를 출시하기 시작했으며, 파스퇴르 멸균법을 도입해 장기 보관 문제까지 해결했다.

조선 역시 뒤늦게 이를 받아들이고, 기존의 중양법을 보완하며 보존 문제를 점차 개선해 나갔다. 중양법은 단양법처럼 한 번에 술을 완성하는 방식이 아니라, 밑술의 발효가 끝날 즈음 덧술을 추가하며 알코올 도수를 점진적으로 높이는 방법이다. 이는 당시 막 개발되기 시작한 다단계 로켓이 각 단의 연료를 순차적으로 사용하여 추진력을 유지하는 과정과 유사하다. 덧술 횟수에 따라 이양주, 삼양주로 불리며, 이를 통해 안정성과 품질을 크게 향상할 수 있었다. 이 방식은 단순히 보존성을 높이는 데 그치지 않고, 누룩 냄새를 줄이며 복합적인 맛과 향을 더하는 부수적인 효과도 있었다. 이러한 시도로 조선의 약주는 한여름만 피하면 운송과 저장이 가능해졌으며, 일본과 중국에 수출할 수준까지 발전했다. 〉

한성 클럽 정례회에서 박 원장은 늘 자신이 준비한 평범한 술 두세 병을 꺼내 미리 좌중에 몇 순배 돌렸다. 모두가 얼굴이 불콰해질 즈음, 그는 아베에게 블라인드 테이스팅(Blind Tasting) 게임을 제안하곤 했다. 그날 내놓은 약주나 사케의 원산지와 이름을 알아 맞히는 내기였으며, 결과는 대개 3:7로 아베가 열세였다. 그럼에도 아베는 종종 "사무실 일에 치이지 않아 시간이 충분하며, 내 컨디션이 완벽하고 술의 보관 상태까지 흠잡을 데 없다면 백발백중 알아맞힐 자신 있다."라며 호언장담을 늘어놓았다. 하기사 뛰어난 미각을 지닌 아베였기에 그나마 가능한 일이었지, 일반인으로서는 언감생심이었다.

이 내기는 거창한 판돈 없이 모임에 활기를 더하는 놀이였기에, 양쪽 모두 승부에 큰 부담을 느끼지 않았다. 오히려 가벼운 웃음과 긴장감을 더하며 한성 클럽의 분위기를 북돋우는 역할을 톡톡히 해냈다.

그건 그렇고, 1918년 동짓달. 황량한 거리 위로 낙엽이 떠돌고, 살을 에는 찬바람이 을씨년스러운 기운을 퍼뜨리던 저녁, 바로 그날이었다.

처음부터 흐름이 어딘가 심상치 않았다. 식사 자리에는 설명하기 어려운 팽팽한 긴장이 감돌았다. 13일의 금요일. 무언가 감춰진 음모가 꿈틀거리는 듯했다. 그와는 달리 아베는 사무실 일이 한가했던지 회합에 누구보다 먼저 도착해 유난히 들뜨고 쾌활한 모습이었다.

술이 몇 순배 돌고 얼굴빛이 붉게 물들 무렵, 이날도 어김없이 박 원장은 시음 게임을 제안했다.

"여러분께서 분명 처음 맛보실 술 한 병을 내놓겠습니다. 지난주 평양 치과 학회에 강의하러 간 김에 구입한 약주인데, 꽤 감탄할 만했습니다."

그는 일부러 아베를 자극하려고, 노골적으로 자랑을 늘어놓았다. 분위기를 띄우려는 의도가 뻔했기에, 아베는 이를 대수롭지 않게 여기는 듯했다.

"아마 이 약주를 마셔본 분은 우리 조선 땅에도 별로 많지 않을 겁니다."

그는 일부러 아베를 쳐다보지도 않고 오히려 무시하는 투로 말했다.

"아무리 그렇다 치더라도, 요 아래위 두툼한 입술로 온전히 보호받는 나의 섬세한 혀를 피해 갈 방도는 없을 걸요? 당연히 나는 알아맞힙니다."

아베도 발끈하며 응수했다.

"그렇다면 오늘도, 내기를 하겠소?"

박 원장은 자신 있다는 표정으로 그제야 아베를 내려다보았다.

"그럼요. 익히 바라던 바입니다. 에또… 이번엔 시시한 거 말고 음, 크게 한판 벌입시다."

아베는 아주 따분해서 못 견디겠다는 듯 느릿느릿하게 말을 이었다. 그의 길게 늘어진 말투와 짐짓 권태스러운 표정에서 나는 무언가 수상한 기운을 느꼈다.

"이번은 정말 어렵습니다. 아베 씨, 그러니 강요하고 싶지 않아요. 당신이 질 게 뻔하니까."

박 원장은 미안해서 어쩌나 하는 표정을 만면에 내비쳤다.

"왜 그런 식으로 생각하죠?"

아베의 미간에 사악한 그림자가 순간 스쳐 지나갔다.

"단지 어렵다고만 말씀드릴게요."

박 원장은 이번에도 좌중을 주의 깊게 돌아보며 온화한 말투로 대응했다.

"그건 나를 칭찬하는 말투가 아닌데요?"

아베는 기분이 나빠진 기색으로 어깨를 들이대며 시비조로 대들었다.

"그럴 수밖에요. 심히 불공평하기 때문이죠. 그쪽 동네에서는 나름 소문이 나있어도, 시골 양조장 제품을 알아맞힌다는 건 사실상 불가능에 가깝지요."

박 원장은 조용하면서도 단호한 어조로 말했다.

"나에게는 그리 어려운 일이 아니오, 박 원장."

아베는 자신만만하게 받아넘기며 입가에 미소를 머금었다.

"결국 내기를 하고 싶다는 말이군요, 아베 선생. 그토록 만류해드렸는데도."

박 원장은 어깨를 으쓱하며 마치 예상했다는 것처럼 대답했다.

"얼마든지."

아베도 딱 잘라 말했다.

"어쩔 도리가 없네요. 그럼, 이번에는 특별히 내기 금액을 평소보다 두 배로⋯. 20엔이면 너무 과한가요? 그 대신 한 가지 힌트를 드릴게요. 이 술의 산지는 경성 이남이 아닙니다."

박 원장은 공정함을 유지하려 애쓰는 표정을 지으며 말했다.

10엔이면 맥주 열 박스 이상을 살 수 있을 만큼 적지 않은 금액이다. 20엔이라면 전에 없던 큰돈이었다. 아베가 지는 횟수가 많았음에도 내기를 계속해 온 이유는, 성공한 변호사가 맥주를 기부한 셈으로 여겼기 때문이었다. 박 원장은 매번 모임에 따로 술을 준비해 왔으니, 두 사람 모두 경제적으로 여유로운 덕에 부담 없이 베풀어 왔다. 이번 내기도 회원들에게 웃음과 흥미를 제공하며 분위기를 더욱 돋울 것으로 기대되었다.

"판돈을 좀 더 올리는 게 어떨까요, 박 원장."
아베는 갑자기 흥미를 느낀 사람처럼 의자에서 벌떡 일어났다. 그의 예상치 못한 움직임에 나는 왠지 모르게 섬뜩한 감이 들었다.
"아닙니다. 그 정도면 충분합니다. 평상시보다 갑절인걸요. 더 이상은 싫습니다."
박정양 박사는 좌중의 동의를 얻으려 좌우를 둘러보며 선선히 답했다. 하지만 참석자 대부분은 두 사람의 내기가 일상화된 만큼 별다른 관심을 보이지 않고, 끼리끼리 담소를 나누기에 바빴다.
"내 오늘 몸 상태가 최고조란 말입니다! 컨디션이 절정이에요! 게다가 사 온 지 얼마 안 된 술이라 보관 상태도 완벽할 테고, 모든 조건이 나에게 유리합니다. 하하."
아베는 유쾌한 웃음을 터뜨리며 자신감을 드러냈다. 그의 태도를 보아하니 우리가 알지 못하는 뭔가 좋은 일이 있었던 듯했다.
"당신의 승률이 별로 높지 않아요, 아베 선생. 하긴 우리는 시도조차 못 하겠지만…."
박 원장은 공연히 아베가 돈을 크게 잃지 않도록 진심으로 만류했다.

"백만 엔이면 어떻겠소?"

아베의 얼토당토않은 발언에 비로소 좌중은 경악하여 그들을 쳐다보았다. 그 순간, 다른 대화는 즉각 멈추었고, 시선이 두 사람에게 쏠렸다. 이내 방 안의 공기는 싸늘하게 변했고, 예리한 도발의 기운이 허공을 가르며 홀연히 퍼져 나갔다.

"뭐라고요? 아니, 무슨 말도 안 되는…. 그게!"

박 원장의 눈이 휘둥그레지며 당혹스러움이 얼굴에 그대로 드러났다. 이제야 뭔가 크게 잘못되었음을 깨달은 듯했다. 이 사태를 어떻게든 수습해야 한다는 눈빛으로 주위를 둘러보았으나 아무도 선뜻 나서지 않았다.

"판돈 올리기가 겁난다는 말씀인가요?"

아베는 미리 결정을 내려둔 사람처럼, 비꼬는 말투로 상대를 몰아붙였다. 박 원장은 눈을 지그시 감고 깊은 생각에 잠겼다. 그의 심중이 얼굴에 고스란히 드러났고, 한참을 그러다 이윽고 작심한 듯 입술을 꼭 다물었다.

"아베 선생, 나로서는 무관하오. 바라는 대로 하시지요. 허허허."

온화한 성품의 박 원장이 어째서 이런 터무니없는 판돈을 받아들이려는지 나로서는 도무지 이해하기 어려웠다. 아베의 싸늘하면서도 음험한 눈초리를 보고 박 원장을 이쯤에서 뜯어말리고 싶었어도, 방 안을 가득 채운 심각한 분위기에 압도당해 차마 그러질 못했다.

"그렇다면 그 이상 얼마든지, 무엇이든 걸 수도 있단 말입니까?"

아베는 먹잇감을 노리는 사냥개의 눈빛으로 박 원장을 쩌려보며 목소리의 톤을 살짝 높였다.

"그럼요. 나는 아무래도 괜찮습니…다."

박 원장은 말끝을 흐리며 내심 흔들리는 기색이 역력했다.

"그래요? 괜찮으시다면, 더 올리자고요. 삼백만 엔으로."

아베는 이미 모든 걸 작정한 사람처럼, 느리다 못해 지루한 말투로 선언했다.

"에에, 뭐라구요? 삼백만?"

박 원장은 마치 무언가에 홀린 듯 허공을 응시하며 중얼거렸다. 방 안의 공기는 더 차갑게 식어갔고, 모든 이의 시선이 두 사람에게 집중되었다.

〈 왜 이리도 속이 울렁거리고 가슴이 쿵쾅거리는지 모르겠네. 호랑이 굴에 들어가도 정신만 차리면 산다니, 어디 궁리나 한번 해보자!

삼십만 엔도 상상하기 어려운 거금인데, 삼백만 엔이란다. 현실적으로 보아, 나로서는 전 재산을 처분해도 그만한 돈을 마련할 길이 없다. 이미 독립군 군자금과 국내 투쟁비로 웬만한 부동산은 팔거나 저당 잡혀있다. 나라만 되찾는다면 재산 따위야 없어져도 그만이지만, 독립운동은 계속되어야 한다. 앞으로 내가 얼마나 더 버틸 수 있을지 모르겠다. 그래서 돈이 절실하다. 백만 엔이면 우리 독립투사들에겐 어마어마한 금액이다. 앞으로 십수 년간 아무런 걱정 없이 활동비를 댈 만한 액수다.

독립군만 자금이 필요한 게 아니다. 빼앗긴 나라를 되찾고 다시 세우기 위해서는 먼저 중국 땅에 민주공화제를 표방한 임시정부부터 설립해야 한다. 그래야만 우리나라의 법통을 똑바로 세우고, 국제적으로도 그 연속성을 주장할 테니 말이다. 나는 조만간 조국이 광복하리라 확신한다. 그렇더라도 지금 바로 정부를 세워야 한반도의 유구한 역사를 지킬 수 있다. 백만 엔만 더 확보할 수 있다면, 해외의 기존 임시정부들을 한데 모아 국제도시 상하이에 제대로 된 통합 정부 설립도 가능하다. 내년 봄 만세 운동을 마친 후 백범 김구를 상해로 보내 의정원을 구성케 하고 국호는 '대한민국'으로 정하면 된다. 곧바로 국무총리를 수반으로 헌법을 제정 반포하게 하여 일단 국가를 태동시키자. 입때껏 머릿속으로만 구상하던 '대한민국 임시정부'가 마침내 내년에 세워지겠구나. 1919년은 대한민국의 원년으로 기록될 것이다!

내년 3월 1일 토요일, 경성을 비롯한 전국 각지에서 만세 시위를 일으키기로 계획은 이미 되어있다. 하지만 자금이 부족해 실행이 지지부진하다. 나머지 백만 엔은 잘 보관하다가 그때그때 나누어 국내 활동비로 보태어 주자. 안타깝게도 이런 대규모 자금은 나 아니면 조달할 사람이 없지 않던가?

이 거금을 내가 직접 가지고 있으면 노출될 위험이 크니, 부산에서 사업하는 백산 안희제 사장에게 맡겨 관리하게 하자. 백범과 백야에게 자금을 올바로 전달할 인물로는 누구보다도 백산이 제격이지. 아무렴, 우리나라를 위해 헌신하는 세 명의 투사, 백범, 백야, 백산, 삼백만한 인재가 또 어디 있을까? 공교롭게도 내기 금액인 삼백과도 맞아떨어지니, 국운이 터지려나 보다!

이 순간 만주 허허벌판에서 칼바람을 맞으며 가녀린 목숨을 내어놓고 나라를 되찾기 위해 일본군과 맞서 싸우는 독립군의 처지를 떠올리니 다시금 눈물이 앞을 가린다. 나는 이렇게 호사를 누리는데 그들은 얼마나 고생이 많을까? 그래, 이 모험은 해볼 만한 가치가 있다! 이 돈이 백산을 거쳐 대한광복회로 흘러들면, 백야 김좌진 부사령관과 추풍 홍범도 장군의 병사를 훈련시키는 데 요긴하게 쓰일 거야. 최신식 무장도 가능하겠지. 그렇게만 된다면 내년, 아니면 적어도 내후년엔 봉오동이나 청산리에서 추풍과 백야의 승전보가 울려 퍼지지 않겠어? 〉

무슨 꿍꿍이속인지 박 원장은 오히려 더 대담해져 보였다.

"당장 현금으로는 그만한 돈을 만…들 수 없어요. 하오나 아베 선생이 원하신다면, 어떤 수단을 써서라도 구해…보기로 약조하겠습니다."

박 원장은 몸을 떨며 말을 이었고, 목소리는 자꾸 끊겨졌다.

"그럼 됐소. 나 아베가 진다면 전 재산을 처분하고 대출까지 일으켜 300만 엔을 만들어 드리겠소. 나는 전부 현찰로 준비할 테니, 박 원장께서는 현금 대신 내가 원하는 단 한 가지만 걸어주면 되겠습니다."

아베는 양복 주머니에서 회중시계를 꺼내 만지작거리며, 마치 별일 아니라는 듯 가볍게 말했다. 겉으로는 진중해 보였어도, 그의 태도에서 간사한 속내가 엿보였다. 나는 이 순간, 교활함이 춤추는 아베의 계략을 간파했으나, 무언지 모를 힘이 나를 제지했다. 결국 나는 상황을 잠자코 더 지켜보기로 했다.

"좋소, 나에게 여건이 괜찮아 보이네요. 아베 선생, 그러겠습니다. 어떠한 내기 조건이라도 쾌히 승낙하겠습니다."

박 원장은 상대가 돈을 원하지 않는다는 말에 한층 더 고무된 듯 보였다. 현찰을 요구하지 않는다면 그는 자기 재산에 손을 대지 않아도 되는 셈이었다. '갈수록 태산'이라 했던가? 그 제안은 박 원장을 무책임하게 만들고, 점점 더 깊은 수렁으로 빠져들게 하는 듯했다.

"그럽시다. 그럼, 이 자리에 계신 여러분이 증인이 되어주시고, 특히 이시바 경찰국장님께서는 집행인이 되어주십사 부탁드립니다."

아베는 혹시 모를 계약 위반에 대처하기 위하여 변호사답게 보증인을 튼실하게 세워두고자 했다.

"에, 내가 이런 해괴망측한 일에 나서기는 심히 부담스럽습니다만… 어떠시오? 박 원장. 지금이라도 철회하고 싶으면 하시오. 만약 두 분이 계속 진행하기를 원한다면 저의 명예를 걸고 계약을 철저히 이행토록 하겠소."

이시바는 한동안 침묵하다가, 마침내 그렇게 말했다. 그 표정에서 잠시 망설임이 읽혔지만, 그의 목소리는 단호했다. 박 원장을 향한 신뢰가 느껴지는 말투였고, 그 진심은 꽤 오래 품어 온 듯했다.

내가 보기에도 이번 내기는 박 원장 쪽이 훨씬 유리해 보였다. 아베는 현금을 걸었지만, 박 원장에게는 아무런 대가도 요구하지 않았고, 무엇보다 문제를 내는 쪽이 박 원장이었다. 그 정도면 해볼 만한 싸움이었다.

〈 아베가 원하는 단 한 가지란 무엇일까? 도대체 무엇 때문에 저 사람은 자신의 전 재산을 걸어 이런 무모한 게임에 나서는 걸까? 모든 열쇠는 나, 박정양이 쥐고 있는데….

며칠 전 평양 치과 학회에 갔을 때의 기억이 떠오른다. 학회 일정

중 잠시 짬을 내어 들렀던 주류 소매상이 머릿속에 선명하다. 그 상점에는 익숙한 조선 약주와 일본 사케가 진열되어 있었고, 작은 도가에서 빚은 술도 몇몇 자리했다. 사실 이런 시골 양조장들은 대부분 영세하여 독자적인 술병을 제작할 여력이 없었고, 최근 들어서야 대량 생산된 병을 사용해 겨우 유통하기 시작했다. 모두 같은 병을 쓰다 보니, 외형만으로는 어느 양조장에서 만든 술인지 구별하기가 어렵다. 또한 쌀과 누룩 같은 원재료뿐 아니라, 지역의 환경과 물마저 유사해 기본적인 맛에 큰 차이가 없다.

그러나 산지가 바뀌면 이야기는 달라진다. 동일한 제조법과 누룩을 사용하더라도 풍토와 수질의 차이로 맛과 향이 미묘하게 바뀐다. 이를테면 함흥처럼 험준한 산으로 둘러싸인 지역의 술은 풍미가 깔끔하고 그윽하다. 반면 평양처럼 역사와 전통이 살아 숨 쉬는 곳은 복잡하면서도 부드럽다. 순수한 연수를 사용하면 술맛이 달콤하고 매끈하게 느껴지며, 미네랄이 풍부한 경수를 쓰면 보다 힘차고 감칠맛이 도드라진다. 지방마다 고유의 떼루아가 존재하기에, 이 미묘한 차이를 포착해 내는 게 블라인드 테이스팅의 핵심이다.

그런데 아베는 갑자기 무슨 생각으로 이런 엄청난 내기를 걸어 왔을까? 입때껏 놀이 삼아 해온 거로 충분했을 텐데. 그렇다고 지가 이길 확률이 높지도 않은데 대체 무슨 속셈일까. 이번에 내가 사 온 약주는 유명하지도 않고, 전통 있는 도가의 술도 아니다. 그저 여느 허름한 양조장 제품일 뿐이다. 그런 수준의 양조장은 조선 전체에 수백 개도 넘는데, 그 상표를 알아맞힌다고? 결단코, 가능하지 않다. 그날의 세 가지 술만 해도 모두 같은 모양과 색깔의 병에 담겼다. 그러니 아베가 귀신이 아니라면 도저히 알아낼 도리가 없을 터이다.

아까 아침에 지하 저장고에서 약주 한 병을 꺼내 1층 서재에 갖다 놓고 출근했다. 함경도 금야 양조장에서 만든 와갈주(臥碣酒)였다. 함경도는 심심산골이라 주로 밀, 호밀, 귀리 같은 내한성 작물을 재배했다. 곡식 생산량이 많지 않아 이 지역 양조장들은 술보다는 누룩, 식초, 간장을 만드는 데 주력했다. 그러나 금야 양조장은 예외적으로 쌀이 나는 평야 지대에 위치해 금야주를 만들어 인근 지역에 판매할 수 있었다. 게다가 몇 년 전부터 농업 기술이 발달하면서 서쪽 낭림산맥 고지대에서도 쌀을 재배하게 되었다. 이를 기회 삼아 이 양조장은 새로운 약주를 개발했다.

산맥 최고 높은 봉우리인 와갈봉의 이름을 따 와갈주라 명명한 이 술은 올해부터 다른 지방으로도 출고되기 시작했다. 그러므로 신제품이나 다름없는 이 와갈주를 단순한 시음만으로 알아맞히는 건 지극히 어렵다. 그러니 아베가 아니라 아베 할아버지가 와도 불가능하리라!

만주 벌판의 혹한 속에서 조국 독립을 위해 목숨을 건 채 싸우는 독립군이 또다시 눈에 밟히는군…. 그래, 더 이상 망설일 여지가 없다! 무슨 일이 있어도 해내야 한다. 흔들리지 말고 결연하게 마음을 다스리자! 〉

"박정양, 나도 내 이름 석 자를 걸고 여러분 앞에서 약속을 지키겠다고 맹세합니다."

박 원장은 마침내 결심을 굳혔는지, 당당히 발표했다.

"그렇다면 좋소. 지금부터 계약이 유효함을 선언합니다."

이시바는 경찰의 총수답게 꼿꼿이 일어나 좌중을 향해 단호히 못을 박았다.

"자, 이제 아베 선생 차례요. 그래, 돈 대신에 박 원장이 무엇을 걸었으면 하오? 단 한 가지를 요구해야 합니다."

이시바는 아베가 혹시라도 돈을 요구할까 봐 일부러 엄중하게 경고했다.

"알겠습니다. 그럼, 단도직입적으로 말씀드리죠. 저는 박 원장의 부인 김윤미 여사를 원합니다. 그러니까 내가 그 술병의 이름을 알 아맞히지 못하면 삼백만 엔을 드리겠습니다. 반대로 알아맞힌다 면 당신의 부인을 나에게 보내주시면 됩니다요."

회원 모두는 얼음물을 뒤집어쓴 듯 쪼그라들었다. 시공을 초월 해 블랙홀에 빨려 들어가는 듯한 기분이 들었다. 방 안은 숨 막히 는 정적에 잠겼다. 박 원장과 김윤미 여사는 낭떠러지 끝에 선 듯 허공을 응시했다. 두 사람의 눈은 초점 없이 흔들렸고, 정신이 나 간 듯 보였다.

"아니, 세상에 이런 일이 어디 있담? 남의 아내를 내기에 걸라니! 가당치 않아요."

박 원장은 자신이 저지른 일을 되돌아보며 분노와 당황이 혼재 된 목소리로 외쳤다.

"난 싫어요. 이건 내기 거리가 아니잖아요. 어떤 경우에도 사람 을… 말도 안 돼요."

김 여사는 이 자리를 함께하는 자체가 불쾌해진 모양이었다. 하물며 이런 파렴치한 내기 조건이라니! 그녀는 단호하고도 강력하게 항의했다.

"에, 또. 황당하기 그지없습니다만, 박 원장이 이미 약조했으니 어쩔 도리가 없어 보입니다. 이제 최후의 결정권은 아베 선생께 있네요. 없던 셈으로 양보할지, 그대로 진행할지 말해 보시죠."

이시바는 경찰 지휘관답게 냉정을 되찾고 사태를 신속히 수습하려 했다. 그의 목소리는 차분하면서도 확고했다.

"좀 전에 분명히 박사님께서 '박정양, 내 이름 석 자를 걸고 약조를 지키겠다'고 맹세했잖습니까? 남아 대장부답게, 그대로 실행해야지요."

아베는 박 원장의 의지를 꺾으려는 심산으로 한 치의 망설임도 없이 압박했다. 그러면서도 경찰국장의 눈치를 살피듯 힐끗 시선을 보냈다.

"음, 나로서도 이런 경우는 꿈에도 생각 못 했던 바요. 하지만 약속은 약속. 계약이 유효하다고 선언했으니, 그리 아시고 준비를 해 주시지요."

상황이 이렇게 전개될 줄은 아베 외에는 아무도 예상하지 못했을 것이다. 언젠가 이런 큰일을 벌이려 대비해 왔음이 분명해 보였다.

"여보, 잘못했소. 일이 이렇게까지 진행될 줄은 정말 까맣게 몰랐소. 나의 경솔함 탓이야. 당신에게 못할 짓을 했으니 어쩌면 좋아요."

박 원장은 비로소 진정 자신이 저지른 불찰을 깨닫고 사죄했다. 목소리에는 깊은 자책이 묻어났다.

"그러나 자신하오. 저 사람은 이길 방도가 없어요. 아무런 문제 없을 테니 나를 믿어주오."

박 원장의 말투는 불안과 초조 속에서 확신을 건지려는 듯했다.

"알겠어요. 흑흑, 당신만 믿을게요. 흑흑."

걱정이 되어 어쩔 줄을 모르던 김 여사는 떨리다 못해 울음 섞인 음성으로 대답했다. 믿어보려 해도 상황이 결코 녹록치 않음을 눈치챈 듯했다.

"어이할 도리가 없네요. 자, 여보. 서재로 가서 보관함에 넣어둔 술병을 가져와요. 상표가 보이지 않게 헝겊으로 단단히 싸매는 거 잊지 말고."

박 원장은 부인에게 열쇠 뭉치를 건네며 부탁하고, 두 눈을 질끈 감았다. 마치 시간이 되돌려지기만을 간절히 바라는 듯, 그의 표정엔 크나큰 후회의 그림자가 드리워졌다.

김 여사가 나가자, 참석자들은 어색한 분위기를 누그러뜨리려 옆 사람과 가벼운 대화를 나누기 시작했다. 아베는 아무 일도 안 일어난 것처럼 태연하게 회원들과 어울렸으나, 박 원장은 눈을 감은 채 괴로움에 사로잡혀 꼼짝도 하지 않고 자리에 주저앉아 있었다.

얼마 후, 검은 천을 노끈으로 단단히 동여맨 술 한 병을 대나무 바구니에 담아 김 여사가 돌아왔다. 극도의 긴장 탓인지 평소보다 훨씬 더 오래 걸린 듯했다. 그녀는 조용히 박정양 박사 앞에 바구니를 내려놓으며, 눈빛으로 그를 바라보았다. 아무 말이 없었어도, 그 순간의 무게감은 이루 다 헤아릴 수 없어 보였다.

박정양 박사는 두세 번 깊이 숨을 내쉰 뒤, 바구니에서 술병을 집어 들었다. 혹여나 감싼 천이 풀려 상표가 드러날까 노심초사하며, 떨리는 손으로 철사줄로 단단히 얽힌 마개를 풀기 시작했다. 그러나 신경이 곤두선 탓인지 손끝에 힘이 들어가지 않았고, 마개는 꿈쩍도 하지 않았다. 몇 차례 헛손질 끝에 간신히 나무 마개를 비틀어 빼냈으나, 손에 힘이 빠진 듯 병을 놓칠 뻔했다. 겨우 붙잡았으나, 그 과정에서 병목이 흔들렸고, 내부의 술이 일렁였다. 잔을 따를 때도 사정은 마찬가지였다. 손이 심하게 떨려 술이 잔 가장자리로 튀었고, 한 번에 따르지 못하고 몇 번에 나누어 겨우 아베의 잔을 채웠다. 평소 같았으면 좌중 모두에게 잔을 돌렸더라도, 이번만큼은 형편을 헤아려 아베에게만 따랐다.

아베는 술잔을 그대로 둔 채 술병을 집어 들었다. 이리저리 돌려보며 유심히 살펴보다가, 이내 만족한 듯 미묘하게 고개를 끄덕였다. 그리고는 마치 신성한 의식을 집행하는 제사장처럼 잔을 앞에 두고 조용히 앉아 눈을 감았다. 따뜻하게 데우려는지 두 손바닥으로 술잔을 감싼 채, 한동안 고요에 잠겼다.

잠시 후, 아베는 눈을 뜨고 잔을 탁자 위에 내려놓았다. 잔 속을 들여다보는 그의 모습은 마치 숨결이라도 읽으려는 듯 깊은 집중이 느껴졌다. 그는 잔을 기울여 보기도 하고, 살짝 흔들며 색과 농도를 면밀히 살폈다. 작은 변화라도 놓치지 않으려는 태도가 엿보였다. 그러나 별다른 이상을 발견하지 못했는지, 잔을 탁상 위에서 서너 번 돌리며 향을 퍼뜨렸다. 이윽고 낮고 넓적한 코를 술잔 깊숙이 들이밀고 킁킁거리며 향을 맡았다.

그러다 아베는 고개를 갸웃하며, 잔을 다시 빙글빙글 돌렸다. 뭔가 갈피를 못 잡는 표정이었다. 그는 더욱 신중하게 접근하며 잔을 빠르게 회전시켜 향을 맡고, 눈초리를 좁혀 음영과 색을 자세히 관찰했다. 천천히 술잔을 입에 가져갔다가, 다 마시기도 전에 다시 기울이며 거듭 살펴보았다. 그러고는 바구니 속 술병에도 시선을 던지며 유심히 쏘아보았다. 사고가 뒤엉킨 듯 허공을 응시하는 눈동자가 불안하게 흔들렸다. 망설임이 역력했다.

지켜보는 박 원장의 심경도 점점 복잡해진 듯했다. 아베는 주저없이 나설 때 오히려 쉽게 무너졌다. 그런데 지금처럼 저리도 신중하고, 의심까지 품고 있으니. 그 자체가 이미 불길한 징조라 여겼음이 틀림없다.

아베는 한동안 시간을 끌다 마침내 결심이 선 듯 찬찬히 의자에서 일어났다.

"심심산골의 시골집 뒷마당에 까치밥 서너 개만 덩그러니 매달린 감나무, 그런 풍경이 퍼뜩 떠오릅니다."

아베의 첫 감상이 나오자, 박 원장의 얼굴에 긴장한 기색이 뚜렷했다.

"붉은 기운이 은은히 감도는 걸 보니, 귀리로 귀밀떡을 만들어 덧밥으로 쓴 듯합니다. 복합적이면서도 깔깔한 향미가 느껴져 이제 확신이 섰습니다."

술의 재료까지 거침없이 추측하며 내뱉는 아베의 말에, 박 원장은 얼굴이 굳어지며 의자 끝을 손으로 꽉 움켜쥐었다.

"내음새부터 쓸쓸함이 배어있군요. 가을 저녁 서늘한 바람이 몸을 휘돌며 알싸한 기운이 전해집니다. 맞습니다."

아베가 한마디 한마디 덧붙일 때마다 박 원장은 안절부절못하며 몸을 뒤틀었다.

"어랑 타령이네요, 요즘 유행하는 노래죠. 가락은 경쾌해도, 그 안에 가녀린 슬픔이 스며들어 있군요."

함경도 민요인 이 노래는 흥겨운 가락과 '어랑 어랑' 후렴이 특징이다. 어부들이 부르던 노동요로, 사랑과 자연을 노래하며 쉽게 따라 부를 수 있다. '이 술은 함경도 지방에서 왔군요.'라는 말을 에둘러 한 셈이다. 이제 술의 산지는 밝혀진 것이나 다름없어 보였다.

"마지막에는 활기찬 기운이 느껴집니다. 가슴속에 뭉클하게 올라오는 이 긍정적인 향기는… 그렇습니다, 함경도라 해도 청진보다 북쪽은 아니군요. 훨씬 남쪽입니다."

아베가 혀끝으로 맛을 음미하며 점차 위치를 좁혀가자, 박 원장의 얼굴은 창백함을 넘어 흙빛으로 변했고, 두 눈은 휑하니 꺼졌다. 이마에 맺힌 땀을 훔치려 했으나, 손끝마저 축축하게 젖은 듯했다.

"이 약주의 독기가 소주(燒酒)로 빠져나간 흔적은 보이지 않는군요. 남쪽이되, 소주가 발달한 원산 근처는 틀림없이 아닙니다."

아베가 다시 술잔을 기울이자, 박 원장은 숨을 가쁘게 몰아쉬며 두 손으로 머리를 감쌌다.

"이양주네요. 달다고 할 정도는 아니나… 역시 좋은 술입니다. 여운이 길게 남아있어요."

단 한 번의 시음으로 제조법까지 간파하는 그의 능력에 다른 참석자들은 숨을 꼴깍 삼키며 찬탄을 금치 못했다.

"애잔하면서도 깔끔한 저녁노을의 향취가 혀끝을 지나 콧등으로 올라옵니다. 공교롭게도 작년에 함흥에서 이와 비슷한 술을 마신 기억이 납니다."

결정적인 한 방이었다. 박 원장은 온몸이 굳어버린 듯 책상 위에 머리를 박았다. 공포와 패배감이 뼛속까지 파고들었는지, 더는 아무런 반응도 하지 못했다.

"저에게 행운이 깃들기를⋯ '와갈주(臥碣酒)'입니다. 금야양조장의⋯"

마침내 아베는 술과 양조장의 이름을 당당하게 토해 냈다.

순간, 방 안의 공기가 금방이라도 산산조각 날 것처럼 팽팽히 당겨졌다. 모두의 시선은 얇은 유리판 위에 고정된 듯했고, 좌중은 숨마저 제대로 고르지 못한 채 얼어붙었다. 지금 나 자신도 상식의 경계를 넘어선 엄청난 승부의 한복판에 서있음을 직감했다.

십만 엔만 해도, 능력자조차 평생을 긁어모아야 간신히 닿을까 말까 한 거금이었다. 그런데 삼백만 엔이라니. 게다가 이번 내기는 단순히 돈 문제가 아니었다. 사람을 건 기이한 승부. 결과가 가져올 타격은 감히 예측을 불허했다. 법원장과 경찰국장이 자리하고 있는 상황에서 누구도 가벼운 태도를 보일 엄두조차 내지 못했다. 모두 말없이 결과를 기다리며 긴장감에 압도당한 채 그대로 굳어버렸다.

"아베 선생, 나랑 저 방으로 가서 이야기 좀 합시다. 잠깐이면 됩니다. 부탁드립니다."

박 원장은 아베의 발표를 듣는 순간 허리를 꺾으며, 마치 무릎이라도 꿇을 듯 비굴하게 통사정했다.

"제발, 상의 좀 합…시다. 꼬옥."

이 지경까지 처하게 된 현실이 믿기지 않는지 몸을 움츠리며 간절히 애원했다. 그의 눈빛은 돌이킬 수 없는 파국을 예감한 듯 망연자실하게 흐려졌다.

"아닙니다. 따로 할 이야기는 없습니다. 회장님, 어서 게임을 속행해 주시기 바랍니다."

아베는 얼굴 가득한 코를 벌름거리며 박 원장의 절박한 호소를 일축했다. 그의 태도는 몰인정 그 자체였고, 냉소로 가득 차있었다.

"그럽시다. 이제 베일을 벗기고 상표를 드러낼 순간입니다. 결과에 따라 엄정하게 집행하겠습니다."

모두의 반응을 살피던 하토야마 법원장은 말없이 침묵을 이어갔다. 아베의 요구를 듣고도 쉽게 말이 없다가 끝내 무표정한 얼굴로 결단을 내렸다. 박 원장을 향해 스친 눈빛에서 잠깐 망설임이 엿보였지만, 이내 온 법정을 숨죽이게 만드는 판결처럼 단호히 선언했다.

박정양 박사의 얼굴은 검게 질리더니, 마침내 사색이 다 되었다. 다리가 후들거려 양손으로 탁자를 부여잡은 채 간신히 지탱할 뿐이었다. 술병은 쳐다볼 엄두도 내지 못한 채 고개를 떨구고 바닥만 응시했다. 점점 다리에 힘이 빠져, 이제는 스스로 몸을 세우기조차 버거워 보였다. 반면, 변호사 아베는 기름진 얼굴에 음흉한 눈빛을 번뜩이며, 원하는 결말을 어서 손에 넣고 싶다는 욕망을 숨기지 못했다. 그의 표정에는 승리에 대한 탐욕과 조롱이 뒤섞여 있었다.

그러나 뜻밖에도, 당사자인 김윤미 여사는 내내 평정심을 잃지 않고 의연한 태도를 유지했다. 남편의 판단을 끝까지 믿겠다는 굳건한 의지가 그녀의 단정한 자태에서 저절로 묻어나왔다.

드디어 박 원장은 손발을 벌벌 떨며 청록색 병을 감싸고 있던 검정 헝겊을 벗겨내기 시작했다. 헝겊이 노끈으로 칭칭 감겨 워낙 단단히 싸매져 있어 매듭을 푸는 데 애를 먹는 듯했다. 겁에 질리고 긴장한 탓인지 손끝은 자꾸 헛돌고, 꼬투리는 더욱 단단하게 느껴졌나 보다. 몇 번이나 시도했건만, 실마리가 좀처럼 잡히지 않는 모양이었다. 심장이 쿵쿵 뛰는 소리가 여기까지 들려올 정도로 선명하게 울렸다. 간신히 한 올씩 풀어가던 그의 손끝이 마지막 매듭을 건드리자, 방 안의 숨소리마저 얼어붙었다.

바로 그때, 지켜보던 두 당사자의 입에서 동시에 신음 소리가 터져 나왔다. 아베는 "끄응!" 하고 가느다란 탄식을 내뱉었고, 박 원장은 "아니!"라며 커다란 탄성을 질렀다. 느닷없이 아베의 얼굴은 섬뜩할 정도로 검게 변하며 극도의 충격에 쪼그라들었다. 그와 달리, 박 원장의 얼굴은 점차 밝아지더니 마치 구원의 빛이라도 내려온 듯 환희로 가득 찼다. 예상치 못한 사태가 벌어졌다는 것만큼은 틀림없어 보였다.

막상 베일을 벗겨 보니, 술의 이름은 와갈주가 아닌 낙랑춘이었다! 매화나무가 아기자기하게 그려진 노란 바탕 위에 검은색 육중한 글씨로 '樂浪春 낙랑춘'이라는 상표가 붙어있었다. 낙랑춘은 룡강도가(竜岡都家)에서 전통 방식으로 빚어진 평안도 서도 지방의 약주였다. 눈이 많이 내리는 지역답게 맑고 깨끗한 물과 품질 좋은 쌀로 만들어진 이 약주는, 다소 달고 둥글둥글한 감칠맛이 특징이었다. 깔끔하고 드라이한 와갈주와는 확실히 구분되는 술이었다.

마침내 모습을 드러낸 룡강도가의 낙랑춘(樂浪春)

사태를 알아차린 참석자들은 숨을 죽이며 흥분을 억누르려 애썼다. 그러나 놀라움을 도저히 감출 수 없었다. '산이 높으면 골이 깊다'더니, 극적인 반전에 방 안의 공기는 팽팽히 조여들었다. 모두가 박 원장과 아베를 번갈아 바라보며, 눈앞에서 벌어진 기적 같은 전개에 넋을 잃었다.

아베는 마치 벼락이라도 맞은 듯 고꾸라졌다. 넋이 나간 채 멍하니 앉아, 술병은커녕 현실조차 직시하지 못한 채 공중을 맴돌았다. 입술은 파르르 떨렸고, 손끝에는 생기가 사라졌다. 거만했던 모습은 온데간데없고, 철저히 무너진 패배자의 몰골만 남아있었다.

한편, 박 원장은 사형 선고를 받았다가 기적적으로 풀려난 사람처럼 달라졌다. 얼굴에는 안도와 기쁨이 뒤섞였고, 해방감을 만끽하는 듯했다. 눈빛에는 벅찬 감격이 서렸고, 입꼬리는 끝없이 올라갔다.

"에또, 이번 블라인드 테이스팅에서 아베 씨가 정답을 맞히지 못했습니다. 그러므로 지금 이 자리에서 공식적으로 선언하겠습니다. 아베 씨는 한 달 이내에 박 원장께 현금 삼백만 엔을 지급해야 합니다. 제 이름, 이시바 시게루를 걸고 이를 확실히 집행할 것을 약속드리며, 여러분께도 분명히 알립니다."

경찰국장은 자리에서 일어나 집행인으로서 엄숙하면서도 단단한 어조로 결과를 발표했다.

방 안은 아득한 침묵에 잠겼다. 모두가 아베의 반응을 살피며 숨을 삼킨 채 상황을 지켜보았다. 그러나 그는 여전히 충격에서 벗어나지 못한 채 굳어있었다. 이마를 타고 굵은 땀이 줄줄 흘러내렸다. 온몸이 사시나무처럼 떨렸고, 입술까지 덜덜거리며 끝내 아무 말도 하지 못했다.

시간이 흐를수록 방 안의 공기는 팽팽해졌고, 누구도 쉽게 입을 열지 못했다. 긴장에 눌린 참석자들은 불편한 듯 자세를 고쳐 앉거나, 잔을 들었다 놓기를 반복했다. 아베는 얕은 숨을 몰아쉬다 결국 바닥으로 고개를 떨궜다. 잿빛으로 변한 얼굴, 힘 빠진 손끝이 무력하게 탁자를 스쳤다. 몇몇 참석자는 서로 눈짓을 주고받으며 그로부터 시선을 돌렸다.

"오늘은 뜻밖의 일로 시간이 길어졌습니다. 그러므로 이번 모임은 여기서 마치겠습니다. 다음 모임은 명년 1월 10일, 둘째 금요일같은 시간에 열도록 하겠습니다. 모두 무사히 돌아가시길 바랍니다."

회장의 낮고 건조하기 그지없는 목소리가 방 안을 가로질렀다. 여전히 긴장감이 가시지 않은 분위기 속에서 참석자들은 조용히 자리를 정리했다. 충격인지 허탈감인지 모를 묵직한 표정을 안은 채, 하나둘씩 일어나 종종 걸음으로 문을 향했다. 문이 열리고 닫힐 때마다 차가운 바깥 공기가 스며들자 방안의 살얼음판 같은 공기가 더욱 서걱거렸다.

"여보, 분명히 오늘 아침 출근 전에 와갈주를 서재 보관함에 넣어두었고, 퇴근 후 확인했을 때도 그대로 있었는데, 그게 룡강도가의 낙랑춘으로 바뀌었다니. 이거 대체 무슨 조화요?"

모두가 돌아간 후, 박 원장은 싱글벙글 웃음을 참지 못하며 궁금해했다.

"제가 블라인드 테이스팅 게임을 오랫동안 지켜봤어요. 그런데 아베가 술 이름을 맞힌 경우는 항상 일찍 도착했을 때뿐이더라고요. 늦게 오면 한 번도 제대로 맞춘 적이 없었어요. 게다가 그가 당신 서재에 몰래 들어가는 낌새도 몇 번 느꼈고요."

김 여사는 차분한 목소리로 저간의 사정을 설명했다.

"아아, 과연 그놈이… 하하! 그랬었구나. 그래서요?"

박 원장은 너무 신난 나머지 계속 헤헤거리며 맞장구를 쳤고, 김 여사는 태연하게 미소를 지으며 말을 이었다.

"그래서 이번엔 당신이 아침에 가져다 둔 술을 들고 오지 않았어 요. 대신 지하 술 저장고에 내려가 같은 병 모양의 다른 지방 약주 로 바꿔치기해 왔지요."

* 존경하옵는 로알드 달님의 「Taste」를 더 꼬아보았습니다.

대믈리에의
출장

런던에 본부를 둔 세계적인 와인 및 주류 교육기관
WSET(Wine & Spirit Education Truth)에서 한 통의 이메일이 왔습니다.

유물 감정 협조 요청의 건: 대영박물관이 최근 발굴한 유물 중에
서 중세 한국과 관계가 깊은 그릇이 발견되어, 급히 권위자의 감정이
필요하다고 합니다. 이에 박정용 박사(Dr. SiMone Park)를 천거하였
으니, 바로 연락을 주시면 감사하겠습니다.

놀라움과 함께 의문이 들었습니다. 긴급하다니 짬을 내더라도,
왜 하필 내가 추천됐는지가 궁금했습니다. 이를 확인하기 위해 답
장을 즉시 보냈습니다.

그쪽에서도 사정이 급박했는지 회신이 곧바로 도착했습니다.

대영박물관 측에서 한국인 전문가를 초빙하며, 아래 네 가지 기준을 제시했습니다. 1. 한국인, 2. 와인 전문가, 3. 한자 독해 가능자, 4. 앤티크 수집가.

저희가 보유한 데이터베이스, 인맥, 그리고 독자적인 정보 수집 네트워크를 총동원한 결과, 이 모든 조건을 충족하는 분은 박 박사님 한 분뿐이었습니다. 그래서 자신 있게 박사님을 천거하였습니다.

이쯤 되니 단순한 요청이 아니라, 거의 운명처럼 느껴졌습니다.

내가 WSET에서 디플로마 과정을 수강한 지도 벌써 20년 가까이 되었음을 새삼 깨닫게 되었습니다. 그동안 교육에만 몰두하며 와인 산업 전반에는 크게 관여하지 않았던 터라, 스스로 특별할 리 없다고 생각했습니다. 물론 WSET와 꾸준히 교류를 이어왔지만, 그곳에서 공부한 한국인도 많고, 더 높은 자격증을 보유한 분도 있는데, 왜 하필 나였을까 하는 의문이 비로소 풀렸습니다.

바로 앤티크 전문가라는 점이 주된 이유였습니다. 와인 관련 앤틱 용품 수집가로도 알려진 나는 코크 스크루 컬렉션만 천 가지가 넘습니다. 한국인으로서는 유일하게 수집가 협회에 가입해 활동하며 관련 서적을 번역하기도 했습니다. WSET 측은 이미 이러한 이력을 상세히 파악하고 있었던 모양입니다. 정말이지, WSET의 정보력은 영국의 비밀정보국 MI6만큼이나 치밀하고 놀라울 따름이었습니다.

거천된 연유가 밝혀졌다 해도, 단지 유물이 발견되었다는 언질로는 내가 무얼 해야 할지 전혀 감이 잡히지 않았습니다. 이메일만으로 답답함이 해소되지 않아 결국 WSET의 홍보이사 제임스에게 직접 전화를 걸었습니다. 가더라도 대략적인 상황을 파악하고 싶다는 거듭된 나의 물음에, 제임스는 자신도 중세 한국에서 제작된 것으로 추정되는 와인 저장 용기의 감정 평가가 긴요하다고 할 뿐, 구체적인 내용은 모르겠다고 했습니다. 그러면서 박물관 측에서 왕복 항공권과 체재비는 물론, 소정의 수고료도 지급할 예정이니, 환자 진료와 와인 교육으로 바쁘시더라도 도와주십사 신신당부했습니다. 또한 철저한 보안을 유지해야 한다는 설명과 함께 기밀 유지 서약서를 이메일로 보내면서, 서명은 현장에서 해달라고 전해 왔습니다.

돌아가는 추이를 보니, 이번에 발굴된 유물은 상당한 가치를 지닌 듯했습니다. 학계나 국제 관계에 미칠 파장을 고려해, 공표 전까지 철저히 비밀을 지키려는 분위기가 역력했습니다.

어쨌거나, 나에겐 일석삼조의 출장이었습니다. 마침 런던의 로이드 은행에 가서 긴히 서명할 일이 있었거든요. 게다가 스코틀랜드 캄벨타운의 스프링뱅크 증류소 앞 카덴 헤더 저장고에서 부름받은 '희귀 위스키 시음'도 차일피일 미뤄왔던 터였습니다. 1992년부터 자가 증류소 내 플로어 몰팅을 고집해 온 헤더리 라이트(Heathery Wright) 회장과 함께 시음하는 건 정말 드문 이벤트였죠. 이처럼 개인 일정과 박물관 감정 의뢰가 맞물렸으니, 그야말로 이보다 더 좋을 순 없었습니다. 생각할수록 구미가 당겨 망설임 없이 곧바로 다음과 같이 승낙 메일을 보냈습니다.

카덴헤드 위스키 샵(Cadenhead's Whisky Shop): 스프링뱅크 증류소 가까이에 있다.

담주 월요일 아침에 박물관에서 뵙자고 전해 주세요. 비행기 표는
그 전날인 3월 31일 일요일, 대한항공 일등석으로 준비하고 숙소는
박물관 근처로 잡아달라고 하세요.

빠듯한 연간 스케줄에 차질이 생길까 봐, 조금 무리를 해서라도
일주일 안에 떠나기로 마음먹었습니다. 화급한 환자들의 진료는
앞당기고, 덜 급한 분들은 일주일 뒤로 조정하느라 예상보다 시간
이 오래 걸렸습니다. 충북대학교 평생교육원에서 매주 수요일 진
행하는 '와인 스피릿' 강의도 불가피한 외유임을 설명하고 수강생
들에게 양해를 구했습니다.

WSET로부터 첫 연락을 받고 일정을 최대한 앞당겨 비행기에 올랐기에, 엿새가 지난 3월 말일, 일요일 저녁에 히스로 공항 제4 터미널에 도착했습니다. 박물관 측이 제공한 롤스로이스 컬리넌을 타고 런던의 전통과 품격을 대표하는 사보이 호텔에 여장을 풀었습니다. 컬리넌은 롤스로이스 최초의 SUV로, 압도적인 크기와 존재감, 최고급 소재와 정숙성을 자랑하는 오프로더입니다. 이름은 세계 최대 다이아몬드에서 따왔다는데, 고급지기부터 남달랐습니다.

사보이 호텔은 단순한 숙소를 넘어 런던을 대표하는 상징적인 명소로 자리 잡아 왔습니다. 1889년에 문을 연 이래 수많은 역사적 인물과 예술가, 왕실 인사들이 머물렀던 호텔로, 여전히 클래식한 영국 스타일과 우아함을 간직하고 있습니다. 대영박물관과 WSET 본부 사이의 스트랜드 가에 위치해 양쪽 모두 걸어서 갈 수 있을 정도로 가깝고, 교통이 편리했습니다.

특히 내가 묵은 로열 스위트룸은 가장 화려하고 고급스러운 객실 중 하나로, 뛰어난 전망과 함께 중후한 장식이 영국 특유의 품위를 더했습니다. 세심한 디테일로 꾸며진 이 방은 궁정의 품격을 느낄 수 있는 특별한 공간이었습니다. 베란다에서 바라본 템스강과 주변 풍경은 가히 압도적이었으며, 강물 위로 은은히 빛나는 조명과 고풍스러운 건물들이 어우러져 마치 살아 숨 쉬는 엽서를 보는 듯했습니다.

호텔 내부 편의 시설 역시 환상 그 자체였습니다. 고든 램지가 운영하는 그릴, 미슐랭 스타 레스토랑은 모든 면에서 최상의 서비스를 제공했습니다. 무엇보다도 우선 최상의 칵테일을 제공하는 아메리칸 바에서 행키 팽키를 한 잔 마셨습니다. 진과 베르무스에 페

르낭 브랑카를 살짝 더한, 쌉싸름하면서도 우아한 고전 칵테일입니다. 허브향과 단맛이 그윽하게 어우러지는데, 이름과 달리 은밀한 유혹은 없습디다.

트라팔가 광장에서 세인트 폴 대성당으로 동서를 가로지르다 보면 늘 마주치는 이 호텔은 시내 중심에 자리하면서도 주변에 공원과 정원이 많아 산책하기도 더할 나위 없이 좋았습니다. 지나칠 때마다 '언젠가 꼭 한번 묵고 싶다'고 바라왔지만, 높은 가격 탓에, 엄두를 내지 못했었습니다. 그런데 이번 출장 덕에 공짜로 머물게 되었으니, 그 자체로도 큰 행운이었습니다.

런던에 도착한 다음 날인 사월 초하루였습니다. 시차 때문인지, 아니면 흥분이 가라앉지 않아서인지 새벽 다섯 시쯤 눈이 떠졌습니다. 이곳은 어제부터 서머타임이 시작되었습니다. 영국에서는 3월 마지막 주 일요일에 시간을 한 시간 앞당겨 오전 두 시를 세 시로 맞추는 제도를 시행하지요. 서쪽으로 이동할 때는 동쪽보다 적응이 훨씬 쉬운 편이라 유럽으로 오는 길은 늘 수월했습니다. 현지 학생이나 직장인들은 한 시간 더 일찍 일어나느라 잠이 부족할 수 있어도, 나로서는 원래 시차가 컸기에 별다른 불편은 없었습니다.

침대에서 일어나 커튼을 열었습니다. 창밖은 여전히 어둑했고, 템스강의 잔물결만이 어슴푸레 보일 뿐이었습니다. 쪽문을 열고 베란다로 나가 기지개를 켜며 신선하고 끼끗한 새벽 공기를 한껏 들이마셨습니다. 차가운 공기가 온몸을 감싸니 한결 상쾌한 기분이 들었습니다.

'오늘은 또 어떤 일이 나를 기다리고 있을까?'라는 생각이 떠나지 않았습니다. 고조된 감정을 가라앉히려 방으로 돌아와 랩톱을 켜고 조선 시대 백자에 관한 자료를 다시 살펴보았습니다. 머리가 복잡해서인지 글자가 눈에 들어오지 않았습니다.

시계를 보니 오전 여섯 시. 해는 아직 떠오르지 않았어도, 창밖은 점차 밝아지고 있었습니다. 초조한 마음을 달래기 위해 호텔 밖으로 나섰습니다. 정문을 나와 오른쪽으로 꺾으면 워털루 브리지를 지나 템스강 남쪽까지 걸어갈 수 있습니다. 꼭두새벽에 다리를 건너기엔 자신이 없어 발길을 서머셋 하우스 쪽으로 돌렸습니다. 코톨드 갤러리가 있는 이 건물은 너무 이른 시간이라 닫혀있었고, 그곳을 지나쳐 왕립재판소까지 천천히 걸어갔다가 돌아왔습니다. 아치형으로 휘어진 이 거리는 극장과 화랑이 빼곡히 들어서 있어 예술적 분위기가 물씬 풍깁니다. 한적한 새벽 도로와 고즈넉한 건물은 혼란스러웠던 마음을 한결 누그러뜨려 주었습니다.

호텔은 평일이라 오전 일곱 시부터 조식을 제공했습니다. 산책을 마치고 돌아와 바로 아침 식사를 마친 뒤, 일찌감치 박물관으로 떠날 채비를 했습니다. 사전 정보가 거의 없는 상황이라 마음만 바빠졌을 뿐, 준비할 일은 실제 많지 않았습니다. 대신 설렘과 호기심이 따라붙었습니다. 새로운 하루를 맞이할 각별한 기대감으로 마침내 호텔을 나섰습니다.

미리 약조한 대로 오전 8시 30분, 대영박물관 정문 앞 스타벅스에서 제임스를 만나 반갑게 악수했습니다. 유물에 대한 추가 자료가 없어, 우리는 각국 주류의 최신 동향을 주고받으며 시간을 보냈습니다. 박물관 주변의 커피숍과 레스토랑은 대부분 오전 11시쯤

에야 문을 여는데, 그레이트 러셀 스트리트에 있는 이 스타벅스는 오전 6시 30분부터 영업합니다. 이른 아침 일정을 소화해야 하는 분들에게 유용한 장소이니 기억해 두시면 좋겠습니다.

제국주의 시대 점령지에서 반출한 유물을 여전히 전시 중인 대영박물관은, 각국의 반환 요구에도 아랑곳하지 않고 있습니다. 동시에 인류 문명을 체계적으로 연구하고, 누구나 무료로 관람할 수 있도록 개방하고 있습니다. 또한 유산을 보존하며 학자들에게 연구 기회를 제공하는 긍정적인 역할도 수행하고 있습니다. 그런 대영박물관을 단순한 관람객이 아니라 연구자로서 접근할 기회는 흔치 않습니다.

아침 10시 박물관 개관 시간과 무관하게, 우리는 9시쯤 불룸버리 가를 돌아 정문 반대쪽으로 이동했습니다. 북쪽 입구인 몬터규 플레이스에서 박물관 수석 학예사 루카를 만나 간단히 인사를 나눴습니다. 그의 이름과 억양에서 프랑스계 영국인임을 짐작할 수 있었습니다.

우리 셋은 그룹 방문객 출입구 대신 직원용 샛문을 통해 박물관 내부로 입장했습니다. 이 특별한 동선 덕분에 관광객들과 섞이지 않아 평소와는 다른 박물관의 분위기가 느껴졌습니다.

대영박물관 전경: 유물 약 800만 점을 보유한 최초의 근대적 박물관

0층 북측 계단을 오르면, 이집트 유물이 전시된 60번대 방이 이어지는 1층에 닿습니다. 우리 셋은 이곳을 지나쳐 서쪽 복도로 발길을 돌린 뒤, 인류학 도서관 옆 엘리베이터를 탔습니다. 거기서 지하 4층까지 곧장 내려갔습니다. 지상 3층부터 지하 5층까지 독립적으로 운행되는 것을 보니, 박물관 관계자들만 사용하는 전용 승강기임이 분명했습니다. 지상층과 달리 지하 4층에는 전시장이 따로 없었고, 복도가 터널처럼 길게 뻗어있었습니다. 양쪽으로 사무실들이 빼곡히 늘어서 다소 답답한 느낌이 들었고, 동시에 묘한 긴장감마저 감돌았습니다.

우리가 안내된 방의 문에는 'FP42'라는 암호 같은 팻말이 붙어있었습니다. 숫자와 로마자의 조합만으로도 범상치 않은 공간임을 암시하는 듯했습니다. 방은 십여 평 정도 되는 아담한 크기였고, 중앙에는 의자 세 개와 사각 테이블 하나가 놓여있었습니다. 출입문의 반대편 벽에는 칸막이가 촘촘한 선반이 있었고, 그 앞에는 사무용 책상이 자리했습니다.

책상 위에는 두터운 검은색 벨벳 천이 깔렸고, 그 위에 자그마한 나무 상자가 놓여있었습니다. 내 시선은 상자보다도 책상 아래 구석에 숨겨진 종이봉투와 그 속에서 살짝 비치는 와인 병 주둥이에 먼저 닿았습니다. '뭐 눈에 뭐만 보인다'더니, 자연스레 술병에 꽂히고 말았나 봅니다.

루카는 우리를 사각 테이블 옆 의자에 앉히더니, 자신은 책상 옆의 걸상을 끌어와 마주 앉았습니다. 이어 비행편이나 호텔 숙소에서 불편한 점은 없었는지 묻는 등 의례적인 대화를 나누기 시작했습니다. 내가 모든 게 완벽했다며 감사의 뜻을 전하자, 그는 유물을 보호하기 위해 방 안에서는 담배는 물론, 커피나 주스 같은 자극적인 음료도 허용되지 않는다며 물밖에 대접할 수 없음을 미안해했습니다.

내 눈길이 책상 아래 구석에 놓인 포장지 쪽으로 다시 향하자, 루카는 나의 반응을 눈치챘는지 미소를 지으며 말했습니다.

"역시 전문가답게 예리하시군요. 하하. 저건 퇴근 후 집에서 마시려고 사다 둔 꼬뜨 로띠 와인입니다. 물론 여기에서는 규정상 술을 마시지 못하니 안심하셔도 됩니다."

그는 살짝 머쓱한 표정을 지었습니다. 일부러 꼬뜨 로띠 와인을 골랐다면, 유물이 발견된 지역이 프랑스 북부 론 지방과 관련이 있을 가능성이 큽니다. '해당 지역 와인을 집에서 마시며 사고해 보는 것도 나쁘지 않겠군.'이라는 생각으로 가볍게 고개를 끄덕여 주었습니다.

그는 서랍에서 두 장의 인쇄용지를 꺼내 제임스와 나에게 건넸습니다. 우리가 이미 검토했던 비밀 유지 서약서였습니다. 문서를 가리키며 내용을 따를 것을 확실히 당부했습니다.

"조사와 연구 단계에 있는 유물은 박물관 측에서 공식적으로 발표하기 전까지 외부에 발설해서는 안 됩니다. 특히 오늘 다룰 일은 학계에 전혀 알려지지 않은 상태라 더욱 신중해야 합니다. 감정 평가 내용이 알려지면 예상치 못한 혼란이 발생할 가능성이 큽니다."

이어서 주의 사항을 덧붙였습니다.

"사진 촬영과 녹음은 금지되고, 메모와 스케치는 허용됩니다. 필요하면 필기구를 준비 바랍니다."

우리는 그의 말에 수긍하며 서명했습니다. 루카는 서류를 받아 잠시 훑어보더니, 이상이 없는지 말없이 몸을 곧추세웠습니다. 이제 본론으로 들어가겠다는 신호처럼 보였고, 그 태도에서 은근한 무게감이 느껴졌습니다.

"지금부터는 익명의 한 맨체스터 사업가로부터 비롯된 이야기를 들려드리겠습니다."

루카는 잠시 말을 멈추고 주위를 둘러보았습니다.

"그는 프랑스 론 지방 아퀴라는 마을의 한 오래된 수도원과 부속 와이너리를 사들여 호텔로 재개발하는 과정에서 유물을 발견했습니다. 수도사의 방 내벽을 철거하던 중에 용도 불명의 목이 긴 자기 그릇과 문서 십여 장이 모습을 드러냈던 겁니다."

〈 원래 수도원은 양질의 노동력과 체계적인 조직력을 바탕으로 포도를 재배하고 와인을 생산하며, 품질을 철저히 관리하고 방대한 관련 지식을 축적해 왔다. 일부는 대량으로 와인을 생산해 제례에 필요한 양 외의 나머지를 판매하여 수입을 창출하기도 했다. 수도사들은 와인뿐 아니라 맥주와 리큐르 제조에도 힘써 주류 전반의 발전에 기여해 왔다. 따라서 이번 유물도 술과 관련될 가능성이 커 보였다. 〉

"잠시 후 직접 확인하시겠지만, 그 그릇은 포도주를 담는 용도로 제작되었을 여지가 매우 높습니다. 함께 발견된 문서들은 이미 해독이 완료되었는데, 역시 포도 재배와 와인 양조 과정에 관한 내용이었습니다. 다만 그릇에 대한 설명은 전혀 없었습니다."

루카의 발언은 예상했던 흐름이었고, 설명이 이어지면서 방 안의 분위기가 점점 더 무거워졌습니다. 순간적으로 정적이 감돌며 방 내부가 묘한 압박감에 휩싸였습니다.

루카는 밑도 끝도 없이 다짜고짜 내게 물어왔습니다.

"혹시 소믈리에(Sommelier)의 어원에 대해 아십니까?"

나는 속으로 '이게 무슨 귀신 씻나락 까먹는 소리인가' 싶어, 능청을 떨며 대답했습니다.

"내가 대믈리에인데 그걸 왜 모르겠어요?"

한 방 먹이려는 심산으로 일부러 거만하게 내 닉네임을 알려주었습니다.

"대믈리에?"

그는 눈꼬리를 치켜올리며 의아한 표정을 지었습니다.

"한국어에서 '소'는 작다는 뜻이고, '대'는 크다는 의미의 접두사입니다. 내가 소믈리에보다 훨씬 박식하다고 해서 친구들이 붙여준 별명이 바로 대믈리에죠."

내가 어깨를 으쓱하며 자랑

대믈리에의 와인 강의

스럽게 대꾸하자, 루카는 잠시 어리둥절한 표정을 짓더니 이내 크게 웃어 재꼈습니다.

"하하하, 재치 있군요. 정말 재미있네요!"

"소믈리에는 원래 중세 유럽에서 식품 보관을 담당하던 '솜 (Somme)'이라는 단어에서 유래했습니다. 이후 프랑스에서 와인 전문가를 지칭하는 직책으로 발전했고, 지금은 전 세계적으로 통용되고 있습니다. 하긴 여기 계신 분들이 그걸 모를 리야 없겠지요."

나는 일부러 정색하며 와인에 대한 해박한 지식을 한껏 늘어놓았고, 역사적 맥락까지 덧붙였습니다.

"그래요. 소믈리에는 단순히 와인을 다루는 사람이 아니지요. 식사의 전반적인 흐름을 조율하고, 음식과 와인을 완벽하게 매칭하는 전문가입니다. 그만큼 역할이 점점 더 중요해지고 있죠."

제임스도 한마디 거들었습니다.

"맞습니다. 지금까지는 그렇게 알려져 왔지만 앞으로의 연구와 검증에 따라 새로운 해석이 나올 가능성이 절대적입니다. 그래서 박 박사님, 아니 대믈리에 님을 이 자리에 모셨습니다. 부디 명확한 판단으로 저희에게 힘을 실어주시길 바랍니다."

루카는 비장한 어조로 의미심장한 말을 남겼습니다.

그는 잠시 뜸을 들이더니, 이어서 도저히 믿기 어려운 이야기를 들려주었습니다.

"12세기 초, 프랑스 북부 론 지방의 한 와인 제조업자가 아들 프랑세스 빠지(Frances Paazit)를 중국으로 보냈습니다. 자신의 와인이 제값을 받지 못하자, 중국의 뛰어난 도자기 기술로 만든 병을 사용하면 가치를 높일 수 있다고 생각한 거죠. 당시 와인의 운반과 보관에 적합한 용기가 절실했던 만큼, 어찌 보면 당연한 고민이었습니다."

〈 도자기는 도기와 자기를 아우르는 말로, 제작 방식과 특성에서 큰 차이가 있다.

도기는 낮은 온도로 구워 만들기가 용이하나 강도가 약해 깨지기 쉽다. 따라서 운송이 어렵고, 표면에 균열이 생기면 세균이 번식해 안에 담긴 음식물이 쉽게 변질되는 단점이 있다.

자기는 고온에서 구워 도기보다 훨씬 강한 내구성을 지닌다 해도 제작 과정이 복잡하고 비용이 많이 든다. 자기는 소성 온도에 따라 연질 자기와 경질 자기로 나뉜다.

연질 자기는 따뜻한 느낌의 광택을 지니지만 내구성이 약해 쉽게 부서진다. 유약이 그릇 속으로 완전히 스며들지 않아 방수 성능 또한 부족하다. 이러한 이유로 연질 자기로 만든 용기는 내용물을 오래 보관하기 어렵다. 경질 자기는 매끄럽고 차가운 느낌을 주며, 단단한 구조와 함께 유약이 본체에 잘 녹아 물이 스며들지 않는다. 이 때문에 액체의 운반과 음식물 보존에 적합하다. 그러나 경질 자기는 고도의 기술력이 필요하며, 12세기 유럽에서는 이를 제작할 능력이 절대 부족했다.

"새 술은 새 부대에 담으라"는 성경의 격언에서도 알 수 있듯이, 과거에는 술을 가죽 부대에 담아 유통했기에 보관과 운송 중 부패의 위험이 컸다. 나무통 역시 무겁고 내용물이 쉽게 상해 적합하지 않았다. 와인의 품질을 유지하고 부가가치를 높이기 위해 대체할 새로운 용기가 간절히 필요했다. 가볍고 청결하며 내구성 있는 그릇을 개발하는 일은 당시 와인 산업에서 가장 중요한 과제였다. 〉

"그리하여 프랑세스는 중국 송나라 장시성의 유명한 도자기 마을 징더전에 보내져 와인을 담을 용기를 개발하게 되었습니다. 그러나 중국의 도자기 기술은 세간의 명성에 비해 과학적 체계가 부족했고, 맞춤 생산 능력도 미흡했습니다. 그의 아버지가 원했던 병을 설계하고 제작할 만큼의 기술력이 없었던 거죠. 몇 년이 지나도록 성과를 얻지 못하자, 프랑세스는 깊은 실망에 빠졌습니다. 그러던 중, 한 지인으로부터 고려의 뛰어난 도자기 제조법에 대한 소문을 들었습니다. 믿기 힘들 정도로 정교한 기술이었죠. 고려의 동남쪽 지방에서는 가마 온도를 고온으로 유지하여 유약이 그릇 속에 균일하게 스며들게 하는 자기가 이미 개발되어 있었습니다. 덕분에 그릇에 실금이나 미세한 구멍이 생기지 않아, 물이 전혀 스며들지 않았습니다. 와인의 보존과 운반에 가장 적합한 방식이었죠."

루카는 잠시 뜸을 들이다 말을 또 이어갔습니다.

"그 소식을 듣자마자 프랑세스는 송나라 임안, 그러니까 지금의 항저우에서 배에 올라 황해를 건넜답니다. 고려 예성항 벽란도에 도착해서는 개성까지 도보로, 그 후 '쉴라'라는 지방으로 말을 타고 이동했답니다. 가는 데만 거의 한 달이나 걸렸다더군요."

루카는 길고 자세하게 이야기를 풀어놓다가 갑자기 말을 끊고는 내게 질문을 던졌습니다.

"혹시 '쉴라'라는 지명을 들어보셨나요?"

"쉴라라…. 음, 지역이라기보다는 고려가 한반도를 통일하기 이전에 존재했던 세 나라 중 하나의 이름으로 보이네요. 한국인들은 '신라'라고 적지만, 대외적으로는 발음 나는 대로 '쉴라', 즉 S, I, L,

L, A로 표기합니다."

그 자리에서 정확한 고증은 어려웠어도, 이야기의 맥락을 보아 옛 신라 지역을 가리키는 것 같았습니다. 나라를 잃었음에도 지역민들이 자신들의 정체성과 뿌리를 잊지 않으려 신라라는 이름을 계속 사용했을 터였습니다.

〈 고려는 935년 신라를 항복시키고, 이듬해 후백제를 멸망시키며 삼국을 통일했다. 12세기 당시 고려는 10도(道)로, 현재의 경상도 지역은 영남도와 영동도로 나뉘어 있었다. 전라도와 경상도의 행정 구역이 지금과 같은 형태로 정립된 것은 고려 말기에 이르러서였다. 프랑스 청년 프랑세스가 머물던 시기는 200여 년간의 번영을 누리던 고려의 전성기가 아닐까 싶었다. 틀림없이 그는 세계 최고 수준의 고려 문화와 문물을 직접 경험했을 것이다. 〉

"아! 그렇군요. 이제부터 박사님 말씀대로 '실라'라고 발음하겠습니다. 아무튼, 프랑세스 빠지는 실라에서 살며, 고려의 가마 공장의 기술자들이 와인에 적합한 술병을 만들어 내도록 독려하였습니다. 약 1년이 지나, 그곳의 도공들은 마침내 병의 강도, 수분 불투과성, 위생 등 모든 조건을 충족하는 그릇을 생산해 냈습니다.

그런데 여기서 큰 문제가 하나 생겼습니다. 실라의 도자기 기술은 워낙 방대하고 복잡했습니다. 설령 그 모든 기법을 베낀다 쳐도, 자기네 나라의 기술력으로는 이를 재현하는 것이 불가능하다고 여겨졌습니다. 결국 프랑세스는 방향을 틀어 실라 지방의 선진 포도 재배법과 포도주 제조법에 더 큰 관심을 두기 시작했습니다. 그는 차근차근 관련 기술을 익히며 마침내 모두 습득했다고 합니다."

루카는 프랑세스의 노력과 성과를 전하며 마치 자기 일처럼 뿌듯해했습니다.

"나아가 그는 프랑스인답게 끼가 있었는지, 천하 미인에다가 똑똑하고, 그릇 빚는 솜씨까지 뛰어난 도자기 공장 집 첫째 딸과 사랑에 빠졌답니다. 그릇과 함께 발굴된 문서에는 그녀의 이름이 '아기시'라고 적혀있었습니다."

그는 잠시 책상 위로 흘깃 눈길을 주며, 해당 문서의 존재를 자연스럽게 암시했습니다.

"당시 그 마을에는 정식으로 혼인하기 전에 총각과 처녀가 한동안 같이 살아보고 나서 신부의 어머니가 가부를 결정하는 관습이 있었답니다. 모계사회 풍습인듯해요. 결혼 조건으로 신랑 될 사람의 생식 능력을 최우선시하였다는데 농업사회인만큼 자손을 많이 낳기 위한 고육지책이었겠죠."

그는 말을 끊으며 의미심장한 미소를 지었습니다.

"하지만 프랑스 총각의 거시기가 시원치 않았는지, 동거를 시작한 지 열 달 만에 아기시의 모친이 파혼을 선언했답니다. 프랑세스는 더 이상 실라에 머물지 못하고, 결국 고향에 돌아올 수밖에 없었다네요."

귀 기울이며 듣던 우리와 마찬가지로, 루카도 이 대목에서 아쉬운 듯 깊은 한숨을 내쉬었습니다.

"프랑세스가 떠나는 날, '이대로 당신을 보내야 한다니 가슴이 찢어집니다. 나는 당신을 진심으로 사랑했고 지금도 그 마음엔 변함이 없습니다만, 어머니의 뜻을 거스를 수는 도저히 없습니다.'라고 아기시가 말했답니다."

그는 잠시 말을 멈춘 뒤 책상 위 상자를 조용히 바라다보았습니다.

"파혼이 선언된 뒤부터, 아기시와 어머니는 프랑세스를 '소물리에'라고 부르기 시작했답니다. 아무래도 별명인 듯한데, 그 이유에 대해서는 문서에 아무런 언급이 없었어요. 박사님께서 밝혀주셔야 할 막중한 사항 중 하나입니다."

그러면서 나에게 눈을 찡긋했습니다.

"아기시는 이별의 정표로 직접 정성 들여 구운 자기 병과 쉴라 지방의 포도 씨앗을 프랑세스에게 건넸습니다. 아참! 실라라고 발음해야겠지요. 실라."

루까가 장난스레 실수를 인정하니, 우리는 슬며시 웃음이 나왔습니다.

"병 만드는 기술도, 여인과의 사랑도 얻지 못한 이 청년은 오직 아기시의 선물만을 품에 안고 귀국했지요. 소물리에, 소물리에… 프랑세스는 실라에서 얻은 그 이름을 되새기며 론으로 돌아왔고, 마을 사람들에게 자신이 머나먼 동쪽의 고려라는 나라에서 그렇게 불리었다고 털어놓았습니다."

사실 이 대목에서 나는 '소물리에'라는 별명이 너무 작위적으로 느껴졌고, 무슨 꿍꿍이 속셈이 깔린 단어처럼 보여 썩 내키지 않았지만, 일단 지켜보기로 했습니다.

"프랑세스는 고향에 돌아오자마자 가져온 씨앗을 자신의 농장에 심었습니다. 북부 론 지방의 뜨거운 햇볕과 배수가 양호한 산비탈 토양이 실라 지방의 자연환경과 절묘하게 맞아떨어졌는지, 포도나무는 무럭무럭 자라났습니다. 이후 그는 주변 농민들에게 '실라 포도'의 우수성을 알리고 묘목을 나누어 주며, 고려에서 익힌 포도 재배법과 양조 기술도 함께 전수했다고 합니다."

어떻게 보면 황당무계하나, 현재 론 지방에서 가장 널리 재배되는 세계적인 품종 '시라(Syrah)'가 이와 직접 연관되어 있을지도 모른다는 해석이 퍼뜩 떠올랐습니다.

"잠깐! 이야기대로라면, 처음 가져온 포도의 이름 '쉴라'가 원래 발음인 '실라'로도 불리다가 점차 변하며 오늘날 '시라'가 되었으리라는 논리가 가능해요."

엉겁결에 뱉어낸 말이 기가 막혀, 처음에는 나 자신도 도저히 납득이 가지 않았습니다. 그런데 다시 찬찬히 앞뒤 맥락을 짚어보니, 시라 품종이 신라에서 비롯되었을 가능성이 꽤나 설득력 있게 다가왔습니다.

"뭐라고요? '시라'의 원산지가… 그럼, 코리아?"

내가 명쾌한 분석을 내놓자, 잠자코 지켜만 보던 제임스까지 기겁하며 소리쳤습니다.

"에에, 정말 그렇네요! 박사님 말씀대로, 프랑스 론 지방의 주요 품종 시라는 고려의 실라 지방에서 유래한 게 분명하네요!"

루카도 이제야 모든 게 맞아떨어진다고 깨달았는지, 당혹한 얼굴로 깊이 숨만 들이마셨습니다. 우리 셋은 그 사실에 끔찍이 놀라 한참을 서로 얼굴만 마주 본 채 제 자리에 말없이 서 있었습니다.

〈 지구상에는 수만 가지 포도 품종이 존재하며, 이를 크게 양조용 포도와 식용 포도로 나눌 수 있다. 양조용 포도는 보통 알이 작고 씨앗이 상대적으로 크며, 껍질이 두꺼워 먹기에는 불편하다. 대신 당도가 높고 향이 농축되어 있어 술을 만들기에 적합하다. 반면, 식용 포도는 알이 굵고 과육이 풍부하여 먹기는 좋으나, 당도가 낮고 향이 적어 술을 만들기가 어렵다.

레드 와인을 만드는 대표적인 흑포도 품종으로는 까베르네 쇼비뇽, 멜롯, 피노누아, 그르나슈, 시라 등이 있다. 그중 '시라'로 만든 와인은 색이 깊고 향이 농축되며, 알코올 도수도 높아 구조감이 단단하다. 신맛이 강하지 않고 탄닌이 부드러워 한국인들이 선호하는 품종으로 꼽힌다. 또한 후추와 각종 향신료가 어우러진 스파이시한 맛과 초콜릿 향의 여운이 더해져, 매운맛·단맛·짠맛이 조화를 이루는 한국 음식과 훌륭하게 어울린다는 평가를 받는다. 이 품종은 호주로 건너가 '시라즈(Shiraz)'라는 이름으로 불린다. 〉

"시라로 빚은 와인이 한국인의 입맛에 잘 맞는다는 것은 익히 알려진 사실이지요. 하하하. 이제야 그 비밀이 풀린 것 같군요."

나는 시라 품종의 유래가 '신라'이며, 고려 시대에 프랑스로 건너간 포도나무라는 사실이 한없이 기뻤습니다. 무엇보다 이러한 비밀을 세상에서 처음으로 풀어냈다는 사실이 가슴 벅찰 만큼 자랑스러웠습니다. 마치 고대의 암호를 해독한 탐험가처럼 득의만면해졌습니다.

"박사님 덕분에 우리가 풀지 못했던 역사적 진실이 드디어 밝혀졌습니다. 정말 어떻게 감사를 드려야 할지…"

흥분을 가라앉히려 애쓰던 루카는 이내 정신을 차리고, 거듭 고마움을 전하며 이야기를 이어갔습니다.

"고려에서 성적 결함을 파악한 프랑세스는 이후에도 결혼하지 않고 가톨릭 교회에 귀의해 평생을 수사로 지냈답니다. 해당 교구의 부속 포도원을 관리하게 된 그는 포도 재배, 와인 제조와 숙성, 그리고 음식과의 조화를 연구하며 프랑스 와인 업계에서 저명한 인물로 성장했습니다. 문서에 따르면, 수도원 인근 몇몇 마을에서는 그가 세상을 떠나자, 업적을 기리기 위해 고려에서 받은 별명을 따서 '소믈리에'라고 부르기 시작했답니다. 이런 자세한 내막이 알려지지 않은 채 그 명칭이 프랑스 전역으로 슬그머니 퍼졌고, 결국 와인 전문가를 지금처럼 소믈리에로 부르게 되었나 봅니다. 아직은 저희 박물관에서 내린 가설이긴 합니다만."

나는 루카의 말을 도무지 믿을 수 없어 한동안 허공만 물끄러미 응시했습니다. 혹시 잘못 들었나 싶어 동행한 WSET 홍보이사 제임스를 힐끗 쳐다보니, 그도 금붕어처럼 눈만 깜빡이고 있었습니다.

소믈리에의 어원이 중세 한국에서 비롯되었다니, 평소 학구적이고 이성적인 나에게는 정말 어처구니없는 이야기였습니다. 황당함에 말문이 막혀 어안이 벙벙한 채 멍하니 있다가, 나는 끝내 고개만 절레절레 흔들었습니다.

"시라가 '신라'에서 파생되었다는 해석도 아직은 확신이 서지 않습니다. 그래도 이 경우에는 '쉴라-실라-시라'로 이어지는 발음 변천 과정이 설명됩니다. 프랑세스는 고려에서 몇 해 살았기에 '실라'로 발음했더라도, 주민들은 익숙하지 않아 '쉴라'로 불렀을 수도 있고요."

나는 전문가답게 확답을 피하면서도 여러 가능성을 열어놓고 이어서 의문을 제기했습니다.

"'소물리에'라는 낱말, 아닌 밤중에 홍두깨격으로 너무 뜬금없지 않나요?"

나는 답답한 마음에 루카를 은근히 흘겨보았습니다.

"네, 인정합니다. 첫째, 시라의 어원은 닥터 박의 명료한 분석 덕분에 이제 관계가 선명하게 드러났습니다. 그릇과 함께 발견된 문서가 전후 배경을 보증할 테니 정설로 자리 잡는 데 아무런 장애가 없겠네요. 다시금 감사드립니다."

루카는 익살스럽게 한국식으로 허리를 굽혀 인사를 하였습니다.

"둘째로, 소믈리에의 어원에 대해서는 저희 팀도 무척 의아쩍게 생각하는 게 사실입니다. 특히 프랑세스 빠지가 추가적인 설명을 문서에 남기지 않아, 이 수수께끼는 여전히 미궁 속에 갇혀있습니다. 어딘가에 비밀을 풀 열쇠가 있을 법도 한데, 지금으로서는 단서를 손톱만큼도 찾기 어려운 상황입니다. 그래서 박사님의 혜안이 더욱 절실합니다."

그러면서 박물관 측은 이미 다각도로 유물의 고증을 마쳤기에, 소믈리에가 기재된 문서의 신빙성도 '의심의 여지가 없다'고 못 박았습니다.

"하지만 한국어에서 입때껏 '소믈리에'와 흡사한 단어조차 나타난 적이 없습니다."

만일 고려 시대에 존재했다면, 나뿐 아니라 한국인 누구라도 알 만한 낱말이었기에 도무지 이해할 수 없었습니다.

"말씀대로라면, 박사님께서 연원을 꼭 밝혀 주서야 합니다. 언제, 어디서, 어떻게 생겨났는지 알아야 모든 퍼즐이 풀릴 테니까요. 이번에도 잘 부탁드립니다."

그는 재차 허리를 굽히며 진심 어린 인사를 표했습니다. 나는 어이도 없고 막막도 하여 자리에 앉아 하릴없이 벽만 쳐다보았습니다.

그 사이 루카는 마호가니 상자를 열고 안에서 무언가를 호랑이 눈썹 만지듯 살포시 끄집어내더니 우리 앞에 내보였습니다.

"이번에 발굴된 그릇입니다."

눈앞에 모습을 드러낸 것은 장경병 형태의 청자였습니다. 한국인 최초로 이 유물을 직접 마주한다는 사실에 그야말로 감격스러웠습니다. 나는 도자기, 특히 고려청자와 조선백자에 대한 조예가 깊었던 터라 그 형태를 단번에 알아볼 수 있었습니다. 더구나 런던에 오기 전, 술병으로 쓰일 만한 다양한 용기를 책자와 인터넷을 통해 미리 살펴본 덕택에 더욱 친숙하게 여겨졌습니다.

"고려청자입니다. 목이 약간 작달막한 팔각 장경병 스타일로, 한국에서는 청자음각연화문장경병이라 부릅니다."

나는 일단 간단히 설명을 마친 뒤, 유심히 살펴보았습니다. 이 청자는 몸체를 모깎기 해 8각형 면을 낸 장경병으로, 유약이 고르게 시유되어 있었습니다. 산화된 흔적 없이 완벽하게 보존되어, 단연 걸작이라 할 만했습니다. 특히 유약의 광택이 빛을 받아 푸른색을 더욱 깊고 맑게 드러내며, 정교한 조형미와 함께 당시의 뛰어난 도예 기술을 생생히 보여주었습니다.

"병의 목과 몸통 표면을 정교하게 여덟 개로 나누고, 각 면에 아리땁기 그지없는 문양을 서로 다른 모습으로 하나씩 새겨 넣었어요. 무슨 꽃인가요?"

루카는 이미 이 그릇을 상당히 심도 있게 연구했음이 분명했습니다. 그럼에도 본토에서 온 전문가인 나를 존중하며 겸손하게 물음을 던졌습니다.

"연꽃무늬지요. 정확히는 연화절지문(蓮花折枝文)이라 하여 연꽃과 가지를 함께 그려 넣은 것입니다."

대답은 이렇게 했어도, 대영박물관의 수석 학예사가 그걸 몰라서 묻는다고는 생각하지 않았습니다. 어차피 나중에 감정서를 첨부할 예정이라 간략하게 말을 맺었습니다. 이미 박물관 측에서도 고증을 마친 사항이었기에 굳이 장황한 설명을 덧붙일 필요도 없었습니다.

"언제쯤 만들어졌을까요?"

그리고 루카는 '문서에 적힌 연도와 일치해야 하므로 제작 시기가 매우 중요하다.'라고 덧붙였습니다. 난 즉각적인 대답 대신, 일단 곰곰이 생각에 잠겼습니다.

〈 연화절지문이 음각된 매병은 주로 12세기에 제작된 것으로 알려져 왔다. 특히 태안군 근흥면 마도 해역에서 발견된 마도 2호선이 1213년 이전에 난파된 배로 확인된 점은 거기에서 출토된 장경병의 제작 시기를 12세기 중반에서 13세기 초로 뒷받침한다. 〉

"색감이나 무늬 등 전체적 느낌은 전형적인 고려 시대 청자입니다. 그런데 일부 요소에서는 몇 세기 뒤의 조선 시대 초의 형태도 엿보이네요. 좀 더 정밀한 조사가 필요하겠지만, 일단 12세기 초로 추정해 봅니다."

루카는 환한 미소로 동의하듯 고개를 끄덕이며 병을 조심스레 내게 건네주었습니다. 그의 표정에는 연구자로서의 섬세한 관찰력과 진지한 태도가 고스란히 드러났습니다. "작은 미소 속에 천 가지 이야기가 있다"는 옛말처럼, 그 빙그레 웃음에는 오랜 연구의 관록과 숨은 열정이 담겨있었습니다.

그가 잠시 틈을 내주기에 박물관 측에서 이미 조사해 놓은 기록을 읽어보니, 다음과 같이 적혀 있었습니다.

"Slightly long-necked wine bottle with delicate intaglio patterns of the lotus…."

나는 건네받은 그릇을 테이블 위에 내려놓고 한 걸음 물러서서 꼼꼼히 살펴보았습니다.

〈 이 장경병이 고려청자 제작 기술의 정교함과 독창성을 여실히 보여주니, 도자기 기술의 정점을 상징하는 명품이라 하겠다. 전체적인 모습은 전형적인 장경병과 큰 틀에서 크게 다르지 않고, 둥근 몸통과 단정하고 균형 잡힌 형태, 섬세한 문양과 은은한 색감이 돋보인다. 국립중앙박물관에 전시해도 손색이 없을 국보급 자기다.

다만, 이 청자는 목이 짧다는 점에서 다른 장경병과는 확연히 구분되는 특징을 지니고 있다. 일반적인 청자병보다는 다소 길고, 전형적인 장경병이라 부르기엔 애매하여 차라리 '중경병'이라 이름하고 싶었다.

병의 형태는 15세기 명나라에서 유행했던 천구병과도 유사한데, 목 부위는 더 굵고 입술 부분은 뭉툭하게 바깥으로 돌출되며, 밑부분은 단단히 지탱되는 구조를 이루고 있다. 또한 입구에는 연꽃을 형상화한 장식 마개가 부착되어, 액체를 담아 옮기기에 매우 편리하게 설계되었음을 알 수 있다. 따라서 대량 생산된 병이 아니라, 특수한 용도로 제작된 것으로 보인다. 도자기의 기능성과 상징성을 고려할 때, 예물이나 기념품으로 사용되었을 가능성이 매우 크다. 〉

"이 병의 제원은 어떻게 되나요? 특히 높이가 궁금하네요."
대개 이런 장경병은 1자, 즉 30cm 정도라 비교해 보고 싶었습니다.
"네, 가만있자… 아, 여기 있네요. 높이 25.3cm, 입 지름 3.5cm, 몸통 지름 17.2cm, 바닥 지름 11.4cm입니다. 레이저로 정밀하게 측정해 두었습니다."
루카는 서랍에서 자료를 꺼내 차분한 어조로 알려주었습니다.
"그렇군요. 몸통의 크기는 비슷하나 길이는 두 치, 그러니까 6cm 정도 짧다 하겠네요. 이제부터 이런 스타일을 '중경병(Middle-necked Bottle)'이라 명명하면 어떨까요?"
이로써 내가 중경병이라는 이름을 붙인 최초의 전문가가 된 셈이었습니다.
"네, 그렇게 하십시오. 앞으로 대영박물관에서도 박사님께서 말씀하신 이 분류명을 사용하도록 하겠습니다."
그도 새로운 시도에 흥미를 느낀 듯 기꺼이 동의해 주었습니다.
"아가리의 지름은 보통 장경병보다 오히려 약 1cm 더 크군요."
입구를 넓히고 목을 줄여 액체를 넣고 따르기 쉽게 하면서도 병의 안정성을 높이기 위한 세심한 설계의 결과물로 보였습니다.
"술병이니 편하고 단단하게 만들려는 의도였겠지요."
루카 역시 이 디자인이 와인의 유통과 보관에 최적화된 형태임을 정확히 간파하고 있었습니다.

"그런데 문서에 적힌 연대는 12세기가 확실한가요?"

나는 내뱉자마자 괜한 물음이었다는 생각이 퍼뜩 들었습니다. 대영박물관의 학예사가 허튼소리를 할 리 없으니 말입니다. 아마도 머릿속에 너무 많은 정보가 얽혀, 이 질문을 통해 잠시 시간을 벌려 했던 것 같았습니다.

"네, 정확한 연도가 명시되어 있지 않아도, 12세기 초라는 점은 분명합니다. 단, 그 시기의 론 지방은 프랑스가 아니라 신성 로마제국의 영토였다는 점은 상기시켜 드립니다."

루카는 내 질문이 별다른 의미가 없어 보였음에도 친절하게 설명까지 보탰습니다.

"12세기라…. 시대를 거스르진 못할 텐데…."

나는 혼잣말을 중얼거리며 머릿속에서 차근차근 퍼즐의 조각을 맞춰 보기 시작했습니다.

〈 이 유물이 12세기에 널리 쓰이던 고려 장경병보다 병목이 짧고 굵은 이유는, 운반 중 파손을 방지하고 포도주를 담고 따르기 편리하게 하기 위함으로 보인다. 병 입구를 연꽃 봉오리 형태의 마개로 막을 때 압력을 견딜 수 있도록 입술 부분을 두껍게 만든 것도 같은 목적일 것이다. 또한 몸체를 최대한 아래쪽으로 배치해 낮은 무게중심으로 안정성을 확보한 점도 눈에 띈다.

투박해 보여도 받침 부위를 ㄱ 자 형태로 꺾어 병이 더욱 견고해졌으며, 밑바닥에 깊게 펀트(punt)를 파서 와인의 침전물을 효과적으로 걸러내도록 설계한 점도 주목할 만하다. 이는 바닥이 고르지 않은 장소에서도 병을 안정적으로 세울 수 있도록 하고, 밑바닥을 단단하게 만들려는 고려의 실용적 디자인이 반영된 결과로 보인다. 포도주를 보관, 저장, 운송하는 과정에서 발생할 수 있는 문제들을 철저히 계산하여 제작된 이 병은, 초일류 기술자의 치밀한 기획과 정교한 기술력이 담긴 작품이라 할 만하다.

개성 지방에서 주로 제작된 병이긴 하나, 경상도 지역에서 만들어졌다 해서 하등 이상할 건 없다. 디자인 역시 고객의 요청에 따라 조정되었을 것이고, 머리가 비상한 아기시가 이 병을 직접 구워 선물했다면, 당대 최신 기법을 활용하면서도 프랑세스의 요구에 맞게 형태를 설계했을 가능성이 크다. 다만 아무리 당대 최고의 도공이 모인 신라 지방의 도자기 마을이라 해도, 시간의 한계를 뛰어넘어 기술을 1세기나 앞당겨 사용하지는 못했을 것이다. 〉

이제야 조금씩 실마리가 잡히는 듯했습니다. 하지만 그릇의 제작 연도와 '소믈리에'라는 단어의 유래는 여전히 안갯속에 가려져 있었습니다. 마치 달을 보려다 구름만 본 격이라 머릿속이 복잡해져, 이를 떨쳐버리려고 그릇을 이리저리 돌려보았습니다. 아기시가 이 병을 빚어 사랑하는 프랑세스에게 이별 선물로 주었다면, 무언가 특별한 표식을 남겼을 법도 했습니다. 하지만 아무런 흔적도 발견되지 않아 무지무지 답답했습니다.

그러다 갑작스레 병목과 몸통 사이에 미세한 차이가 눈에 들어왔습니다. '건물의 처마처럼 이 부위가 돌아가며 두드러져 있군. 무슨 의도가 담긴 건지는 모르겠네…' 속으로 되뇌며 그 부위를 유심히 뜯어보았습니다. 작은 디테일이었음에도 '어쩌면 이 둔덕이 중요한 단서가 될지도 모른다'는 까닭 모를 기대감이 솟아올랐습니다.

나는 발상의 전환을 위해 중경병을 테이블에 되돌려 놓고 찬찬히 머리를 굴려보았습니다. 와인을 한 잔 들이켜면 아이디어가 반짝 떠오를 텐데 하는 얼토당토않은 잡념이 먼저 스쳐 지나갔습니다. 그러다 문득 호랑이를 잡으려면 호랑이 굴에 들어가야 한다는 말이 떠올랐습니다.

'그래! 직접 와인을 담아보면 새로운 단서를 발견할 수도 있겠다. 프랑세스와 아기시가 사랑을 나누던 그 시점으로 돌아가 보면 어떨까? 헤어지기 전날 밤, 두 사람은 저 병에 와인을 가득 채우고 서로 권커니 잣거니 하면서 아기시가 제작 기법과 과정을 그에게 설명하지 않았을까?' 상상의 나래를 피던 나는 갑자기 '우리도 이 병에 와인을 담뿍 채워놓고 살펴보면 어떨까?'라는 생각에까지 다다랐습니다. 밑져야 본전이라는 마음으로 일단 청해보기로 했습니다.

"루카, 당신이 집에서 마시려고 사다 둔 저 레드 와인을 이 중경병에 부어 당시 분위기를 재현해 보면 어떨까요? 어쩌면 실마리를 찾을지도 모릅니다."

내 갑작스러운 제안에 루카는 순간 움찔하더니, 이내 당황한 기색으로 손사래를 쳤습니다. 도저히 그럴 수 없다고 단호히 거부했어도, 그의 표정에는 망설임과 호기심이 묘하게 뒤섞여 있었습니다. 나는 설득을 멈추지 않았습니다.

"한국에서 나를 초빙했으면 이미 전권을 위임한 것이나 다름없잖소. 이 퀴즈의 열쇠는 나, 시뮐만이 찾아낼 수 있습니다."

나의 단언에 루카는 한숨을 내쉬면서도, 완전히 반대하지는 않는 눈치였습니다. 오락가락하는 건 처마 끝의 빗방울이라더니, 그의 태도도 한쪽으로 확 기울지는 않았습니다.

"해결책은 박사님만이 쥐고 있다는 걸 루카 당신도 알지 않습니까? 한번 해보는 거죠."

잠자코 있던 제임스도 내 편에 가담했습니다. 루카는 여전히 입을 굳게 다문 채 고개를 저으며 꿈쩍도 하지 않았습니다.

"이 병은 분명 가치가 있지만, 엄청난 유물이라고 보기는 어렵습니다. 그러나 특이점을 발견한다면 얘기는 완전히 달라집니다."

〈사실, 이 병을 한국에 가져간다 해도 국보가 아닌 보물로 평가될 가능성도 있다. 하지만 제작 연대나 제작자의 이름이 명확히 밝혀지면 상황은 사뭇 달라진다. 게다가 이 병에 얽힌 역사적 맥락이나 특별한 이야기가 담겨있다면 그 가치는 상상을 초월할 것이다.〉

"와인을 채워본다…고요? 참으로 기발한 아이디어네요. 그런데 유물에 손상이 갈까 봐 그게 극히 염려됩니다."

그는 여전히 결정을 내리지 못한 채 망설였습니다.

"전 세계 수많은 사람들이 이 박물관의 '로제타 스톤'을 보러 옵니다. 잘 아시겠지만, 그 돌은 발견 당시 농가의 기둥을 떠받치는 주춧대로 사용되었지요. 하지만 가치를 알아본 학자들 덕분에 고대 이집트 문자가 해독되었고, 이를 통해 고대 이집트 문명의 문서와 기록을 읽을 수 있는 길이 열렸습니다. 이로써 이집트학(Egyptology)의 기초가 마련되었고, 지금은 인류 최고의 유산으로 평가받고 있지 않습니까?"

나는 잠시 말을 멈추고 그의 반응을 살폈다.

"모든 학자가 이집트 상형문자, 곧 히에로글리프를 단순한 표의

문자로 여겼어도, 샹폴리옹은 발상의 전환을 통해 그것이 표음문자를 포함하고 있음을 밝혀냈습니다. 마찬가지로, 이 병도 그저 평범한 유물로 남기엔 너무 아깝습니다. 우리가 그 가치를 극대화하려면, 지금이야말로 새로운 시각이 필요하지 않을까요?"

나는 폭넓은 지식과 해박한 식견으로 그를 압박하였습니다. 루카는 한참을 더 망설이다가 입을 굳게 다물더니 자리에서 일어섰습니다. 그리고 책상 밑에 감춰 두었던 봉투를 꺼내 조심스럽게 포장을 풀었습니다. 예상했던 대로, 그 안에는 시라 품종으로 빚어진 에르미따쥐 와인이 담겨있었습니다.

〈프랑스 북부 론 지역에 있는 에르미따쥐(Hermitage)는 세계적으로도 유명한 와인 산지다. '에르미따쥐'라는 이름은 '은자의 암자'라는 뜻으로, 그 유래는 중세 십자군 전쟁 시기로 거슬러 올라간다.

전설에 따르면, 한 프랑스 기사가 십자군 전쟁에 참전했다가 전쟁의 참혹함과 끝없는 살육에 환멸을 느끼고 고향으로 돌아왔다. 그러다 론강이 내려다보이는 언덕에서 낡고 작은 교회를 발견했고, 그곳에서 은둔자의 삶을 시작했다. 그는 갑옷을 벗어 던지고 속죄의 시간을 보내며 언덕에 포도밭을 가꾸었고, 황량했던 땅은 그의 노력으로 비옥한 포도밭으로 변했다. 후대 사람들은 그의 헌신을 기리며 그 지역을 에르미따쥐라고 부르게 되었다.

현재 에르미따쥐는 론 지역의 대표적인 와인 산지로 자리 잡았으며, 특히 이곳에서 재배되는 시라 포도는 그 명성을 더욱 공고히 하는 데 중요한 역할을 하고 있다. 시라로 빚어진 와인은 깊고 풍부한 맛을 지녀 전 세계 애호가들에게 꾸준한 사랑을 받고 있다. 〉

아마도 전설 속의 십자군 기사가 에르미따쥐를 일군 시기는 프랑세스가 고려에서 포도를 가져온 지 불과 몇십 년 후였을 것입니다. 그러니 당연히 신라의 포도나무로 와인을 만들었을 겁니다. 그 생각이 들자, 나는 비밀을 파헤치고 싶은 열망에 한층 더 사로잡혔습니다.

루카는 또 한 번 주저주저하다가, 이윽고 결심이 선 듯 와인을 중경병에 천천히 따르기 시작했습니다. 그의 표정은 마치 소믈리에가 디캔팅할 때처럼 한 방울도 흘리지 않으려는 세심함이 엿보였습니다. 우리 셋은 병을 둘러싸고, 마치 생일 케이크 위의 촛불을 바라보며 소원을 비는 아이들처럼 묘한 기대와 설렘 속에서 그릇을 응시했습니다.

그럼에도 아무런 움직임도 보이지 않았습니다. 1분, 2분, 3분이 지나도 병 속에서는 아무런 징후가 보이지 않았습니다. 와인 한 병을 쓸데없이 낭비한 것 같은 기분이 들었습니다. '미안하지만 내 짐작이 틀린 것 같네요.', 속으로 그렇게 궁시렁거리던 찰나에 병의 한쪽 면에서 가느다란 그림자 무늬가 서서히 배어 나왔습니다. 좀 전에 이상하게 느꼈던 병목과 몸통 사이의 둔덕진 부분에서 무언가 변화가 일어난 것입니다. 나는 정확히 포착하려고 몸을 좌우로 기울이며 시선을 달리 해봤습니다. 그 순간, 빛과 그림자가 교차하며 문양이 입체적으로 떠올랐습니다. 마치 살아 움직이는 듯한 착각마저 들었습니다. 처음에는 희미하던 형상이 하나씩, 또 하나씩 모습을 드러내며 점차로 선명해졌습니다. 회색빛 바탕 위로 자색 선이 어우러지며, 삼차원 영상처럼 떠오르는 글자들! 마치 오만 원권 지폐의 홀로그램처럼, 마침내 읽을 수 있을 정도로 또렷해졌습니다.

글자가 하나둘 모습을 드러내면서 나의 심장도 덩달아 빠르게 뛰기 시작했습니다. 이렇게 경이로운 순간을 맞이할 줄은 상상조차 하지 못했기에, 나도 모르게 소리를 질렀습니다.

"조금씩 머리를 움직여 봐! 여기에 이상한 글자가 나타나고 있어요."

루카와 제임스도 재빨리 나처럼 몸을 좌우로 움직이며 점점 생생해지는 글자를 바라보았습니다. 모두 넋이 나가고 얼이 빠졌습니다.

"어랏! 중국 문자다!"

루카가 떨리는 목소리로 말했습니다.

"오, 로마자도 보이네요! 이름 같은…."

제임스는 낮은 목소리로 혼잣말처럼 중얼거렸습니다.

가슴은 터질 듯 뛰었고, 손은 펜을 쥐기도 어려울 만큼 떨렸습니다. 척추를 타고 올라오는 전율이 머리끝까지 퍼졌습니다. 나는 간신히 정신을 가다듬고 가방에서 스케치북과 수첩을 꺼냈습니다. 먼저 중경병의 형상을 그려내며 색을 입혔습니다. 현장에서 실제 장면을 포착해 그림으로 담는 작업, 평소 청주 어반 스케쳐스에서 익힌 감각이 빛을 발하는 순간이었습니다.

병 위에 떠오른 글자들을 하나씩 적어나갔습니다. 서툰 필체의 로마자 'Frances Paazit', 세월을 머금은 듯한 붓놀림의 한문 '睿宗一十四年'. 한 자, 또 한 자가 드러날 때마다 숨이 멎을 듯했습니다.

드디어 마지막 네 글자까지 나타나니 머릿속이 하얘졌습니다. 이건 단순한 발견이 아니었습니다. 오랜 세월 암흑 속에 묻혀 있던 진실이 지금, 내 손에서 깨어난다는 강렬한 예감에 사로잡혔습니다.

내가 스케치북에 중경병의 모습을 그려넣고, 수첩에 글자를 옮겨 적는 동안, 루카는 재빨리 책상 서랍에서 삼각대를 꺼내 방바닥에 설치한 뒤 카메라를 매달았습니다. 역시 대영박물관의 학예사답게, 그는 병의 변화를 사진으로 꼼꼼히 기록한 뒤 공책을 들고 테이블로 돌아왔습니다. 로마자는 빠르고 정확하게 옮겨 적다가, 한문에 이르자 루카의 표정이 급격히 굳어졌습니다. 한 글자씩 옮길 때마다 난관에 부딪힌 듯 머뭇거리며 따라 그리기조차 힘겨워 보였습니다. 그의 손길은 공책 위에서 진퇴양난(進退兩難)에 빠졌나 봅니다.

"박사님께서는 이 글자들을 읽으실 수 있으신가요?"

루카는 병에 새겨진 글자들을 가리키며, 상실감이 서린 표정으로 나를 우러러보듯이 물었습니다.

"네, 물론입니다."

그는 즉시 휴대폰의 녹음 기능을 켰습니다. 펜을 쥔 손은 미세하게 떨렸고, 눈빛은 전에 없이 진지한 호기심으로 가득 차있었습니다.

"그럼 읽어주시고, 아울러 뜻도 알려주면 감사하겠습니다."

루카는 병의 비밀이 드러나기를 간절히 바라는 표정으로 노트에 적을 준비를 하며 내 말을 기다렸습니다.

나는 병을 테이블 위에 살포시 세워놓고, 글자가 새겨진 부분을 천천히 돌려가며 읽었습니다. 마음을 가다듬으며 한 글자씩 꼼꼼히 해독해 나갔습니다. 얼음 위를 걷듯, 글자의 흐름을 세심하게 따라갔습니다.

"'에프, 알, 에이, 엔…. 프랑세스 빠지.'

물론 그 프랑스 청년의 이름이겠지요."

거부감 없이 읽어 내려가면서도, 마음 깊은 곳엔 알 수 없는 꺼림칙함이 일었습니다. 그래도 침착함을 잃지 않으려 애쓰며, 한 글자씩 맥을 짚어나갔습니다.

"'睿宗', 예종은 고려 왕조의 묘호입니다. 영국의 헨리 8세나 엘리자베스 2세처럼, 왕의 이름이자 시대를 상징하는 개념이지요. 당시 왕의 통치 기간을 나타내는 중요한 의미를 담고 있습니다."

그 글자들은 단순한 문자가 아니라, 시대적 맥락을 품은 상징으로 다가왔습니다.

"'一十四年', 일십사 년. 이는 예종이 왕위에 오른 지 14년째 되는 해를 가리킵니다. 예종 14년은… 음, 서기로… 1120년이 될 겁니다."

마침내 연대가 밝혀졌습니다. 눈앞의 유물이 이처럼 막중한 역사적 배경을 담고 있다는 사실에 가슴 깊은 곳에서 뜨거운 감정이 차올랐습니다. 병에 새겨진 나머지 글자들은 더욱 깊은 뜻을 품고 있을 것 같았습니다. 나는 잠시 숨을 고르고, 다음 글자에 집중했습니다.

"소(小), 물(物), 리(離), 애(愛)."

네 글자를 다시 차근차근 되새기는 순간, 등줄기를 타고 서늘한 소름이 돋았습니다. 시간이 멈춘 듯 충격이 밀려왔고, 머릿속에서 흩어졌던 단어들이 하나둘 맞춰지며 모든 수수께끼가 풀리고 있었습니다. 찾아 헤매던 단어의 뿌리가 이 글자들 속에 담겨있다는 사실을 깨닫자, 정신이 아득해졌습니다.

"이, 이게 대체 어떻게…. 허걱! 이건 너무 노골적인데요."

와인 전문가를 뜻하는 '소믈리에'의 어원이 내 눈앞에서 밝혀지고 있다는 사실이 믿기지 않았습니다. 단지 조어로만 치부할 수 없는, 오랜 세월 묵혀진 삶과 해학의 비밀이 적나라하게 모습을 드러내고 있었습니다.

"무슨 뜻입니까? 혹시라도 말하기 어려운 사정이라도 있는 겁니까?"

내 표정이 심상치 않자 루카는 곁으로 다가섰습니다. 제임스도 가까이 다가왔습니다.

"아, 네. 이 네 글자는 아기시 모녀가 프랑세스를 빗댄 조어입니다. 헤어질 때 프랑세스에게 붙여준 별명 말이에요."

나는 병을 응시하며 그 무거운 의미 속으로 빠져들었습니다. 숨겨진 진실은 바늘 끝에라도 걸린다는 말처럼, 인간사의 파편이 모습을 드러내고 있었습니다.

"뭐라구요? 프랑세스를 빗대었다니, 어떤 의미인가요?"

평소 과묵한 제임스마저 궁금증을 참지 못한 채 캐물었습니다. 루카와 제임스는 서로 눈빛을 주고받으며, 지적 갈증 너머의 무언가를 감지한 듯했습니다. 나 역시 흥분이 고조되어 할 말을 잊고, 잠깐 숨을 골랐습니다.

"이 자리에서 구체적으로 설명하기는 적절치 않아 보여요. 나중에 감정서를 통해 상세히 정리해 보내드리겠습니다."

잠깐 침묵이 흘렀습니다. 그들은 여전히 내가 더 언급해 주길 기다리는 눈치였습니다. 나는 그들의 시선을 의식하며 마지막 한마디를 덧붙였습니다.

"프랑세스가 결혼에까지 이르지 못했던 결정적인 이유가 사자성어, 이 네 글자에 담겨있네요."

현장에서 스케치한 중경병. 시간관계상 글자는 나중에 따로 적어넣었다.

내가 감정서로 추후 밝힌 사항은 다음과 같다.

✓ 1. 小物離愛 소물리애

작을 소(小), 물건 물(物), 떠날 리(離), 사랑 애(愛).

'물건이 작으면 사랑이 떠난다'는 뜻이다. 여기서 물건은 남성의 생식기를 은유적으로 표현했다. 생식 능력이 부족했던 프랑세스를 빗댄 별명으로, '아기시'의 어머니가 농담 반 진담 반으로 만든 사자성어이다.

프랑세스는 정확한 의미를 몰랐을 가능성이 크지만, 어렴풋이 짐작했을지도 모른다. 문서에서 이를 굳이 언급하지 않은 이유는 낯 뜨거워 차마 밝히지 못했기 때문으로 보인다.

✓ 2. 大物利愛 대물리애

큰 대(大), 물건 물(物), 이로울 리(利), 사랑 애(愛).

'물건이 크면 사랑에 이롭다'는 뜻이다. 여기서도 마찬가지로 생식 능력과 풍요로움에 대한 고대적 관념을 반영한다. 글쓴이는 처음에 소믈리에보다 박식하다는 의미로 '대믈리에'라 불렸다. 이후 신체적 특성을 반영하여 '대물리에'로 변형되었고, '소물리애'와 비교되면서 마침내 '대물리애'로까지 진화했다.

이 별칭은 와인과 사랑이라는 주제를 유머러스하게 엮으며, 발음적 유사성을 함께 보여준다.

3. 睿宗 예종

예종(睿宗, 재위 1105~1122년)은 고려 중기의 군주이다. 제16대 왕으로 국정을 안정화하며 중흥의 토대를 마련했다. 윤관(尹瓘)에게 여진(女眞)을 공략하게 하여 함흥평야에 동북 9성을 축조하였다. 학교를 세우고 국학(國學)에 양현고(養賢庫)를 설치하여 학문과 교육을 진작시켰다.

예종 14년은 서기 1119년으로, 그가 승하하기 3년 전이다.

4. 레드 와인을 채운 후 중경병에 나타난 글자들

대개의 장경병은 경질 자기로 만들어져 강한 구조를 자랑한다. 섭씨 1,300도의 고온에서 수분이 통과하지 않는 유약을 사용해 구워졌다. 반면 병목과 몸통 사이의 둔덕진 부위는 1,000도 정도의 낮은 온도로 소성된 연질 자기이다. 구조가 덜 강한 이 부위에 0.2-0.3μm 깊이로 음각된 글자는 미세한 홈을 통해 빛을 굴절시켜, 보는 각도에 따라 반사되는 빛의 색깔과 형태가 달라지며, 글자가 마치 홀로그램처럼 3차원으로 보이게 된다.

또한 이 연질 부위는 레드 와인이 쉽게 스며들어 붉은색 효소인 안토시아닌이 병 표면으로 비쳐 보인다. 이는 고려 시대의 고도로 발달한 음각 및 상감 기법의 정수로 여겨진다. 연질 자기로 구워진 이 부위는 물에 취약하므로 두텁게 만들어졌다. 마치 건물의 골조처럼 군데군데 형성되어 전체 병을 지탱하고 있다. 그 정교하고 과학적인 설계와 제조 기법은 오늘날에도 구현하기 어려운 고차원적인 기술로 평가된다.

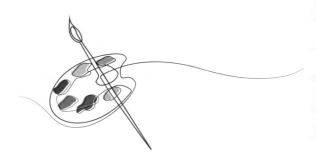

제3부

이거 그대로 한잔
쭉 들이켜 봐

내 몸이라 해도
모두 내 맘 같지 않은

올해 들어 몸의 변화가 심상치 않음을 한층 실감한다. 나이는 숫자에 불과하다고 암만 떠들어대도, 6학년에 진학하고 나서부터는 신체 곳곳에서 삐걱거림이 더 심해진다. 한 해 한 해가 갈수록 다르다. 아침에 일어나 침대에서 빠져나오는 데 걸리는 시간도 점점 더 길어진다. 예전에는 쓰지 않던 손까지 어딘가를 잡게 되고, 한두 차례 멈칫하며 추스르는 순간도 필요하다. 근육은 근육대로 뻣뻣하고, 관절은 관절대로 빳빳하다. 게다가 여기저기서 터져 나오는 불협화음이 서로를 흔들어 놓는다. 허리는 허리대로, 다리는 다리대로 '아구구, 으그그' 따로따로 외쳐 댄다. 이런 불편한 심기를 안고 정형외과를 개원한 선배에게 하소연해 본다.

"정 선배, 오늘 침대에서 일어나다가 뼈마디가 아파서 아그그 소리를 내며 손을 짚었어요. 이거 관절이나 근육에 이상 생긴 거 아닌가?"

"너도 이제 늙었나 보다. 나는 오래전부터 그래 왔는데…."

"아니, 저번에 제주 가서 일박했을 때도 선배의 죽는소리는 못 들었는데, 나랑 같은 방에 자지 않았나요?"

"그냥 꾹 참는 거지, 신음 소리 낸다고 누가 알아주나! 그저 속으로 삼키는 거야."

'와인 스피릿' 모임에서는 매주 목요일 오후 청주 상당산성을 등반한다. 작년에는 별다른 어려움 없이 산행에 따라다녔다. 이번 겨울에는 운동을 제대로 하지 못했기에 다음 주 등산을 대비해 몸을 단련하기로 결심했다.

그래서 2월 세 번째 일요일 오후, 내가 가장 즐겨 찾던 용암동 뒷산을 트레이닝 장소로 정했다. 한 시간 정도 오르락내리락 걷는 야트막한 산길로, 크게 무리 없이 적당한 운동량을 제공해 누구에게나 추천할 만한 코스다. 추위를 막으려고 잔뜩 껴입고 나섰는데, 얼마 지나지 않아 몸이 후끈 달아올랐다. 웃옷을 벗어 품에 안고 걸었더니, 두꺼운 파카와 모자가 가득 차서 걷기조차 버거웠다. '늑대를 잡으려다 범을 불러온 격'이라더니, 딱 내 꼴이었다.

"따악딱 따악딱." 산을 거의 다 내려오는 길목에서 나무를 망치로 두드리는 듯한 소리가 어디선가 들려왔다. 늦은 오후라 주위엔 인기척도 없었는데, 분명 머리 위쪽에서 울려 퍼지고 있었다. 얼어붙은 땅에까지 가벼운 진동이 전해질 정도여서 고개를 들어 나무 꼭대기를 올려다보았다. 서쪽으로 기우는 태양 빛에 눈이 부셔, 가늘게 뜨고 찬찬히 살펴보니 바로 옆 나무에서 새 한 마리가 기둥을 연신 쪼고 있었다. 믿거나 말거나, 크낙새였다!

벌레를 잡으려는 건지 둥지를 짓는 건지 알 수 없었으나, 머리를 재빠르게 움직이며 부리를 사정없이 내리꽂는 모습은 참으로 인상적이었다. 조그마한 몸으로 나무에 매달려 온 힘을 다해 고개를 내리치는 그 강인함에 감탄이 절로 나왔다.

그 장면을 바라보며 고개를 살짝 젖혔을 뿐인데, 내 뒷목이 금세 뻣뻣하게 굳어버렸다. 아차 싶어 목을 바로 세우자, 머리가 텅 빈 듯 맥이 풀리며 몸이 휘청거렸다. 여느 사람 같았으면 어지러워 땅바닥에 나뒹굴었겠지만, 남다른 운동신경과 최강 허벅지로 무장한 나는 당당히 버텨냈다. 크낙새에 비할 바는 못 되어도.

1955년형 포드 앵글리아(영국산)

요즈음은 '한국산'이라 하면 세계적으로도 인정받는다지만 내가 태어난 1950년대만 해도 국산품의 질은 보잘것없었다. '구관이 명관'이라 하더라도, 그 시절 만들어진 내 몸뚱아리도 순 한국산일 텐데, 그걸 60여 년이나 써먹었다니 참 오래도 버텼다.

그렇게 오랜 세월을 혹사했으니, 여기저기 고장이 나고, 부품도 갈아 끼워야 하며 손볼 곳도 한두 군데가 아니다. 어디 한 군데 성한 구석이 없다는 말이 괜히 나왔겠는가? 손목은 욱신거리고, 무릎은 뻐근하며, 허리 한쪽은 언제 삐끗해도 이상하지 않은 상태다.

글을 쓰느라 엄살을 부려서 그렇지, 사실 아주 심각한 건 아니라 그나마 다행이다. 아침나절에만 약간 삐그덕거릴 뿐, 일단 움직이기 시작하면 별문제 없이 똑바로 나다닌다. 괜찮은 중고차처럼, 시동 걸 때는 살짝 걱정스러워도 막상 주행을 시작하면 언제 그랬냐는 듯 그냥저냥 굴러간다.

그렇더라도 안심만 하기엔 이르다. 어느 날 갑자기 레커(wrecker)에 실려 가는 신세가 될지 아무도 모른다. 유비무환이라, 그런 일을 피하려면 스스로 정비소든 공업사든 찾아가 나만의 사용 설명서를 새로 써야 한다. 지구를 두 바퀴나 걸어왔으니, 몸은 닳고, 마음은 지쳤다. 여기저기 기름칠하고, 헐거워진 나사를 조이며 다시 조율해야 한다. 마음은 고요를 되찾아 온전히 쉬게 하고 몸은 다독이며 조금씩이라도 움직여야 한다. 오래된 기계처럼 멈추는 순간 녹이 슬기 마련이니까.

그러나 내 몸이라 해도 모두 내 맘 같지는 않다. 한 해 한 해가 지나면서 몸 전체가 뻣뻣해지기는 해도, 모든 부위가 그런 것만도 아니다.

유독 아래쪽 한 군데는 날이 갈수록 점점 더 부드러워지고 있으니 말이다.

그러면 식탁에서는 오직
바른 꽈배기

"막내가 꽈배기를 먹고 싶다니 좀 사 오세요."

지난겨울, 영국으로 떠나기 바로 전날 집사람에게서 전화가 온다.

"아, 참 그리고 설날이 가까이 다가오니 떡국이라도 끓여 먹게 떡국 떡도 조금 가져오시고."

나는 그 길로 하나로 마트에 가서 가래떡을 산다. 미리 싸 둔 가방은 집사람의 구두며, 옷이며, 이불로 이미 꽉 차있다. 방금 사 온 떡을 틈새로 어렵사리 밀어넣고, 우격다짐으로 지퍼를 잠근다. 짐은 여행 가방 두 개, 라면 박스 하나, 그리고 백 팩이다. 육신은 죽어나겠으나, 시킨 대로 하니 마음만은 편하다. 몇몇 구두와 옷은 오래전에 한국에서 태어나, 20년 전 비행기를 타고 떠났다가 재작년에 이삿짐과 함께 배를 타고 돌아왔던 녀석들이다. 이놈들, 지금 다시 영국으로 가면 이번 여름에 주인 따라 비행기로 또 돌아오겠지. 역마살이 끼어도 보통 많이 낀 녀석이 아니다.

 다음 날 아침, 인천공항.

 출국 수속을 하기 전에 먼저 4층으로 올라간다. 파리바게트의
푸른 문을 열고 곧장 꽈배기를 향해 걸어가 몽땅 사들인다. 부피
가 만만치 않고 들고 다니기도 귀찮아, 위탁 수하물에 끼워 부치기
로 결심한다. 사람들 눈에 띄지 않는 구석진 데로 가서 가방을 여
니, 그동안 움츠려 있던 내용물이 여름날 비를 맞은 개구리처럼 튀
어나온다. 원래대로 다시 싸기도 벅찬데, 꽈배기 봉지를 넣을 틈이
도무지 보이지 않는다. 잠시 고민하다 두 손으로 빵 봉지를 살포시
눌러본다. 고맙게도 비닐 포장지째 납작해져 크기가 확 줄어든다.
가만히 힘을 빼니 꽈배기가 스프링처럼 원래 모양으로 돌아온다.
천만다행으로 몰라보겠다.

공항에서 열어젖힌 트렁크

재빨리 결단을 내린다. '그래, 도착하자마자 얘네를 꺼내 인공호흡 시켜주면 아무 일 없었던 것처럼 되살아날 거야. 까짓거 12시간 인데 그걸 못 버티겠어?' 빈 공간을 찾아 이리저리 쑤셔넣고 간신히 가방을 닫는다. 짐을 부치고 나니 마음은 무거워도, 몸만큼은 한결 가벼워진다.

하지만 그것도 잠시, 출국장 입구에 도착하자 또 다른 걱정거리가 스멀스멀 떠오른다. '아니, 이거 양이 너무 적은 거 아냐? 큰아들도 오고, 그 애 여자 친구까지 오면 합이 다섯인데…'

신속히 결정을 내린다. 다시 빵집으로 달려가 보니, 꽈배기 진열장은 역시나 텅 비어있다. 직원이 "같은 매장이 2층에도 있다"고 하여, 서둘러 발걸음을 옮긴다. 이번에도 꽈배기를 싹쓸이한다. 큰 짐은 이미 부쳤기에 새로 산 종이 빵 봉지는 계속 들고 다녀야 한다. 몸은 무겁되, 마음만큼은 한층 가벼워진다.

히스로 공항 제4 터미널에 도착하니 날은 이미 어둑하고, 풍찬노숙의 기운이 감돈다. 스산한 바람만이 나를 맞이할 뿐이다. 익숙한 런던 시내도 아닌, 케임브리지 근처의 새로 이사한 마을 '펜디튼'으로 가야 한다. 마지막 버스 출발 시간이 임박했기에 타는 곳을 서둘러 찾아야 한다. 아내가 공항까지 마중 나오겠다는 제안을 굳이 사양했던 나 자신이 미워 죽을 지경이다.

짐으로 가득 찬 카트를 밀며 물어물어 버스 정류장을 찾는다. 손에 들고 온 빵만이라도 제대로 챙기려고 종이봉투를 카트 손잡이에 매달아 봤더니, 한여름 축 늘어진 소불알처럼 덜렁거린다. 거기에 신라면 한 박스까지 더해져 짐이 총 5개이다. 짐 개수에 따라 요금을 추가로 받는 운전기사 탓에, 빵 봉지는 버스 좌석으로 모셔와야만 한다. 내 숨도 제대로 돌리지 못한 채 급히 버스에 올라타다 보니, 가방 속에 꾸겨 넣은 꽈배기에게 숨을 불어넣어 소생시킬 엄두조차 내지 못한다.

여차저차하여 가까스로 집에 도착하자마자 식구들 앞에서 자랑스럽게 들고 온 파리바게트 봉지를 펼친다. 여태까지 조신하게 모시고 왔건만, 녀석들은 풀어지고 끊어지고 한결같이 처참하기 그지없다. 가닥가닥 흩어져 제멋대로 뒹굴고, 배배 꼬여야 할 녀석들이 온통 일자로 뻗어있으니, 꽈배기라 부르기도 어정쩡하다. 미장원이 아니어도 난기류를 만나 흔들리는 비행기 안에서는 매직 스트레이트 펌이 저절로 되는 모양이다.

처음에는 관심을 보이던 아이들이 하나도 온전히 먹지 않고, 그 뒤로는 아예 거들떠보지도 않는다. '달면 삼키고 쓰면 뱉는다'더니, 입맛이 달라져서 그렇단다. 집사람도 별말은 없었으나, '무슨 꽈배기를 저리도 엄청나게 사 왔나?' 하는 눈치가 역력하다. 가방 속에 구겨넣은 비닐 포장지에 대해서는 아직 입도 뻥긋 안 했는데 말이다. 다시금 마음이 무거워진다.

가방 안의 꽈배기는 아무도 보지 않는 틈을 타 냉동고 안에 밀어넣기로 잽싸게 결정한다. 영국 집답게 부엌 냉장고가 큰 편이 아니어서, 속은 이미 다른 식품들로 가득 차있다. 불행히도 꽈배기는 완전 사망했는지 쪼그라질 대로 쪼그라들었다. 다행히도 냉동고 틈에 그런대로 쉽게 안치되어, 증거는 당분간이나마 인멸한 셈이다.

그러니까 언제더라 인천공항에서 바로 히스로 공항으로 날아온 건 아닌데, 더 늙기도 어려운 나이 육십, 꽈배기 위에 쏟아진 설탕가루가 내 얼굴에 온통 묻어도 나는 이제 더 이상 달지가 않구나.

　부여잡은 손이 뒤틀려 꽈배기네. 그러면 식탁에서는 오직 바른 꽈배기, 하지만 씹을수록 입안에 고이는, 그래도 씹다 보면 저녁 혼밥 속의 언뜻언뜻 서러움 같은, 어느덧 히스로의 회색 문을 열어보아도, 꽈배기를 사기에는 너무 질린 나, 단팥빵을 고르기에 너무 늦은 나이란 없네, 누구에게나 하나씩 불에 덴 자국 같은.

　* 마지막 몇 문장은 시인 심재휘의 「그 빵집 우미당」을 패러디했습니다.

앙코르를 이끌어 낸
영웅들

유난히도 바빴던 20X2년 2월 9일 2번째 목요일.

1. 목요일 점심시간

점심을 마치자마자 휴대폰을 켠다.

"원장니임~ 식사하셨어요?"

"오늘 밤에 스케줄 있으세요? 청주예술의전당에서 7시 30분에 하는 음악공연 티켓이 한 장 남아있어서요."

"일본 현악 연주팀 어쿠스틱 카페의 공연이에요."

갑자기 내 핸드폰에 일련의 메시지가 주르륵 뜬다. 앗! 투란이 보낸 글이다. 간택된 고마움이야 태산 같아도 매월 두 번째 목요일엔 정기 회합에 가야 하기에 신속히 답장을 보낸다.

"오늘 저녁엔 다른 모임 때문에 못 가겠네요."

진료 중에는 전화나 문자를 못 살피나, 쉬는 시간이 되면 재빨리 답신하는 나는 착한 남자다.

"에이, 아쉽다. 담에 기회 되면 또 연락드릴게요."

투란도 서운한 기색이 역력하다. 아무리 갑작스러운 땜빵이라지만 섭섭한 쪽은 오히려 나다. 어쩔까나? 그렇다! '삐빠따'를 실천하자. '삐빠따'란 삐지지 말고, 빠지지 말고, 따지지 말자는 새 시대 나의 좌우명이다. 저러콤 부를 땐 무슨 일이 있더라도 반드시 달려 나가자!

"잠깐, 기둘려 봐요, 혹시 우리 둘만 간다면 딴 미팅 따윈 팽개치고… 가도록 할게."

돌연 장난기가 발동하여 엉뚱한 제안을 한다. 여럿이 가려다 하나가 급작스레 못 가게 되니 나를 부른 거겠지, 설마 단둘이 가려고야 했겠어? 어쩔 도리 없는 독거노인의 자격지심이다.

"정말? 티켓은 두 장뿐인데, 같이 간다던 친구가 시름시름 앓고 있어서… 요."

아, 그렇게 되는구나. '장난의 운명'이란 거이 바로 요거구나!

"고오-뤠?"

"그럼, 오시는 거죠?"

"저녁 식사는 함께 못해. 각자 해결해도 좋으면 갈게요. 내가 어느 모임에 음식점을 소개해 줘서 꼭 가봐야 돼."

"오케이. 그러면 약속되었습니다. 예술의전당 정문 앞에서 공연 시작 십 분 전에 만나요. 7시 20분입니다."

"아라쩌요."

2. 목요일 오후

일단 '어쿠스틱 카페(Acoustic Cafe)'가 어떤 그룹인지 알아둬야 한다. 음악에는 워낙 이방인이라 이름을 처음 들었을 땐 잘 몰랐어도, 길거리에서 공연 안내 현수막을 본 기억이 어렴풋이 난다. 아마도 클래식 기타를 잘 치는 팀이겠지, 하고 짐작하며 검색창을 연다. 자작곡 「라스트 카니발」과 「내일의 희망」이 즉시 떠오른다. 내가 좋아하는 재즈풍의 클래식 음악이다. 잽싸게 두 곡을 다운로드해 연달아 두 번 듣는다. 이렇게 함으로써 음악가에게 최대한 예의를 갖춘다.

인터넷 설명에 따르면 어쿠스틱 카페는 '일본의 뉴에이지 연주 그룹으로, 세 명의 멤버가 바이올린, 피아노, 첼로를 각기 연주한다. 1991년 데뷔하여 총 6집의 음반을 냈고, 한국에서도 인기가 많은 그룹'이란다.

3. 공연 직전

'청주예술의전당' 본관에 들어선다. 부속 연주실은 최근 방문한 적이 있어도, 주 공연장은 정말 오랜만이다. 로비는 사람들로 붐비고, 현장에서 표를 구매하려는 줄까지 더해 무척이나 어수선하다. 연주장 안으로 들어가니 우리 자리는 무대와 가까운 편이어도 중앙은 아니다. 주변을 둘러보니 빈자리는 거의 없고, 만석이다. 그런데 이상하게도 우리 열은 내 옆자리부터 가운데 쪽으로 십여 좌석이 텅 비어있다.

"겨우 오십만 청주 인구로 이토록 큰 공연장을 어떻게 꽉 채울 수 있지? 표가 꽤 비싸던데…" 라며 놀라움을 표하자, 그녀가 대답한다.

"시민들이 문화에 갈증이 있나 봐요. 그리고 저처럼 소셜 커머스를 이용하면 저렴하게 티켓을 구할 수 있거든요."

'갈증!'이라는 말에 급작스레 목이 마른다. '나에겐 그런 고상한 갈망이 왜 없는 걸까?'라며 자학에 빠질 뻔한 찰나, 느닷없이 징 소리가 울려 퍼지며 조명이 꺼진다. 그와 동시에 한 무리의 아주머니 군단이 갑자기 등장해 우리 옆 빈자리를 채우기 시작한다. 서로를 '권사님', '집사님'이라 부르는 거로 보아 교회 단체 관람객인 듯하다. 다소 소란스러웠으나 천만다행으로 연주자들이 무대에 서기 전 모두 자리를 잡는다.

연주의 논평은 하지 않겠다. 그럴 자격도 없거니와 내 몫도 아니다. 괜히 뱁새가 황새 따라가려다 가랑이 찢어지는 신세가 될 이유는 없지 않은가! 그룹의 작곡자이자 연주자인 츠르 노리히로가 "이 음악을 들으면 영상이나 풍경, 이야기가 떠오른다는 말을 자주 듣고, 스스로 의식하고 있습니다. 좋은 의미에서 바로 그러한 점이 인간의 마음을 활성화하지 않을까 생각합니다."라고 밝혔으니 대신 참고하길 바란다.

4. 공연– 1부

첫 연주가 시작되고 정확히 6분 후, 옆자리 아주머니 군단 중 절반 이상이 핸드백에서 무언가를 주섬주섬 꺼낸다. 교회분들이니 연주의 성공을 빌며 성경책이라도 꺼내 기도해 주시려나 싶다. 그런데 뜻밖에도 밝게 빛나는 물체를 들고 계신다. 스마트폰이다!

그녀들은 하나같이 휴대폰 문자판을 두드리더니, 이내 동영상까지

틀어 본다. 화면에서 뿜어져 나오는 불빛은 음악만 흐르는 캄캄한 연주회장에서 시야뿐 아니라 내 마음까지 어지럽힌다. 동행한 친구들과 떨어야 할 수다를 문자로 주고받는 걸까? 아니면 그녀들 인생에 피치 못할 중요한 사건이 하필 이 순간에 줄곧 터지고 있는 걸까?

아무튼 대부분이 폰을 내려놓지 않는다. 손에 들지 않은 아주머니께서는 가끔 두런두런 대화를 나누며 서로의 존재감을 확인하곤 하니, 아아! 인내의 한계여. 그러나 누굴 탓하랴. 이 소란스러운 떼루아 역시 스마트폰 할인 티켓의 부산물이 아니겠는가?

5. 연주회 중간 휴식 시간

전반부 공연이 끝나자마자 옆 좌석 손님께 '다른 건 차치하고 화면 밝기만 조금 낮춰 달라'고 공손히 요청한다. 그러고는 나도 스마트폰을 꺼내 의문점을 검색하기 시작한다.

'이런 그룹을 피아노 삼중주라고 부르는 게 맞나? 중학교 음악 시간에 배웠던 것 같은데 기억이 가물가물하네', '바이올린, 첼로는 현악기인

현악 3중주의 세 악기:
피아노, 바이올린, 첼로

데 왜 피아노 삼중주라고 굳이 부를까?' 머릿속에 자잘한 의문들이 끊임없이 떠오른다.

6. 공연– 2부

전반부와 달리 익숙한 곡들이 적잖이 연주된다. 학회 강의에서 이미 알고 있는 내용이 나오면 자연스레 느껴지는 그 느긋함이 온몸으로 나른하게 퍼져간다.

마침 오른편 아주머니는 문자 전송이 더 소중하신지, 중간 휴식 시간에 나가더니 종내 돌아오지 않는다. 괜스레 미안한 마음이 들어 그녀의 메시지에 특별한 행운이 깃들기를 빌어준다.

왼편 투란이 수상하다 싶어 슬쩍 쳐다보니 얼굴을 휴지에 갖다 대고 있다. 음악을 듣다가 눈에 물이 고였나 보다. 요런 담뿍이 감수성이라니! 나로서는 생전 듣도 보도 못하던 정경이다.

색다른 감상평: 피아노 연주자가 입은 드럼통 모양의 치마가 퍽 인상적이다. 단상에 자리 잡은 세 악기의 삼각형 구도도 이채롭다. 날아오르는 바이올린, 뛰는 피아노보다 걷는 첼로가 한결 더 편안함으로 다가온다.

7. 공연이 끝난 직후

청중은 정중하게 박수를 보낸다. 이 정도의 갈채로 연주자들의 성에 차겠느냐는 생각이 얼핏 든다. '앙코르 송'을 청하려면 기립박수를 쳐야 모양새가 나지 않을까 싶다. 그래도 우리는 꿈쩍 않고 조용히 손바닥만 마주칠 뿐이다.

지난겨울 런던에서 관람했던 연극이 떠오른다. 그 평범한 공연에도 관객 전원이 자리에서 일어나 배우를 축하하던 열기는 지금과 사뭇 달랐다. 바닥을 구르고 괴성을 지르며 커튼콜을 외치던 장면이 아직도 생생하다. 오늘의 이 분위기는 한국 관객의 특징일까? 청주 문화가 그런 걸까? 아니면 나 자신이 원래 이렇게 무덤덤한 걸까? 무대를 빠져나간 연주자는 되돌아올 기색이 없어 보인다. 커튼콜을 받을 기분이 영 아닌 모양이다. 박수도 점점 잦아들어, 이러다 앙코르 송은 영영 물 건너가는 거나 아닌지 맘이 편치 않다.

그러다가 급작스레 이변이 벌어진다. 옆좌석의 아주머니 군단이 일제히 자리를 박차고 일어선 것이다. 아주머니들이 나서자, 다른 관객들도 기다렸다는 듯 우르르 따라 일어난다. 기립한 관중은 무대를 향해 열렬히 박수갈채를 보내고, 일부는 고함을 지르며 휘파람까지 마구 내지른다. 커튼 뒤에서 청중의 반응을 살피던 연주자들이 그제야 반색하며 무대에 다시 등장한다. 청중은 다시금 자기 자리에 앉고, 세 연주자는 단상에서 악기 튜닝을 하며 앙코르를 준비한다.

그런데 어찌 된 일인지 우리의 영웅 아주머니들께서는 서도 앉도 못한 채 엉거주춤 제자리에서 서성거린다. '앙코르곡에 미리 감동을 크게 받으신 모양이군. 어쨌든 위대하신 아주머니들이 기적을 행하신 덕분이야!'라며 속으로나마 감사를 표하던 찰나, 본의 아니게 그중 한 분의 절규를 엿듣게 된다.

"그러게 내가 뭐랬어? 끝나자마자 바로 나가야 한다고 진작에 문자 날렸잖여. 꾸물대다 못 나가게 생겼어!"

금산사의 도란도란
템플 스테이

금산사의 새벽 3시, 하루를 시작한다.

어디선가 아련하게 울려 퍼지는 목탁 소리에 더해, 같은 방에 머물던 도반들의 휴대폰 알람 소리가 여기저기서 터져 나온다. 오늘은 4박 5일 일정의 '도(徒)란도(道)란 구들방에서 쉬어가는 템플 스테이' 마지막 날이다. 장작을 때 뜨겁게 달군 온돌방에서 도란도란 이야기꽃을 피우며, 마음을 비우고 쉬어가도록 김제 금산사가 마련한 행사이다.

입소하던 날부터 몸이 으스스하더니 내내 몸살을 앓아 아침 예불을 비롯한 모든 식전 행사에 불참했다. 일어나야 할지 말지 더욱 갈등이 깊어진다. 이런 오밤중에 절집에서는 도대체 무슨 일이 벌어지고 있을까 하는 궁금증이 마음 한편에서 솟구친다. 반면, 몸

다른 한쪽에 똬리를 튼 비겁함과 게으름이 손잡고 이에 맞서려 한다. 짧고 강렬한 싸움 끝에, 처음으로 호기심이 망설임을 이겨낸다. 닷새만이다!

깜깜한 어둠 속에서 옷을 찾아 잔뜩 껴입고 맨 마지막으로 문지방을 나선다. 밤새 흰 눈이 온 경내를 덮어 밝은 책을 읽을 만큼 환하다. 법당 안에는 스님 두 분과 우리 일행뿐이다. 낮에 구경삼아 들어와 보긴 했어도 이렇게 경건한 마음을 가져본 적은 처음이다. 어색하나마 옆 사람 따라 부처상에 연신 절을 올린다. 부처가 형상으로 눈에 보이지 않더라도, 한껏 몸을 낮추어 본다. 격식을 통해 공경심을 끌어낸다. 일념으로 성심성의를 다한다면, 스스로 모시고 구하게 될 터이다. 약이색견아, 불능견여래… 若以色見我… 不能見如來, 예불은 그다지 오래 안 걸린다. 샐녘의 찬 공기가 성치 않은 허파꽈리를 여기저기 긁어 댔으나 새벽 예불을 마친 뿌듯함에 이제는 견딜 만하다.

아침 공양도 거르고 못 잔 잠을 채우려 방에 누워있는데, 누군가가 함께 세배를 가잔다. '아니 이 나이에 무슨 세배야? 누구신지 몰라도 새해 인사를 하려면 여기로 오시라고 해!'라는 말이 튀어나올 뻔한다.

그래, 올해는 성질 좀 죽이고 마음껏 낮춰보자.

남이 하자는 대로, 이끄는 대로 따라가 보자.

먼저 큰스님이라는 분을 뵌다. 절에서 제일 높은 집에 계시고 연세도 제일 많으신 분이란다. 방이 아주 크고 바닥은 무척 뜨겁다. 반면 말씀은 의외로 평범하다. 그렇다! 도(道)는 일상에, 진리는 절대적으로 평범함에 있다지 않던가? 어떻게 내 사정을 아셨는지 "새해에는 말과 생각과 행위로 복을 짓자."라고 하신다. 말로 인해 주위에 상처만 준 나는 그 말씀을 가슴 깊이 새겨둔다.

다음은 주지 스님. 식사 시간에 한두 번 뵌 분이다. 절에서 가장 멋진 야트막한 언덕 집에 사신다. 방은 크고 뜨겁지만, 큰스님 방만큼은 아니다. 유명한 사찰을 운영하느라 바쁜지 꽤 사무적인 태도다. 세뱃돈을 서둘러 그냥 주기에 얼떨결에 저냥 받는다. 돈을 받다니, 기분이 참 묘하다. 그동안 주기만 했지 받아본 적은 없지 않던가!

이어서 템플 스테이 담당 스님의 차례다. 우리 숙소 바로 위, 외따로 자리 잡은 작은 기와집이다. 방은 아담하고 바닥은 따뜻하다. 스님 쪽 벽에 열린 창문을 타고 온 풍광이 한꺼번에 방 안으로 밀려든다. 산중의 무채색 풍경을 배경으로 앉은 스님이 차를 끓인다. 창으로 쏟아지는 밝은 햇빛이 역광이 되어, 윤기 흐르는 머리를 더욱 빛나게 한다. 거친 종이 벽지와 흑갈색 창틀이 액자가 되어, 실루엣의 진수를 바깥의 자연과 절묘하게 어우러지게 한다. 스님 뒤로 삼백 호는 족히 될 법한 아름다운 설경이 한 폭의 한국화로 펼쳐진다. 참으로 보기 드문 정경이다. 멋을 아는 분이다.

"스님 후광이 큰스님이나 주지 스님보다 더 두드러져 보입니다."

슬쩍 농을 던진다.

"사실은 제가 그게 없어서 억지로라도 만드는 겁니다."

멋쩍어하는 모습이 더욱 재미있다. 찻상을 사이에 두고 막힘없는 대화가 이어진다.

창을 여니 스님 뒤로 자연이 한가득하다.

　마지막으로 젊은 스님. 실은 나는 그의 이름도, 직책도 모른다. 크지 않은 방에 침대와 컴퓨터까지 놓여있어 조금 옹색한 느낌이다. 절집과의 조합이 어색해 물어보니 허리가 좋지 않아 들였단다. 방과 방바닥 타령은… 이제 그만하자. 재미있는 점은 내려갈수록 시나브로 작아지고 차가워진다는 사실. 반대로 우리에게 해줄 말씀은 더 많아진다. 공부를 적잖이 하신 분임이 자명하다. 우리는 총명한 초등학교 3학년 아이처럼 모두 고개를 끄덕이며 듣는다.

　잘 듣는 것만큼 중요한 일도 없다. '총명(聰明)'에서 '총'은 남의 말을 올바로 듣는 것이라 한다. 하지만 나에겐 그만큼 어려운 일도 없다. 환자를 치료할 때 이야기를 제대로 듣기는커녕 문진과 동시에 처방을 내리는 급한 버릇이 있다.

귀를 밝게 하자, 새해부터. 전문 지식인일수록, 많이 안다고 할수록, 가르치는 사람일수록 더욱 필요한 덕목이지만 그만큼 더 실행하기 힘들다.

도낏자루를 잡아든다.

아궁이에 불을 때기 위하여 장작을 패야 한단다. 한두 번 내리찍어 보니 도끼질에 대해 모조리 다 알게 된다. 내가 결코 해서는 안 될 일이라는 사실을.

그렇다! 진즉에 탐진치(貪瞋癡)를 알아채야 했다. 탐하는 마음이 자기 뜻대로 이루어지지 않을 때 성을 낸다. 화를 내면 몸과 마음에 또 다른 화(禍)를 입는다. 탐욕은 어리석음에서 비롯되나니 어리석지 않으면 탐하는 마음은 생기지 않는다. 따라서 이 어리석음을 제거하는 일이 무엇보다 중요하다. 그렇다고 '나는 도낏자루 하나로 득도했다.'라는 어리석음도 단연코 가져서는 안 된다.

도끼 대신 빗자루를 잡는다.

이걸 잡아본 게 언제였던가? 몇 겁의 세월이 지났던 것인가.

밤새 수북이 내려 경내가 온통 눈 천지다. 눈이 덧쌓여 숙소와 식당을 이어주는 계곡의 돌계단이 무척 미끄럽다. 그 사이를 나다닐 일이 염려되어 쓸어보려 작정한 터이다. 판은 이미 크게 벌어졌으나 경사가 가파르고 길은 멀어 도저히 엄두가 나지 않는다. 기왕지사 시작한 일 말끔히 완수하리라 다짐해 보나, 한편으로는 과연 내 힘으로 끝낼 수 있을지 걱정이 몰려온다. 『금강경』 구절 "응무소주 이생기심(応無所住 以生其心, 다가오면 응하고 지나가면 머무르지 않는다.)"를 되뇌며 마음을 되잡고 빗질하는데 떡하니 구세주가 나타난다. 도반 중에 한 분이 비를 들고 오더니 나머지 중간부터 쓸어 나가신다.

절에서의 도(徒)란 빗자루를 함께 드는 분인가 보다.

이제는 길이 전혀 미끄럽지 않다. 내가 봐도 썩 잘한 일이다. 작은 일이지만 남에게 이렇게나마 봉사한 적이 언제 또 있었나 싶다. 심신이 날아갈 듯 시원하다. 진정한 이타(利他)가 있을까? 선이고 봉사고, 결국은 나 자신을 위한 일이리라. 아무튼 계단 눈 치우기는 운동도 되었고 기분도 개운했으며, 무엇보다 이 울력으로 공양할 자격을 얻게 되어 기뻤다. '일하지 않으면 먹지도 말라'는 게 사찰의 규범이다.

참으로 위대하게도 절집 5일 동안 딱 한 끼만 빼고 전부 다 찾아 먹었다.

마음을 홀라당 비우러 갔다가 밥그릇만 홀러덩 비우고 왔나 보다.

이 세상에 공짜는
없다

"'부나하벤'이라는 싱글 몰트 위스키예요."

제주공항 면세점에 들어가면 스피릿 판매대 앞으로 발길이 저절로 옮겨진다. 그렇고 그런 위스키들이 줄지어 진열된 속에서 오늘은 눈에 익은 몇몇 녀석들이 보였다. 반가운 마음에 가까이 다가가자, 짙은 감색 유니폼이 잘 어울리는 여직원이 환한 미소로 나를 맞이했다. 오랜만에 관심을 보이는 손님이 왔는지, 그녀는 반색하며 위스키병을 들어 올리더니 곧바로 설명부터 했다.

"'다라 커(Darach Ur)'는 새 오크통이라는 뜻이에요. 스코틀랜드 켈트족 언어지요."

낯선 단어가 눈에 들어와 라벨을 유심히 들여다보자니, 친절하게도 어원까지 알려준다. 'New Oak'나 'Fresh Oak'라고 적으면 될 일을 굳이 읽기 어려운 게일어로 표기했다. 신비감으로 포장하려는 상술이리라. 요즘은 단순히 술을 파는 것만으로는 부족하고, 이야깃거리까지 곁들여야 하는 시대다. 이런 점에서 한국 주류 업계도 참고할 여지가 있다.

여직원은 말을 이어갔다.

"아일레이 섬 주민들은 생굴에 위스키를 뿌려 먹는답니다."

이심전심(以心伝心), 그 즉시 교감하며 20여 년 전으로 돌아갔다. 눈앞의 위스키, 부나하벤의 생산지인 스코틀랜드의 섬 아일라(Is-lay)가 펼쳐졌다. 섬 이름은 게일어식 발음으로 '아일라'가 맞다. 현지 안내 책자에서도 관광객들에게 'eye-la'로 불러 달라고 했다. 나를 그곳으로 이끈 무라카미 하루키의 책 『위스키의 성지』 한국어 번역본엔 아일레이라고 표기했다.

섬의 자그마한 항구 포트 엘런의 한 식당에서, 껍질을 머금은 싱싱한 굴에 몰트위스키를 더블로 주문해 흩뿌려 먹던 추억도 되살아났다. 해초 향이 알알이 밴 생굴과 갯내음 가득히 스며든 위스키의 궁합은 가히 환상적이었다. 자욱하게 밀려드는 밤안개 속, 아무도 알지 못하는 해변가 레스토랑에서 홀로 삭이던 외로움. 알싸한 슬픔이 가슴 깊은 곳에 잔잔히 스며드는, 그런 순간의 맛과 멋이 함께 스쳐 지나갔다.

"부나하벤 증류소만 유일하게 숙성할 때 버번위스키 통을 씁니다. 다른 데는 다 세리 통을 사용하지요."

어라? 아가씨, 그건 좀 아닌데요. 설사 사실이라 해도 전혀 자랑거리가 아니에요. 하지만 이제 그게 나와 무슨 상관인가? 예전 같앉으면 바로잡겠다고 잘난 척하며 장황하게 떠들어 댔을 것이다. 지금은 '아일라든 아일레이든 무슨 참견'이고, '버번 통이든 세리 통이든 또 무슨 간섭'이냐는 입장이다.

'아니, 여기 쥬라가 다 있네!' 면세점을 둘러보다 발견한 쥬라 위스키가 믿기지 않아 눈을 비비며 혼잣말로 중얼거렸다. 진열장 한 귀퉁이에 독특한 병 모양으로 떡하니 자리 잡고 있었다. 혹시 내가 런던 히스로 공항에 와있는 건 아닐까 싶어 주변을 둘러보았다. 괜한 걱정이었다. 여기는 천장이 낮고 좁은, 익숙한 분위기의 제주공항 면세점이었다.

쥬라(Jura)는 아일라섬과 스코틀랜드 본토 사이의, 인구 150명의 작은 섬이다. 아일라에서 불과 500m밖에 떨어져 있지 않다. 그렇더라도 바다로 가로막힌 별개의 섬이라 방문하려면 반드시 페리를 타야 한다. 글래스고에서 작은 프로펠러 비행기로 아일라에 도착한 뒤, 다시 배로 건너가야 하는 외딴섬이다.

당시 아일라 섬에는 증류소가 7개 있었지만, 쥬라 섬에는 쥬라 증류소가 유일했다. 섬 전체를 통틀어 펍과 식료품점이 하나씩 있었고, 이 두 군데가 주민들의 생활 중심지였다. 특별한 볼거리도 없고 관광객도 드물었다. 그나마 내세울 만한 이야깃거리는 소설 『1984』의 저자 조지 오웰이 이곳에 머물며 창작 활동을 했다는 정도였다.

"쥬라 증류소는 어쩌고… 저쩌고…."

직원이 본사에서 배운 내용을 앵무새처럼 읊어대도, 내 귀에는 전혀 들어오지 않았다. 대신, 그 섬으로 가는 페리에서 만난 찰리가 떠올랐다. 섬에 하나밖에 없는 식료품점 주인이었던 그는, 배에서 내리기도 전에 나를 자기 차에 태우겠다며 먼저 나섰다. 대중교통이라곤 하루 한 번 우체부가 운전하는 마이크로버스가 전부였으니 그의 제안을 마다할 이유가 없었다. 도중에 고인돌처럼 생긴 거석도 보여주고, 증류소 책임자에게 직접 소개까지 해주며 살갑게 대해주었던 찰리. 20년이 지난 지금도 그날의 따뜻함이 잊히지 않는다.

미카엘은 쥬라 양조장의 공장장이었다. 그도 나에게 아낌없는 호의를 베풀었고, 그때의 행복감은 지금도 선명하다. 한 번 맺은 정은 쉽게 식지 않는다더니, 그의 따뜻한 배려는 오래도록 마음에 남았다. 미카엘은 증류소를 구석구석 안내하며 온갖 시설을 보여주고, 모든 양조 과정을 하나하나 세심히 설명해 주었다. 틀에 박힌 대규모 증류소 견학이 아니라 오롯이 나만을 위한 일대일 투어였다. 쥬라 증류소에는 상업적 투어 프로그램이 따로 없었으니, 비용은 물론 무료였다. 원료인 보리 선별에서 최종 제품의 출하까지, 위스키 제조 전반에 걸쳐 그로부터 많은 것을 배웠다.

특히 증류 과정을 직접 보고, 듣고, 만지며 익힌 덕택에 백문이 불여일견이라는 말을 실감했다. 책으로 공부할 때와는 비교가 불가할 정도로 머리에 쏙쏙 들어왔다. 몇 년 후 런던 WSET 증류주 전문가 과정을 밟을 때, 그 경험 덕분에 이해력이 비약적으로 높아졌음을 깨달았다.

"우리 증류소는 몰트를 건조할 때 피트를 연료로 사용하지 않습니다. 이 섬의 냇물 자체가 피트 내음을 가득 담아 흐르는데, 거기에 피트 연기까지 더하면 너무 스모키해지거든요. 요즘 젊은 사람들은 그런 짙은 향을 그다지 좋아하지도 않아요."

미카엘이 들려준 말이다. 이제 시간이 지나 많은 걸 잊었으되, 캐러멜과 브로콜리 향을 품은 쥬라 위스키의 독특함에 대한 설명만큼은 여전히 또렷하다. 견학을 마치고 나서, 양조장 바로 앞의 펍에서 함께 점심을 먹으며 이야기를 더 나눴다. 찰리와 미카엘의 친절함은 사람이 그리운 쥬라 섬이라서만은 아니었을 것이다. 그들의 따뜻한 환대는, 그 공간과 그 순간을 특별한 추억으로 남게 했다.

"이 위스키가 피트 향도 강하지 않고 감미로워서 너희들 입맛에 딱 맞을 거야! 고급 싱글 몰트인데 가격도 괜찮네. 하나씩 사 가는 게 어때? 면세점에서 파는 증류주는 대부분 1L 병이라, 일반 상점의 750ml짜리보다 양도 많아. 같은 값이면 공항에서 사는 게 훨씬 이득이지."

어떤 걸 추천할지 기다리던 친구들은 내 말에 모두 한 병씩 구입했다. 물론 나도 한 병 샀다. 그렇게 제주공항 면세점에 진열된 쥬라 위스키가 금세 동났다.

20년 전 공짜로 즐겼던 위스키 투어 값을 그제야 치른 셈이다. 미카엘이 알기나 할까마는.

내가 다녀온 쥬라 증류소(2003년)

이제 쥬라 증류소는 더 이상 외딴곳이 아니다. 연간 1만 명이 넘는 방문자가 찾는 명소로 변했다. 2011년부터는 단체 견학을 위한 디스틸러리 투어도 운영되고 있다고 한다. 내가 누렸던 그런 호사는 이제 더 이상 기대할 수 없게 되었다.

짝 잃은 양말

"박사님, 풍치는 치료가 안 되나요?"

학위를 받은 지 30년이 넘었기에, 이제는 논문 제목조차 아리송하다. 그래서 그런 호칭으로 불러주는 환자들에게 미안한 마음이 든다. '박사'라는 타이틀에 조금이라도 더 신뢰를 느낀다고 해서 치주염이 더 잘 낫지도 않는다. 치아 주위 조직은 저절로 약해지거나 사라지는 법이 없으며, 반드시 그에 합당한 원인이 있기 마련이다.

"네, 고혈압이나 당뇨병처럼 만성 질환이기 때문입니다. 이미 병이 많이 진행된 상태라 이제부터의 치료 목적은 정상으로 되돌리는 것이 아니라, '최대한 지연시키는 것'입니다."

매정하게 들려도, 환자에게 만성 치주염이라는 질병에 걸렸다는 현실을 먼저 받아들이게 해야 한다. 스스로 경각심을 가지고 생활 습관을 개선해야 치료의 후속 효과도 기대할 수 있다.

"원상태를 되찾기가 불가능하다면 그럼, 어떻게 해야 하나요?"

치주염 자체가 생명을 직접 위협하지는 않아도, 방치하면 전신 건강을 악화시키고 중증 질환의 발병 위험을 높일 수 있다. 따라서 적극적인 치료가 필수적이다. 치주염은 삶의 질을 크게 떨어뜨리는 병이므로, 올바른 섭생과 꾸준한 관리가 무엇보다 중요하다. 이미 쏘아버린 화살을 되돌리진 못하니 피하거나 맞더라도 비켜 맞는 쪽을 택하여야 한다.

'엄마 배 속에 들어가 다시 태어나지 않는 한, 완전한 회복은 불가능한 일이지요.'

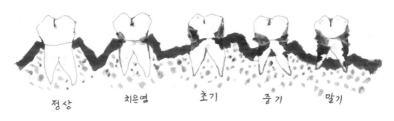

정상　치은염　초기　중기　말기

잇몸병의 진행 과정: 말기에서 정상으로 흘러가기는 확률상 0에 가깝다.

"형님, 아파트 같은 레인 18층 최 원장 집에 놀러 왔어요. 한잔하러 오세요. 와인 좋은 게 있는데 평가 좀 해주세요."

지난 일요일 밤, 네 시간짜리 산행을 마치고 돌아온 터라 피곤함이 몰려왔어도, 모처럼의 초대였기에 한참을 뒹굴다 마지못해 발을 질질 끌며 여섯 층을 걸어 올라갔다.

안에 들어서니 판이 크게 벌어져 사람이 술을 마시는 경지를 이미 넘어섰다. 세 사람 얼굴이 홍당무처럼 달아올라, 술이 술을 마시는 지경까지 이른 듯했다. 커다란 사각 식탁 위엔 코르크 마개가 너덧 개 나뒹굴고, 아직 개봉 전인 병들도 줄 맞춰 대기 중이었다.

이 흐름이라면, 곧 술이 사람을 홀짝일 처지로 전락하고 말 것 같았다.

"오래전에 선물로 들어온 건데 맛이 어때요? 비싼 건지 싸구려인지 모르겠어요."

테이블 위 와인을 살펴보니 품종은 피노누아, 빈티지는 1996이다. 옹색한 다리를 가진, 금박 둘린 물컵에 와인을 한가득 따라준다. 별것 아녀 보여도 잔은 은근히 중요하다. 무색투명한 얇은 유리에 다리가 긴 전용 잔에 담겨야 와인의 진가가 드러난다.

시음을 해본다. 향은 차치하고 색부터 맑지 않다. 가장자리는 이미 회색빛을 띠고, 중심부는 황갈색으로 탁해졌다. 와인은 전성기를 훌쩍 지나, 섣달 길가에 굴러다니는 낙엽처럼 생명을 다하고 말았다. 코를 들이대니 피노누아 특유의 우아한 과일 향은 이미 자취를 감추고, 오래된 나무통 냄새와 밋밋한 내음만 남았다. 섬세했을 법한 탄닌은 벌써 힘을 잃었고, 산미는 조화를 잃고 구겨졌다. 여운은 짧아 그나마 남은 향도 입안에서 금세 사라졌고, 대신 아쉬움만이 길게 허공을 맴돌았다.

'발효 통에 들어가 새로 빚어지지 않는 한, 온전한 회귀는 불가능한 일이죠.'

'계(System)의 엔트로피(Entropy)는 증가한다'는 열역학 제2 법칙을 의미한다. 법칙이라 함은 언제나 예외 없이 성립하기 때문이다. 고립계에서 입자들의 '섞임'은 저절로 일어나기에, 항상 무질서도

가 증가하는 방향으로 진행된다. 반대로 정리와 정돈이 필요한 '분리'는 확률적으로 가망이 없다.

예를 들어, 작은 병에 맑은 물을 담고 잉크 몇 방울을 떨어뜨린다고 가정해 보자. 잉크는 스스로 물속으로 스며들어 퍼지지만, 다시 물과 잉크가 완전히 분리되어 잉크만 따로 모이기는 불가능에 가깝다. 과학기술정보통신부 블로그의 엔트로피 항목에 따르면, 입자 개수가 20개일 경우에도 원래 상태로 분리될 확률은 0.0005%에 불과하다. 탄소 12g 질량에 해당하는 아보가드로수의 원소들이 정확히 원위치로 돌아갈 확률은, 온 인류가 100만 년을 넘겨 계산해도 헤아릴 수 없을 만큼 미미하다.

그러니 손상된 잇몸이나 변질된 와인이 분홍빛 건강한 잇몸이나 자줏빛 신선한 와인으로 되돌아갈 가능성은 사실상 제로다. 안타깝게도 시간의 흐름 속에서 전과 후는 분명하며, 엔트로피 증가의 법칙을 거스를 방도도 없다.

두한족열(頭寒足熱)을 신봉하는 나는 으레 덧양말을 신고 잔다.

'내 양말 한쪽은 또 어디로 간 거야?' 오늘 저녁엔 수면양말을 찾다 옷장 구석에 처박힌 외짝을 여럿 발견한다. 발이라도 달렸는지, 양말 한 짝은 언제나 으슥한 곳으로 홀로 잘 스며드니, 찾아내려면 술래잡기라도 해야 할 판이다.

공장에서 양말을 똑같이 만들면 돌려 신기 좋겠지만, 그런 일은 좀처럼 일어나지 않는다. 장삿속이 그걸 허락하지 않기 때문이다.

크기를 달리하거나 무늬를 바꿔놓고, 결국 남은 한 짝은 꼭 버리게 만든다. 두 짝이 손잡고 함께 도망이라도 간다면 티도 안 날 텐데, 이상하게 그런 일도 드물다. 영국 내 조사에 따르면, 최소한 양말 한 짝이 매달 사라지고, 한 사람당 평생 약 1,264개를 잃는다고 한다. 매년 약 8,400만 개의 양말이 달아나며, 3조 원의 경제적 손실로 이어진단다.

왜 자꾸 양말은 한 짝씩 사라지는 걸까? 운동장의 유치원생 대열이 흩어지듯, 양말도 무질서한 방향으로 엔트로피 증가 법칙을 따르는 걸까. 혹은 세탁기에 들어가 곤욕을 치를까 두려워 뺑소니로 달아나는 걸까? 그도 저도 아니면 양말이 발 꼬랑내를 지독히 싫어해 나를 피하는 건 아닐까? 결국 이런저런 생각에 빠지다 양말 찾기를 포기하고, 짝짝이를 신은 채, 침대로 기어들며 때늦은 후회를 해본다.

'냄새 안 나게 발가락이나 잘 닦을걸…'

이 와인이 끌리네요!

혹시 '샤또 삐숑 롱그빌-꽁떼스 드 라랑드'라고 아시나요? 보르도의 뽀이약 마을 와인인데 'Chateau Pichon Longueville Comtesse de Lalande'라 적습니다. 참 복잡하지요? 아무리 맛이 뛰어나다고 해도, 이렇게 긴 이름은 기억하기가 쉽지 않겠어요. 특히 지명이나 인명이 포함된 와인 이름은 외지인들에게 더욱 어렵게 느껴집니다. 반면 샤또 뻬뜨뤼스나 샤또 딸보는 훨씬 간단해 외우기도 쉽지요. 게다가 프랑스어에서는 p, t, c 뒤에 모음이 오면 격음화되어 '뻬뜨뤼스', '딸보'처럼 발음되니 신나더라고요. 짧고 간단한 이름도 훨씬 친근하게 다가옵니다. 샤또 피작(Chateau Figeac), 샤또 끌리네 (Chateau Clinet), 샤또 몽로즈(Chateau Montrose)도 마찬가지지요.

'벤데미야'는요? 어디선가 들어본 듯 익숙한 듯하나, 선뜻 다가오진 않으시지요.

이탈리아어라 Vendemmia라 쓰고, 영어로는 빈티지라 합니다. 이는 '어떤 것이 생산되거나 창조된 지 시간이 흘렀음'을 뜻하며, 그로 인해 '성숙함, 고전미, 세련됨' 같은 이미지를 떠올리게 합니다. 와인 업계에서는 주로 '포도를 수확한 해'를 가리키며, 때로는 '날씨가 좋아 포도가 탁월하게 영근 해에 생산된 고품질 와인'을 뜻하기도 하지요. 이 단어는 맥락에 따라 의미가 달라질 수 있으니 명확히 기억해 두시면 좋겠습니다.

왜 갑자기 빈티지 타령이냐고요? 다 이유가 있답니다. 작년 마눌님 생일에 지인들과 식사를 했었지요. 그런데 한 분이 축하주로 1962년산 와인을 들고 오셨습니다. '묵은 콩에 싹이 난다'더니, 사람도 와인도 회갑을 맞은 참으로 진귀한 자리였지요.

무엇보다도 와인 맛이 궁금하시죠? 잔을 들자마자 베리, 감초, 건포도 향이 가득 퍼지며 품격 있는 존재감을 드러냈습니다. 탁월하게 자란 포도알로 빚은 게 틀림없었지요. 탄닌과 산도는 세월의 흐름 속에서 완벽히 부드러워졌고, 다양한 과일 풍미와 균형을 이루며 고상한 벽돌색 빛을 뿜어냈습니다.

그 자리에는 세련된 자태의 귀부인과 우아한 기품의 와인이 함께하고 있었지요. 환갑을 맞은 여인과 와인이 매무새를 뽐내며 조화를 이루는 모습을 보니, 사람도 술도 이제는 진정 백세 시대라는 생각이 들더이다.

물론 요즘은 와인 생산 기술이 발전하면서 빈티지 간 격차가 많이 줄었다고들 하지요. 보르도처럼 날씨 변덕이 심한 지역에서는 여전히 빈티지의 품질 차이가 뚜렷합니다. 전설적인 1945년산은 말할 것도 없고, 1962년과 1982년 빈티지는 지금도 높은 가치를 자랑합니다.

21세기에 들어서도 2005년과 2009년 와인이 주목받았으며, 최근에는 2015년 빈티지도 뛰어난 평가를 받고 있습니다.

우째 이런 말씀을 장황하게 드리냐면, 내가 2019년 프랑스 보르도 그랑크뤼 협회가 주관한 '엉 프리머(En Primeur)'에 극비리로 다녀왔기 때문입니다. 그해 4월 1일부터 4일까지 열린 엉 프리머 주간, 첫째 날과 셋째 날의 스탠드 업 시음회에 초대받았더랬지요. 엉 프리머란 영어로 '와인 퓨처(wine futures)'라 불리며, 발효 직후 오크 배럴 속에서 막 숙성이 시작된 와인을 미리 맛보고 평가하며 구매하는 일입니다. 일종의 선물(先物) 거래라 할 수 있지요. 제대로 고르면 귀한 와인을 저렴한 가격에 대량으로 사들여 큰 차익을 남기는 선물(膳物)이 되나, 잘 못 고르면 '쓴물'을 들이켜기 십상이니 신중해야 합니다.

시음회는 샤또 마고를 저만치 내려다보는 릴레 드 마고(Relais de Margaux)의 빈세트 홀에서 열렸습니다. 화려하기보다는 세련미가 돋보이는 호텔이지요. 4년 전 청주 와인 스피릿 멤버들과 프랑스 와이너리 투어 중 사흘간 머물며 평생 잊지 못할 파티를 즐겼던 추억이 깃든 장소라, 나에게는 익숙하기 그지없었습니다.

엉 프리머에는 그랑크뤼 협회 회원(Union des Grands Crus members)만 입장이 가능합니다. 로버트 파커나 잰시스 로빈슨 같은 대가들은 3월 하순에 별도로 조용히 테이스팅할 특별한 기회를 얻지요. 그들과 비교할 바는 아니더라도, 나 역시 전 세계에서 선별된 수십 명의 전문가와 함께 최고급 그랑크뤼 와인과 숨겨진 보물들을 미리 만나는 귀한 경험을 했습니다. 그야말로 일생일대의 행운, 가히 천재일우(千載一遇)의 기회였습니다.

그런 중요한 행사에 어떻게 초대받았냐고요? 물론 다 사연이 있지요. 혹시 2014년, 서울 인터컨티넨탈 호텔 그랜드 볼룸에서 열린 '보르도 와인 페어 살롱 두 뱅'에 오셨던가요? 국내의 내로라하는 전문가들이 모여 보르도 와인의 품질을 미리 평가하고, 수입할 와인을 선별하던 자리였습니다. 어린 와인을 일찌감치 선택해 두면 보르도 현지에서 숙성을 마친 뒤 보내주는 방식이었지요.

그때의 인연이 엉 프리머 초청으로 이어질 줄은 당시에는 정말 상상도 못 했습니다. 나는 그 자리에서 '샤또 뽀세떼(Chateau Fausse-té)'를 추천했었는데, 이 와인이 나중에 초대박을 터뜨렸습니다. 생떼밀리옹 남서쪽 구릉에서 생산된, 진흙 속에 묻힌 보석이나 다름없었지요. 구석에 처박혀 아무도 거들떠보지 않던 초라한 와인이었어도, 내 눈에는 가능성이 후광처럼 비쳐 보였습니다. '아직 숙성 중임에도 지나치게 원숙한 애 늙은이는 배제한다.', '앞으로 2~3년의 긴 동면을 견딜 수 있는 농밀하고 두터운 신체를 갖추어야 한다.'라는 나의 소박한 기준에도 완벽히 부합했었습니다.

내가 손을 내민 이후, 샤또 뽀세떼 2013은 샤또 뻬뜨뤼스만큼, 아니 어쩌면 그보다 훨씬 더 귀한 대접을 받으며 현재는 국내를 넘어 세계적으로 유명세를 떨치고 있답니다. 그 보답으로, 뽀세떼 양조장에서 항공권과 체재비를 전액 부담하며 나를 이번에 보르도로 초대한 것입니다.

그날 보르도의 약 7,000여 와이너리 중 단 116개소에서 선별된 237종의 와인만 시음의 영예를 누렸습니다. 모두 2018년 가을에 수확한 포도로 만들어진 '18 빈티지였지요. 전년도에는 서리 피해로 어려움을 겪었으나, 2018년은 기후 조건이 유난히 훌륭했습니다. 7월 초까지 적당히 비가 내려 포도 생장이 안정되었고, 이후 수확기까지 따뜻하고 건조한 날씨가 이어지며 포도알은 이상적인 성숙 조건을 맞았습니다. 산도는 적절히 유지되었고, 당분은 알맞게 축적되었으며, 밤낮의 큰 온도 차 덕분에 산뜻하면서도 복합적인 향이 포도알에 깊게 스며들었지요. 현지에서는 18년산이 뛰어난 해로 기록되리라는 기대감이 넘쳐났습니다. 자연스레, 우리 시음자들의 가슴에도 자부심과 설렘이 가득 찼습니다.

시음회장에 들어서자마자 전문가들의 표정에는 진지함과 긴장감이 묻어났습니다. 잔을 든 이들의 눈빛은 예리하게 빛났고, 색을 살피고 향을 맡을 때마다 신중함과 호기심이 교차했습니다. 일부는 고개를 갸웃거리며 의문을 품었고, 또 다른 이들은 잔잔히 끄덕이며 점수를 매겼습니다. 그들 사이에서 나 역시 집중력을 잃지 않았습니다. 잔을 돌려 색감과 점도를 살피고, 코끝에 스며드는 아로마를 천천히 음미했습니다. 복합적으로 퍼지는 부케에 집중하며, 숨어있는 뉘앙스를 놓치지 않으려 애썼습니다. 감미로운 첫맛부터 중후한 피니시까지, 와인의 흐름을 온전히 느끼려는 자세는 그 어느 때보다 신중했습니다.

그 와인들은 단순한 음료가 아니라 예술 작품처럼 다가왔습니다. 그 감동과 경이로움을 놓치지 않고, 제대로 평가해야 한다는 사명감이 한껏 솟아올랐습니다.

출품된 2백여 와인 중, 나에게는 49번 팻말을 단 '샤또 끌리네 2018(Château Clinet 2018)'이 단연 돋보였습니다. 지롱드 강 우측 연안 뽀므롤에 자리한 이 와이너리는 그 독특한 토양 덕분에 남다른 매력을 발산합니다. 일반적인 진흙이 아닌 산화철이 풍부한 토양에서 자란 포도는 와인에 복합적이고 깊은 아로마와 부케를 더해줍니다. 특히 송로버섯과 낙엽을 떠올리게 하는 오묘하고 섬세한 향이 은은히 퍼지며, 이 와인만의 독특한 개성을 자아냈습니다. 어린데도 동물적 뉘앙스와 식물적 요소가 단단한 구조 안에서 조화를 이루고 있었고, 부드러운 산미와 함께 검붉은 과일 향이 잘 짜인 탄닌과 어우러져 있었습니다.

이 모든 특징은 미래의 가능성을 강렬히 암시하고 있었습니다. "크게 될 나무는 떡잎부터 다르다"는 말처럼, 샤또 끌리네 2018은 이미 그 가치와 품격을 확실히 드러내고 있었지요. 시간이 흐르며 얼마나 더 깊고 풍부한 맛으로 성장할지, 벌써부터 그 여정이 기대되었습니다.

메를로의 비중이 90%에 달하면서도 보르도 좌안의 카베르네 소비뇽과 견주어 손색없는 두께를 지닌 이 와인은 탁월한 숙성력을 예고하고 있었습니다. 단순히 화려한 외모뿐만 아니라, 오랜 시간 다듬어진 품격과 절제된 카리스마가 배어있는 여인 같았습니다. 겉으로는 부드럽고 우아하지만, 속에는 단단한 신념과 견고한 구조를 품고 있었습니다. 잘 익어 순화된 탄닌은 세련된 태도를 닮았고, 달콤한 터치는 은은한 미소처럼 스며들었습니다. 풍부한 아로마는 향수처럼 오래도록 기억에 남았고, 길게 이어지는 여운은 쉽게 잊히지 않는 존재감을 남겼습니다.

이런 요소들이 어우러져, 한국 남성들의 입맛에 완벽히 부합하리라 판단했습니다.

몇 년 후 동면에서 깨어난 끌리네 '18이 우리나라에 모습을 드러낸다면, 대한민국 술꾼들로부터 폭발적인 호응을 받을 것이라 확신했습니다. 그때가 되면 가격은 천정부지로 솟아올라, 이 와인을 구하기보다 하늘의 별을 따는 게 더 쉬울지도 모릅니다. 시음 당시에는 리터당 €15 정도로 저렴하였으나 정식 출시 후엔 병당 최소 €1,500을 가뿐히 넘기리라 장담했습니다. 정작 웬만한 와인 가게에서는 가격이 문제가 아니라, 구경이란 말 자체가 무색해질 겁니다.

아마 이 글을 읽는 즈음엔 이미 모두 임자를 찾아 떠나, 어지간한 곳에서는 만나기 어려울 겁니다. 그래도 운이 좋다면 음악회나 도서관 같은 뜻밖의 장소에서, 혹은 정말 기가 막히게 운이 따르는 날엔 우연히 길거리에서 마주칠지도 모르죠.

끌리네 18년(라벨과 Freepik에서
빌려 온 몸체를 합성)

그러니 인생 선배로서 주당 여러분, 특히 젊은 남성분께 간곡히 조언해 드립니다.

어디서든 '끌리네 18년'을 마주치면 망설이지 말고 당장 그녀에게 데이트를 신청하세요.

애먼 놈이 먼저 채가기 전에!

아니면
기적이런가!

　　모로코 일주 중 라바트에서 카사블랑카로 가는 고속
철을 타기 전, 자투리 시간에 구둣주걱을 사야 했다. 고장 난 운동
화 다이얼 부속 탓에 며칠 동안 신발을 신거나 벗는 일이 고역이었
고, 걷다가 잠시 쉬는 것조차 부담스러울 정도로 답답했다.
　라바트 중심가의 신발 가게와 구두점을 샅샅이 뒤졌으되, 구둣
주걱 파는 데를 찾지 못했다. 손짓과 발짓으로 '어디서 살 수 있냐'
고 묻자 '재래시장'에 가보란다. 초행에 길을 찾는 일은 여전히 어
려웠다. 방향만 대략 잡고, 휴대폰에 저장한 이미지를 보여주며 길
거리 노점상들에게 하나하나씩 물었다. 다행히 이번 여행 중 익힌
'니싼·리멘·리쌰르'라는 좌·우·직진을 뜻하는 현지어가 큰 도움
이 되었다.
　마지막 '리쌰르'를 따라가니 뜻밖에도 철물점이었다. 주인에게 사

진을 보여주자, 쇠로 만든 구두칼을 내어주었다. 철물점에서 파는 이유를 그제야 이해했다. 시간이 촉박해 황급히 백 팩에 집어넣고 도움을 준 사람들에게 짧게 감사를 표하며 기차역으로 향했다.

알아서 긴 신발과 기적의 쇠 구두칼

신발을 신고 벗는 고통에서 벗어난다는 생각만으로도 발걸음이 한결 가벼워졌다. 구시가지의 TGV 역은 우아한 아랍식 석조 건물로, 마치 사원을 연상케 했다. 내부는 혼잡했고, 출발 플랫폼을 찾으려 몇 번이나 물어봐야 했다. 도착하니 그래도 5분 남짓 여유가 있어 벤치에 앉아 한숨을 돌렸다.

'배부르면 종 치는 줄 모른다'고, 발이 편안해지니 그토록 애타게 돌아다닌 일조차 까맣게 잊었다. 문득 구두칼이 떠올라 흐뭇한 마음으로 무릎 위에 올려놨던 배낭을 열려던 순간, 신발이 눈에 들어왔다. 놀랍게도 신발 끈이 풀려있었다! 조심조심 다이얼을 돌려보니 완벽히 작동했고, 다시 조이고 풀어봐도 아무런 문제가 없었다. 기차에 올라서도 하도 신기해서 몇 번이고 만져보았다. 불가사의한 일이었다.

해결사인 구두칼이 등장하자 다이얼이 몽니를 멈추고 알아서 기었나 보다.

삼베는 신라 마의태자의 이야기에서 유래해 슬픔과 애도의 상징으로 자리 잡았다. 나라를 잃은 비통함에 금강산으로 은둔한 마의태자는 삼베옷을 입고 지냈고, 이후 삼베는 망자를 추모하고 안식을 기원하는 한국 장례 문화에서 중요한 요소가 되었다. 또한 곰팡이를 억제하고 시신을 건조하게 유지하는 뛰어난 보존력을 지닌 삼베는 환경친화적인 소재로도 주목받고 있다.

윤달은 동티를 피하고 부정을 타지 않는 시기로, 삼베 수의를 마련하기에 적절한 때이다. "송장을 거꾸로 세워도 무탈하다"는 속담처럼, 윤달은 모든 일이 순조롭게 흘러가는 특별한 기간으로 전해진다. 이에 따라 이 시기에 삼베 수의를 준비하면 부모는 장수하고 자손은 번창한다는 믿음이 이어져 왔다.

선친께서도 윤달을 맞아 삼베 수의를 손수 마련해 장롱 위에 올려두셨다. 아버지는 "귀신이 보고 죽음을 두려워하지 않는 철저한 대비라 여기고 물러갈 것"이라며 웃으셨다. 처음에는 방 안에 그런 물건이 있다는 사실이 낯설고 어색했으나 시간이 지나며 자연스럽게 받아들이게 되었다.

그러던 어느 날, 선친이 74세가 되던 해에 아내가 시골 어머니로부터 전화를 받고 놀란 목소리로 전했다. '부친 사망' 소식이었다. 아버지의 형님 세 분 모두 74세에 세상을 떠난 탓에 그해 우리는 경계를 늦출 수 없었다. 당시에는 휴대전화도 원활하지 않던 시절이라 집으로 전화를 다시 걸어도 받는 사람이 없어, 온 가족이 급히 차를 몰고 시골로 내려갔다. 도착했을 때 집은 조용했고, 긴장은 더욱 고조되었다. 사태를 지켜보던 중 마침내 부모님께서 평온한 얼굴로 귀가하셨다. 그제야 아내는 "당황해서 몰랐는데, 어머님 목소리가 어딘가 이상했다."라고 말했다. 알고 보니 잘못 걸려 온 전화였다. 우리는 아연실색한 끝에 겨우 가슴을 쓸어내렸다.

삼베 수의 덕분이었을까, 아버지께서는 돌아가시기 전날까지도 운전대를 잡으실 만큼 정정하셨으니, 우리 자식들은 그저 곁에 있기만 해도 효자 소리를 들었다. 사실, 평균 수명을 감안하면 구순을 넘긴 아버지보다 더 오래 사신 윗대 어른은 아무도 안 계실 듯하다.

선친의 말씀대로, 저승사자가 찾아왔다가 그 철저한 대비에 기가 눌려 발길을 돌렸음이 분명하다.

강지헌(James) 선교사는 나에게 부담감과 자부심을 동시에 안겨주는 대학 후배다. 그의 첫 해외여행을 내가 이끌었던 터라, 혹시라도 역마살을 부추긴 건 아닐까 하는 생각이 들기 때문이다.

첫 여행부터 그는 낯선 환경을 적극적으로 받아들이며 금세 적응했다. 그런가 하더니 잘되던 병원을 접고, 신심 깊은 부인과 함께 우크라이나와 몽골을 거쳐 지금은 아프리카 말라위에서 선교 활동을 이어가고 있다. 현재 수도 릴롱궤에서 치과를 운영하며, 직업적 양심과 의술로 지역 사회에 공헌하는 한편, 선교사로서 영적인 열정과 헌신으로 많은 이들에게 귀감이 되고 있다.

그런 그가 집 천장에 못을 박아야 할 일이 생겼다. 열대 지방이라 천장이 꽤 높아 사다리를 타고 올라간 그는 바지 아랫주머니에 못을 한 움큼 넣고 작업을 시작했다. 사다리 위에서 뒤적이며 못을 꺼내는 일이 번거로웠던 그는 두 개를 꺼내 하나는 입에 물고, 다른 하나는 손에 쥔 채 작업을 이어갔다.

그러던 중, 갑작스레 침을 삼키다가 반사적으로 입에 물고 있던 못을 삼켜 버렸다. 뱉으려 해도 나오지 않았고, 점점 더 깊이 들어가 난감한 상황이 되었다. 결국 현지 병원에서 엑스레이를 찍었고, 못이 기관지 쪽으로 들어간 것이 확인되었다. 문제는 열악한 의료 환경이었다. 수술은 고사하고, 기본적인 처치조차 기대하기 어려운 여건이었다. 그나마 가능한 대책도 임시방편에 불과했다.

당장 한국으로 갈 수도 없었기에 지인들과 연락해 병원을 예약하고 기다려야만 했다. 설상가상으로 당시에는 코비드 19로 인해 이동마저 큰 제약을 받던 시기였다. 불행 중 다행으로 기침은 잦아들었고, 상태도 비교적 안정적이었다. 그래도 못이 폐로 움직이기 전, 수술을 받아야 한다는 긴박함은 여전했다. 누구라도 감당하기 어려운 상황임에도, 신앙심이 깊었던 그는 담담히 받아들였다.

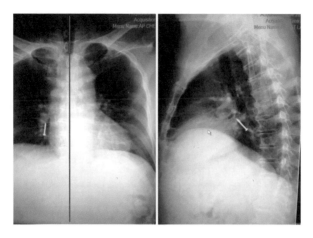

강 원장의 엑스레이 사진. 보기만 해도 안쓰럽다.

그렇게 거의 한 달간의 고통을 감내한 끝에, 마침내 그는 한국행 비행기에 몸을 실었다. 두 번의 환승을 거쳐 무려 28시간 만에 인천공항에 도착했다. 몹시 피곤했지만, 기대와 안도감에 벅차 입국 심사를 기다리던 중이었다. 그때, 입국심사대에 적힌 '대한민국'이라는 글자가 눈에 들어오는 찰나, 갑작스러운 큰기침이 터졌다. 반사적으로 손을 입가로 가져가니, 한 달 내내 그를 괴롭히던 바로 그 못이 오른손바닥 위에 놓여있었다. 순간 어안이 벙벙했을 그는, 이 모든 일이 하느님의 사랑과 은혜 덕분이라고 여겼을 것이다. 자신이 신의 계획 안에 있다고 굳게 믿었을 것이다. 한편, 나는 그 못에 대해 엉뚱한 상상을 떨칠 수 없었다.

말라위를 우습게 보고 끝까지 버티다가, 'Korea'에 지레 겁먹고 줄행랑치던 건 아닐까 하는.

나의 사부님,
에티엥(Etienne)

"시뭔은 어떤 스타일의 위스키를 좋아하나?"

스위스 제네바 교외, 자기 집 서재에서 에티엥이 불쑥 내게 물었다.

"엥? 스타일이라고? 그게 뭔 소리여? 위스키가 무슨….."

서재 귀퉁이 간이 바에 진열된 형형색색의 위스키병을 바라보며, 나는 '거기가 거기', '도토리 키재기'라는 생각으로 심드렁하게 대꾸했다.

"그래! 말로 설명하는 것보다 한 잔 마셔보는 게 나을 거야."

에티엥은 테이블 위 여러 위스키 중에서 포트 와인 모양의 녹색병을 집어 들고, 엷은 황금빛 액체를 더블 샷 잔에 가득 따르더니 내게 건넸다.

"윽!"

병마개를 여는 순간, 자극적인 크레졸 냄새가 방 안 가득 퍼졌다.

사약이라도 받는 심정으로 냄새를 맡아보니, 코를 후비는 강렬한 스모키 향이 뇌리를 파고들었다. 그는 모든 걸 알고 있다는 듯 태연하게 미소 지으며 말했다.

"걱정하지 말고 얼른 들이켜. 처음엔 익숙하지 않을 수도 있지. 여기 머무는 동안 매일 한 잔씩 하면 한국에 돌아가서도 이걸 찾게 될 거야."

특유의 몸짓으로 어깨를 들썩이며 재촉하는 모습에서, 그 자신의 첫 경험이 떠오르는 듯했다.

"그 독특한 맛과 향에 빠지면 헤어나기 힘들걸."이라던 그의 예언대로, 이후 아드벡 TEN은 내 술 저장고를 지키는 최애주가 되었다.

"코크 스크루(corkscrew)는 프랑스어로 띠어부숑(tire-bouchon)이라 하지. Tire는 '잡아 빼다', bouchon은 '마개'를 의미해. 이건 내 친구가 마스터 소믈리에가 된 기념으로 한정 제작해 지인들에게 돌린 건데, 너에게 줄게."

에티엥의 부엌에서 처음으로 색다른 띠어부숑과 마주했다. 그 작

에티엥에게 선물 받은 코크 스크루,
Waiter's Friend Style이다.

은 도구 하나가 이후 내 관심을 사로잡을 줄은 몰랐다.

공교롭게도 다음 날은 제네바에서 열리는 대규모 앤티크 마켓

날이었다. 아침 일찍 에티엥의 집을 나서자, 광장과 거리를 가득 메운 노점들이 시야를 압도했다. 햇살에 반짝이는 골동품들, 흥정하는 상인들, 거리 곳곳에서 울려 퍼지는 바이올린 선율, 그리고 공기 중에 퍼지는 향신료와 구운 빵 냄새가 이국적인 분위기를 더했다. 낡은 손목시계, 빛바랜 지도, 고서적, 도자기, 포스터까지. 과거의 시간이 스며든 풍경 속에서 유독 내 시선을 사로잡은 것은 코크 스크루였다.

전날 선물 받은 웨이터스 프렌드 스타일의 현대식 제품과 달리, 이곳에는 오래된 것만 가득했다. 단순한 T자형부터 사물 형상을 본뜬 것, 기어와 래칫을 활용한 정교한 메커니즘까지, 다양한 형태가 펼쳐져 있었다. 단순한 도구가 아니라, 장인의 손길이 깃든 작은 예술품이었다.

그 이후 여행을 떠날 때면 자연스럽게 앤티크 마켓을 찾았고, 어느덧 코크 스크루 수집가가 되어있었다. 장식성과 기능성을 함께 갖춘 수집품으로서 가치를 높이 사 관련 서적을 번역해 공유했고, 전 세계 수집가 협회 회원으로 활동했다. 수집가들은 주로 유럽과 북미에 집중되어 있고, 아시아에서는 필리핀, 태국, 일본에 소수만 있다. 한국에서는 주류 박물관에서 부차적으로 모으긴 해도, 전문적으로 수집하는 사람은 나뿐이다.

"아니, 저 높다란 검회색 절벽 바위랑 그 갈라진 틈에서 자라는 작은 소나무! 저런 풍경이 실제로 존재한다고? 중국 추상화에서나 나올 법한 장면인데…"

에티엥의 딸과 내 딸은 절친으로, 그의 가족과 속리산 중턱 상환암 절에서 묵은 다음 날 아침이었다. 나와 함께 일찍 산책을 나선 에티엥은 안개 속에서 신비롭게 모습을 드러낸 거대한 암벽을 바라보며 감탄을 금치 못했다. 전날 저녁, 세심정을 지날 때쯤 이미 어둠이 내려앉아 제대로 보지도 못한 채 올라왔던 터라, 새벽에 드러난 풍경은 그야말로 신비 그 자체였나 보다.

"절의 이름을 따온 암봉, 상환암이라고 해. 당연히 천연 그대로지. 한국에서는 도처에서 볼 수 있는 풍광이야."

세계 최고의 경관을 자랑하는 산악 국가 스위스 출신이 이렇게 감격하는 모습을 보니, 그를 이곳에 데려오길 참 잘했다는 생각이 들었다. 또한 속리산의 자연이 새삼 자랑스러웠다.

"야! 저 개울 좀 봐. 예술이 따로 없네. 어떻게 저렇게 흐드러지게 주변과 어우러질 수 있지? 와! 구름 사이에 걸쳐 있는 능선도 정말 아름다운 곡선이야."

좀 전에 들렀던 재래식 화장실의 역한 냄새에 억

속리산 국립공원 내 상환암

지로 숨을 참아야 했던 에티엥은, 이제 한국산의 청정함에 한껏 취해 가슴을 활짝 열고 깨끗한 공기를 맘껏 들이켰다. 안개가 걷히며 서서히 모습을 드러내는 속리산의 속살에 흠뻑 빠져든 그는 아침 식사도 미룬 채 연신 놀라움을 터뜨렸다.

"정말 깨끗하네. 산중에 다른 시설물들은 없나?"

그가 주위를 둘러보며 물었다.

"한국에서는 불편하더라도 인공물을 절대 들이지 않지. 하다못해 어제 사내리에서 세심정까지 걸어올 때도 차 한 대 못 봤잖아."

나는 내심 뿌듯해하며 대답했다.

"스위스에선 산꼭대기까지 케이블카가 올라가고, 정상엔 레스토랑이나 상점까지 들어서 있지. 자연은 뒷전이고, 마치 놀이공원에 간 것 같단 말이야."

에티엥은 쓴웃음을 지으며 부러운 눈빛으로 나를 바라보았다.

"우리나라는 자연을 온전히 지켜야 한다는 철학을 실천하고 있거든."

나는 어깨를 펴며 한껏 고무된 기분으로 덧붙였다.

"그렇구나."

에티엥은 잠시 생각에 잠긴 듯, 조용히 산을 바라보며 고개를 끄덕였다.

그날 다음 일정은 문장대를 거쳐 법주사로 돌아오는 길이었다. 태양이 사정없이 내리쬐는 한여름의 속리산은 깊은 계곡의 청량함과 울창한 녹음이 어우러져 순수한 자체의 매력을 한껏 발산하고 있었다. 덕분에 우리는 힘든 줄 모르고 학소대와 천황봉을 지나 마침내 문장대에 다다랐다.

도착하자마자 환상은 무너졌다. 길가엔 쓰레기가 흩어져 걸음을 방해했고, 흉물스러운 안내판과 덕지덕지 덧댄 시멘트 구조물이 우리를 조롱하듯 버티고 서있었다. 정상 부근은 더욱 심각했다. 시장통 같은 혼잡 속에 지저분한 가건물이 줄지어 있었고, 막걸리 찌꺼기와 음식물 쓰레기에서 나는 퀴퀴한 악취는 숨조차 쉬기 어려울 지경이었다. 왁자지껄한 괴성과 정체불명의 음악 소리는 심산유곡의 고요를 완전히 삼켜버렸다.

에티엥은 군말 없이 산을 둘러보았다. 그러나 아침에 거창하게 늘어놓았던 말이 머릿속을 맴돌며 나의 얼굴은 뜨겁게 달아올랐다. 차라리 아무 말도 하지 않았다면 얼마나 좋았을까. 후회막급이었다. 어제와 달리 법주사로 내려가는 세조길에는, 등산객들과 뒤엉켜 내달리는 차량 행렬이 내 가슴에 끝내 마지막 비수를 꽂았다.

언젠가 충북대 평생교육원 수강생 스무 명과 함께 프랑스 와이너리 투어 중, 에티엥 부부가 제네바에서 차를 몰고 우리를 만나러 리옹까지 왔다. 오랜 역사와 전통이 깃든 문화와 와인의 중심지인 리옹은, 미식과 예술이 어우러진 도시로도 잘 알려져 있다.

저녁 만찬 자리에서 나의 와인과 위스키 멘토 에티엥을 일행들에게 이렇게 소개했다.

첫째, 에티엥은 한식당을 즐겨 찾는 흔치 않은 스위스인입니다.

둘째, 에티엥은 한글을 읽을 줄 아는 몇 안 되는 스위스인입니다.

셋째, 에티엥은 축구 대표팀 경기에서 한국팀을 응원하는 유일한 스위스인입니다.

맛이 산뜻하네요!

　'쥐라 와인은 샤도네이와 샤바냉으로 만들고 보디감이…'라며 차분히 설명하려던 찰나, 뜬금없이 고 원장의 목소리가 들려왔다.

　"맛이 산뜻하네요!"

　잔에 따르자마자 한 모금 들이켜고는 즉시 감상을 내뱉은 모양이었다. 나는 속으로 움찔했다.

　경남 김해의 가야미학에서 후배 고철수 원장 부부와 우리, 네 명이 저녁 식사를 함께한 자리였다. 늘 그렇듯 와인 주문은 내 몫이었다. 극구 사양했어도 결국 내게 돌아왔다. 일단 퓨전 한식과 채소 위주의 가벼운 음식에 맞춰 큰 틀에서 화이트 와인을 선택했다. 내게 주권과 병권이 모두 있다손 치더라도 구성원의 기호를 살피는 건 필요하다.

"보디감이 낮은 산뜻한 와인과 복합적이고 무거운 보디 중 어느 쪽이 낫겠습니까?"

와인을 특별히 미리 정해놓지 않은 자리에서는 초대받은 여성에게 의견을 물으면 좋기에, 후배 부인에게 요청하였다.

"산뜻한 와인요."

보통은 미루거나 망설이는 경우가 많은데, 선호하는 스타일을 주저 없이 답하는 모습이 고마웠다.

'상큼한 와인이라….' 와인 리스트를 살펴보니 화이트 와인은 선택지가 많지 않았다. 가장 먼저 '샤블리'가 눈에 들어왔다. 샤블리는 부르고뉴 지방 북쪽의 마을 이름이자 와인 이름이기도 하다. 샤도네이 품종으로 만들며, 시트러스 향이 두드러지고 깔끔한 맛이 특징이다. 석회암 지대의 특성 덕에 해산물과 잘 어울리는 유명한 브랜드이다. 특히 양조 과정에서 나무통 대신 스테인리스 통을 사용해 미네랄 느낌과 부싯돌 내음, 청량감을 살려 소비자들의 기대를 충족시킨다.

〈 도멘 알랭 죠프화이져는 샤블리 중심가에서 약 7km 서쪽, 베인 마을에 자리한 와이너리다. 자동차로는 10분도 안 걸리지만, 2015년 여름 나는 사십 분 넘게 자전거를 타고 갔다. 주도로는 화물차가 많아 위험해 보여 작은 길을 택했는데, 대신 오르막이 이어져 힘겹게 페달을 밟았던 기억이 아직도 선연하다. 이 와이너리는 50헥타르 규모의 포도원에서 전형적인 샤블리 와인을 생산한다.

그러나 내가 그곳을 찾은 이유는 와인 시음이 아니라, 양조장에 부설된 코크 스크루 박물관 방문이었다. 규모로 보면, 차라리 와이너리가 박물관에 딸린 것처럼 보일 정도다. 박물관은 18세기부터 현대까지 세계 각지에서 제작된 코크 스크루 5,000여 점을 8개의 전시실에 나누어 진열하고 있다. 와인 액세서리까지 포함하면 소장품은 무려 1만여 점에 이른다. 참고로 이탈리아 바롤로의 뮤제오 까바따피보다 10배 많고, 청주에 있는 내 개인 컬렉션보

다양한 스타일의 코크 스크루

다도 5배나 많다. 수량은 차치하고, 질적으로도 타의 추종을 불허할 만큼 압도적이다. 〉

　후배 부인의 요구에 맞춰 샤블리로 점찍고 웨이터를 부르고 나니, 리스트 아래쪽의 '쥐라 와인'이 갑작스레 눈에 띄었다. 처음에는 보이지 않던 것이 비로소 나타난 것이었다. 아마도 '산뜻한'이라는 단어에만 집중한 채 위쪽만 훑다가 놓친 모양이었다.

　쥐라는 스위스 산악 지대와 맞닿은 프랑스의 작은 지역으로, 와인 생산량은 전체의 0.2%에 불과하다. '애호가들이 아끼는 숨은 명주'로 알려져 있으며, 내수 시장이 워낙 탄탄해 굳이 수출에 주력할 이유도, 여유도 없다. 따라서 우리나라에서는 좀처럼 접하기 어려운 와인이다. 그렇기에 이 식당에서 쥐라 와인을 발견한 순간,

다시 만나보라는 운명처럼 느껴졌다.

〈 2006년 가을, 에티엥 부부와 함께 프랑스 쥐라 지방으로 여행을 떠났다. 우리의 숙소는 주도 아르보아 읍사무소 앞에 자리한 장 폴 쥐네(Jean-Paul Jeunet) 호텔이었다. 이곳은 미쉐린 별 두 개를 받은 레스토랑을 함께 운영하였다. 당시 주방장이던 장 폴은 1999년 11월 신라호텔과 '프랑스 콩떼 요리 축제'에 초빙된 경력이 있어 한국과도 인연이 깊었다. 이 식당은 2021년 말, 시내를 떠나 조용한 데로 이전하며 이름을 메종 쥐네(Maison Jeunet)로 바꾸었다. 쥐라 지방의 대표적인 곰보버섯을 곁들인 닭요리, 가을철 토끼 요리는 이곳의 시그니처 메뉴였다. 우리는 이 별미를 만끽하기 위해 'The Horizon Point'라는 요리에 뱅 존(Vin Jaune)을 페어링해 주문했다.

정통 프랑스식 풀코스에서 메인 요리가 물러가고, 식탁 위엔 조용한 긴장이 감돈다. 그때, 바닥을 살짝 긁는 바퀴 소리와 함께 트롤리 드 프로마쥐(Trolley de Fromages)가 등장한다. 나무와 금속이 어우러진 정갈한 수레 위에는 수십 가지 치즈가 순서를 기다리듯 놓여 있다. 표면이 주름진 치즈, 칼집 하나 내지 않아도 향이 퍼지는 치즈, 이름조차 외기 힘든 지방의 전통 치즈들. 프랑스 전역이 이 좁은 수레 안에 담긴 셈이다. 웨이터는 익숙한 손놀림으로 뚜껑을 열고, 한치의 망설임 없이 설명을 시작한다.

"이건 브리 드 모, 여긴 블루 도베르뉴, 그리고 이쪽은 샤브랄에서 온 생 니콜라입니다." 익숙한 듯 낯선 치즈 이름들이 귀를 스치고, 강한 풍미가 순식간에 테이블을 점령한다. 선택은 손님의 몫이다. 하지만 결코 쉬운 일이 아니다.

한 조각, 두 조각…. 웨이터는 말없이 권하고, 손님은 미소 지으며 접시를 내민다. 배는 이미 찼지만, 눈은 아직 고프다. 이때부터 식사의 흐름은 전혀 다른 국면에 들어선다. 이건 치즈와 마주하는 의식이자, 지방의 역사와 대면하는 일. 숙성의 시간, 계절의 풍미, 장인의 손맛까지 고스란히 담긴 조각들 앞에서 식사는 비로소 완성된다.

트롤리 드 프로마쥐(Trolley de Fromages)

"'뱅 존'은 '노란 와인'이라는 뜻이야. 쥐라 지역 특유의 숙성 방식으로 만들어지는데, 통에 와인을 가득 채우지 않고 일부러 공기에 노출시켜. 그러면 효모 찌꺼기가 셰리 와인의 '플로르(Flor)'와 비슷한 '브웰레(Voile)'라는 막을 형성해 자연스러운 산화를 유도하지.

이 과정에서 너트류, 생강, 버섯 같은 독특한 향이 생겨나. 주로 샤바냉(Savagnin) 품종으로 만들고, 숙성만 6년 이상 걸린다네.”

그때는 내가 와인을 제대로 배우기 전이라, 에티엥의 설명을 하나도 놓치지 않으려 귀를 바짝 세웠다.

뱅 존은 맛만큼이나 병도 독특하다. 밑둥이 넓고 짧은, 땅딸보 모양의 병은 한눈에 알아볼 수 있다. 예전에는 병 입구를 밀랍으로 봉했으나, 요즘은 고무로 마감한다.

쥐라 지방의 와인은 샤도네이와 샤바냉 품종의 화이트 와인을 중심으로, 뱅 존을 비롯한 다양한 스타일로 만들어진다. 크리미한 음식과 잘 어울리며, 특히 지역 특산품인 콩떼 치즈와의 궁합이 탁월하다. 적당한 보디감을 지닌 이 와인은 13도 정도에서 최상의 맛을 내고, 숙성될수록 풍미가 더욱 깊어진다.

우리 집 와인 저장고 맨 아래 칸에는 그때 사 온 뱅 존 두 병이 잠들어 있다. 백 년을 버틴다는 와인이라고는 해도, 일부러 숙성시키려던 건 아니었다. 마실 시기를 놓쳐 차일피일 미루다 보니 냉동고 속 굴비처럼 손도 대지 못하고 방치된 것이다. 두 병 중 1988년 빈티지는 여전히 맑고 영롱해 마실 만해 보인다. 알코올 도수가 낮은 13.5%임에도 상태를 잘 유지하고 있다. 반면

특이한 병 모양과
마개를 한 쥐라 와인
왼쪽: 1999년산
오른쪽: 1988년산

1999년산은 더 어리고 높은 도수(15%)에도 불구하고 색이 탁하며 침전물이 보이므로 변질되었을 가능성이 농후하다. 〉

주문을 받으러 웨이터가 오는 동안, 쥐라에 얽힌 기억이 한꺼번에 몰려왔다. 다시금 맛을 음미해 보라는 무언의 초대장이었을까? 무심결에 샤블리 대신 쥐라 와인을 웨이터에게 손가락으로 가리키고야 말았다. 그런데 문제는 시방 주문한 와인이 후배 부인의 기대와는 한참 거리가 멀다는 점이었다. 맛을 본 뒤 '엉뚱한 와인을 골랐다'고 여길 가능성이 컸기에, 상황을 설명해야 했다.

그때 고 원장이 느닷없이 툭 던진 "맛이 산뜻하네요!" 한마디가 분위기를 살짝 꼬아버렸다. 난처한 나를 구해주려는 마음이 느껴져 고맙기도, 동시에 민망하기도 했다. 원래는 천천히 음미하다가 '이 와인은 한국에서 보기 드문 만큼 일부러 골랐다'며 조심스레 양해를 구해보려던 참이었다. 예상 못 한 선제타에 어설프게 반박하자니 더 우습고, 그냥 넘기자니 흐름이 묘하게 뒤틀렸다. 결국 그 한마디에 맥이 빠지면서, 말문이 막혔다.

'이를 어떻게 수습할까?' 잠시 고민했으되, 답은 의외로 간단했다. '그냥 덮고 넘어가자!' 홍익인간의 이념을 빌려 누구도 불편하지 않게 마무리하는 게 최선이라 생각했다. 게다가 이런 훌륭한 글감도 남겼으니, 역시 그 결정은 꽤 현명했다고 지금도 자부한다.

다만 한 가지 의문은 여전히 남는다.

고 원장은 정말로 내 입장을 헤아려 '산뜻하다'고 한 걸까? 아니면, 설마 그럴 리는 없겠지만, 혹시 와인의 맛을 잘 몰랐…던 건…?

이거 그대로 한잔
쭉 들이켜 봐

스코틀랜드와 아일랜드 사이에 자리한 작은 섬, 아일라(Islay)는 보모어를 비롯한 일곱 증류소가 전통을 이어온 위스키의 본향이다. 이 섬의 위스키는 곳곳에 널린 피트(Peat) 덕분에 독특한 개성을 띤다. 피트는 탄화도가 낮은 석탄으로, 한때 질 낮은 난방 연료로도 쓰였으나 이제는 위스키 제조 과정에서 중요한 요소가 되었다. 피트를 태워 몰트를 건조하면 스모키한 향이 배어들고, 이 향은 위스키에 남아 강렬한 풍미를 형성한다. 또한 섬의 물에도 영향을 미쳐 아일라 위스키 특유의 강인하고 고집스러운 성격을 완성한다.

그중에서도 아드벡은 독보적인 존재로 손꼽힌다. 복합적이면서도 섬세한 균형을 갖춘 이 위스키는 거친 피트향과 깊은 맛으로 애호가들의 사랑을 받으며 컬트적 지위를 확립했다. 단순한 강렬함을 넘어 정교한 풍미로 마니아층을 형성했고, 전통의 흔적과 현대 기술이 조화를 이루며 애호가들이 궁극적으로 도달하는 종착지 가운데 하나로 자리 잡았다.

바로 그 아드벡 증류소 시음장으로 향하던 길, 뜻밖에 이탈리아 청년을 만났다. 우리는 이 섬 최대 항구인 포트 엘렌에서 아드벡 증류소로 이어지는 도로를 각자 걷다가 어느새 나란히 동행하게 됐다.

"어디 가세요? 방향이 같으면 함께 히치하이킹하죠."

그는 처음 보는 나에게 거리낌 없이 말을 걸었다. 이미 지친 상태였던 나도 차를 잡아보려던 참이라 그의 제안을 흔쾌히 받아들였다. 아일라 섬처럼 대중교통이 드문 곳에서는 관광객들에게 히치하이킹이 흔한 이동 수단이었다.

"알아요? 작년에 우리 이탈리아 팀이 진 건 심판의 편파 판정 때문이에요. 정말 너무 심했어요."

그는 내가 한국인임을 알자마자 히치하이킹이 성공한 기쁨도 까맣게 잊고 축구 이야기부터 꺼냈다. 규칙이 어쩌고, 심판이 저쩌고 하며 대한민국 축구에 대한 험담을 거침없이 쏟아냈다. 내가 들어본 적도 없는 선수들까지 줄줄이 읊어대며 열을 올리더니, 민망하게 운전하던 차 주인이 듣는 앞에서도 이기죽댔다. 시음장에 도착할 때까지 그 기세는 좀처럼 수그러들지 않았다.

때는 2003년 가을. 월드컵이 끝난 지 1년이 훌쩍 넘었는데도, 그의 분노는 조금도 사그라지지 않았다. 마치 내가 그날 경기의 심판이라도 된 듯, 그는 내게 분풀이를 해댔다. 사실, 나도 그 경기에 대해 입이 열 개라도 할 말이 없던 터라 그저 묵묵히 그의 말을 들어줄 수밖에 없었으나, 칭찬도 여러 번 들으면 지겨운 법인데 듣기 싫은 소리를 끊임없이 늘어놓으니 나도 슬슬 부아가 치밀어 올랐다.

"실례 좀 할게요."

입때껏 축구 타령을 늘어놓던 그는 시음장에 도착하자마자 화장실로 직행했다. 화가 덜 풀린 건지, 아니면 이곳저곳을 돌며 공짜 술을 지나치게 들이킨 탓인지 알 수 없었으나, 급한 것은 분명해 보였다.

"그래. 다녀와요. 당신 술잔은 내가 잘 지켜줄게."

그가 자리를 비운 사이, 시음장 직원이 우리에게 각각 석 잔의 위스키를 내놓았다. 나는 그중 가장 어린 '아드벡 6년'의 냄새를 먼저 맡아보았다. 강렬한 피트향이 코를 세차게 후볐다. 독했다. 아주 독했다. 습한 흙내와 스모키한 연기가 한꺼번에 인중을 지나 정수리로 몰려왔다. 숙성이 덜 된 탓인지 사나운 기운이 가득했다. 6년 숙성시킨 그 위스키는 지나치게 거칠고 고약하기까지 해 정식 판매용으로는 부적합했고, 시음장에서만 제공되는 특별한 제품인 듯했다.

시음대 뒤편 벽면의 진열장에는 포트 와인을 연상시키는 진녹색 아드벡 위스키병들이 빼곡히 늘어서 있었다. 검은색 바탕에 흰 글씨로 쓰인 단순한 라벨이 아드벡의 저돌적인 이미지를 더욱 부각시켰다. 특히 첫 글자 'A'에 씌워진 물소 뿔 모양의 장식은 고집스러움을 한층 더 강조했다. 브랜드 표기도 인상적이었다. 'Ardbeg'이 아닌 'ARdbEg'으로 대문자와 소문자를 뒤섞어 놓았는데, 어색하기보다는 오히려 묘한 긴장감을 자아냈다. 마치 이 술에 취하면 머릿속까지 그 글자처럼 뒤죽박죽될 것 같은 느낌이었다. 숙성 기간

아드벡 텐

표기도 독특했다. 다른 위스키처럼 '10년(10 years)'이라고 쓰는 대신, 간결하게 대문자로 'TEN'이라고만 적어 강건한 인상을 남겼다. 아드벡은 이렇게 작은 디테일까지도 자신만의 개성과 스타일로 가득 채웠다.

장난기가 발동한 나는 내 몫을 마시지 않고 슬그머니 안토니오의 잔에 따라 두 배로 담았다. 그리고 화장실에서 돌아온 그에게 태연한 얼굴로 능청스럽게 술을 권했다.

"마셔보니 보모어랑 비교해도 훨씬 순하네, 안토니오."

'큰 암초'라는 뜻의 보모어 위스키는 같은 섬에서 생산되나, 아드벡과 달리 섬세하고 부드러운 맛을 추구한다.

"믿어지지 않아요. 아드벡이 보모어보다 순하다니!"

안토니오는 술잔을 뚫어지게 쳐다보며 신뢰할 수 없다는 듯 말했다. 나는 '한번 믿어보라'는 말 대신 어깨를 으쓱하며 그를 안심시키려 했다.

"색 좀 봐. 이렇게 연한데, 목 넘김이 거칠겠어?"

위스키처럼 높은 도수의 증류주는 처음 채집할 때는 무색이다. 숙성을 거치며 위스키는 나무통과 시간의 흐름 속에서 색과 깊이

를 얻는다. 숙성 기간이 길어질수록 색은 짙어지고, 맛은 부드러워지며 자극이 덜해진다. 다만 카라멜을 첨가해 인위적으로 색을 내기도 하므로 색깔만으로 위스키의 성격을 가늠하긴 무리다.

"그럴 리가요?"

말은 그렇게 했어도, 안토니오의 표정을 보니 그런 내막을 알 만큼의 실력은 아직 안 돼 보였다.

"자, 어서 한잔 쭉 들이켜 봐요."

나는 그가 한잔을 홀짝 다 마시게 하려는 속셈으로 타다 만 숯덩이에 부채질하듯 은근히 부추겼다.

"아까 우리를 여기까지 태워다 준 그 신사분도 그랬잖아요. '아일라 섬 어디에서든지 피트 냄새나는 곳을 따라가면 이 양조장에 닿을 거'라고."

우리의 목적지가 아드벡임을 알고, 독한 위스키라며 차 주인이 겁을 주었던 터였다.

그러다 갑작스레 무슨 생각에 꽂혔는지 안토니오는 술잔을 목구멍으로 힘껏 던져 넣었다.

"으악, 켁켁케… 커어…."

술이 목울대에 닿기도 전에 그는 컥컥거리며 기침을 시작했다. 피트향이 강하게 배어있는 매서운 위스키가 식도를 타고 내려가면서 그의 몸은 본격적으로 살기 위해 반응했다. 허공을 휘저으며 손짓과 발짓으로 무언가를 전하려 했지만, 나로서는 도무지 알아채기가 어려웠다. 거짓말 크게 보태서, 그는 오 분 가까이 기침과 몸부림을 이어갔다. 바닥을 뒹굴며 얼굴이 일그러진 채 괴로워하는 모습이 안쓰럽기는 했다. 그럼에도, 어쩌랴.

'짜샤. 그렇게 왜 한국팀 흉을 봤어! 안됐지만 조금만 더 견뎌보라고.'

2002년 월드컵 당시 구설수에 크게 올랐던
에콰도르 출신 주심 바이런 모레노와 양 팀 선수들. (USk 청주. 송문숙 그림)

그 비싼 독일 택시로
국경을 넘어

1. 기차

독일-덴마크

오전 10시 53분 독일 함부르크역을 떠나 오후 3시 20분 덴마크 오르후스역에 도착 예정이던 EC396 열차는 가다 서다를 내내 반복했다. 무려 1시간 가까이 지체된 끝에, 결국 오후 4시 18분에야 종착역에 닿았다.

"4시간 거리를 오는데 정확히 58분 늦었네."

미안한 마음에 마중 나온 막내아들에게 변명 아닌 변명을 늘어놓았다.

"기차가 1시간 이상 지연되면 티켓값 일부를 반환해 줘야 하는 법이 있어서, 그래도 2분 남겨놓고 도착한 거예요."

아들은 피식 웃으며, 너무도 당연한 사실을 뭐 새삼스럽게 말하느냐는 표정을 지었다.

이처럼 독일 기차가 정시에 출발하고 도착하기는 하늘에서 별 따기다. 출발역에서는 정시에 떠나는 일이 있어도, 가뭄에 콩 나듯 드물고, 중간역이나 종착역에서는 연착이 바늘에 실 가듯 따라붙는다.

생뚱맞은 이야기지만, 와인을 마시다 보면 때론 전문 용어를 접하게 된다. 예컨대, 병 라벨에 적힌 'late harvest'는 '당도가 높아질 때까지 기다렸다가 과숙한 포도를 수확했다'는 의미를 담고 있다. 그러나 늦사리한다고 항상 당분이 풍부하고 산도가 유지되지는 않는다. 가을철 날씨가 안정적이고, 햇볕이 풍부하며, 건조한 기후가 지속되는 지역에서만 이러한 과정이 제대로 이루어진다. 애초에 알이 단단하고 건강한 포도여야 당분이 농축되고 향이 살아남아 훌륭한 와인을 만들 수 있다. 글자 그대로는 '늦춘 수확'이나, 사실상 '달달하다'는 표시로 이해하면 된다. 즉, late harvest라 쓰고 sweet wine으로 읽는 셈이다.

독일에서는 이를 'Spätlese'라고 적는다. Spät은 '늦은', lese는 '수확'을 뜻한다.

독일–독일

인천에서 직항으로 프랑크푸르트에 도착한 뒤, 기차로 두 시간 남짓 달리면 모젤강 상류의 작은 마을 코헴(Cochem)에 닿는다. 강의 양옆으로 가파른 산비탈을 따라 포도밭이 펼쳐진 마을로, 독일 리슬링의 대표적인 산지이자 인기 관광지다. 거기서 이틀을 머문 뒤, 프랑스 알자스 와인 산지 콜마르로 하루 만에 이동해야 했다.

코헴을 출발해 코블렌츠, 마인츠, 프랑크푸르트를 거쳐 스트라스부르와 콜마르까지 가는 여정이었다. 사흘 전, 프랑크푸르트 공항 기차역에서 직원과 함께 여행 일정을 짰다. 열차 시간만 잘 맞추면 6시간 안에 닿을 거리였다. 하지만 다섯 번이나 기차를 갈아타야 했기에, 한 번만 어긋나도 도착하지 못할 위험이 있었다.

오전에 출발했다면 아무런 말썽이 없었겠지만, 코헴에서 볼일을 마치고 오후에 출발하여야 했다. 당일, 예상보다 길어진 와이너리 방문으로 점심까지 늦어졌고, 가까스로 기차를 탔다. 그래도 계획대로라면 밤 9시 30분 스트라스부르에 도착한 뒤 30분을 기다려 콜마르행 마지막 열차에 오르면 마무리되었다. 그러나 오후 3시에 출발한 기차는 코블렌츠와 마인츠를 지나며 연착을 거듭했고, 결국 한 시간 늦은 저녁 7시에 프랑크푸르트역에 도착했다. 따라서 6시 30분에 출발하는 스트라스부르행 열차를 놓쳤다. 다음 열차를 타면 밤 10시 넘어서야 스트라스부르역에 내리는데, 그때는 콜마르행 막차는 이미 떠난 뒤다.

스트라스부르는 대도시라 숙소를 찾고 다음 날 이동하는 데 어려움은 없었어도, 기차 회사의 실수로 하루치 호텔비를 추가로 부담하고 일정까지 꼬이는 상황은 마른하늘에 날벼락이었다. 받아들이기 힘들었다.

프랑크푸르트역에 항의를 제기하자, 역무원은 대수롭지 않다는 듯 응대했다.

"방책을 알려드리죠. 우선 오후 7시 10분에 출발하는 바젤(스위스)행 IC1171을 타세요. 약 3시간 후 프라이부르크(독일)에서 내려,

역 앞 아무 택시나 잡아 콜마르(프랑스)로 가자고 하면 됩니다. 이 증서를 보여주면 운전사가 원하는 목적지까지 모셔다드릴 겁니다. 지금 바로 가세요. 플랫폼 9번입니다."

그러면서 그녀는 바젤행 기차표와 함께 기차 회사에서 대납하는 '택시 운임 지불 보증서'를 내밀었다.

티켓과 보증서를 받아 들고 시계를 보니 7시 10분. '젠장, 기차가 떠날 시간인데 이제야 주면 어쩌라는 거야.'라고 투덜댈 짬도 없이 급히 가방을 둘러멘 채 뒤도 돌아보지 않고 9번 플랫폼을 향해 내달렸다. 프랑크푸르트역은 대도시답게 거대하고 복잡했다. 이리저리 헤매다 숨을 몰아쉬며 2층 9번 플랫폼에 도달한 시각은 7시 15분. 기차는 이미 떠나 보이지 않았다.

원래의 계획:
코켐-(기차)-콜마르

수정된 여정:
프라이부르크-(택시)-콜마르

'기어이 놓쳤구나! 이제 어쩌지?' 갈피를 잡지 못했는데, 막상 포기하자 오히려 차분해졌다. 엎어진 김에 쉬어 간다고 뜻밖의 여유까지 생겨 주변을 둘러보았다. 그런데 뭔가 이상했다. 텅 비어있어야 할 플랫폼이 제법 붐볐다. 휑하니 바람만 휘돌아야 할 벤치엔 보따리를 든 이들이 한가롭게 무언가를 기다리고 있었고, 저 멀리서 캐리어를 끌고 다가오는 사람들도 여럿 보였다.

순간, 머릿속에 '아참, 여기는 독일 기차역이지!'라는 생각이 스쳤다. 급히 뛰어오느라 가빠졌던 숨이 차분히 가라앉으면서 마음도 한결 편해졌다. 느긋하게 플랫폼의 발차 시각 안내판을 올려다보았다. 아니나 다를까, 거기엔 이렇게 쓰여 있었다.

"… 25 Minuten Später(25분 연착)."

25 Minuten Später(25분 연착)

2. 택시

이렇게 25분 연착된 스위스 바젤행 기차를 타고 가다 밤 10시 반이 넘어서야 프라이부르크역에 내렸다. 역전에 늘어선 택시 중에서 이왕이면 다홍치마, 가장 크고 깔끔해 보이는 벤츠를 골랐다.

"조금만 더 가면 프랑스 국경이에요. 잘 아시잖아요. 요즘 국경이라 해도 아무 검사가 없는 거. 그렇게 된 지 벌써 30년 가까워지네요."

먼저 말을 건 운전기사는 예순 살쯤 되어 보이는 초로의 독일 남성이었다. 유럽연합 가입으로 국경이 사라진 걸 달가워하지 않는 기색이 말투에서 여실히 묻어났다. 밤길에도 한 손으로 느긋하게 핸들을 잡고 운전하는 모습에서 이 지역 지리에 익숙함이 엿보였다.

말은 그랬어도 장거리 영업이 꽤 반가운지 속도가 붙을수록 표정도 한층 밝아졌고 입가엔 미소가 번졌다.

"저기요, 밤 11시쯤 도착한다고 숙소에 미리 알려뒀는데, 너무 늦어서 문을 걸어 잠갔을까 걱정이에요. 작은 호텔이라 더 신경 쓰이네요."

자정이 가까워지자, 바깥은 칠흑같이 어두워졌다. 독일과 프랑스 접경지대라 그런지 인적은 드물었고, 사방이 기괴할 정도로 고요했다. 적막이 오히려 긴장감을 부추겼고, 좀처럼 마음이 놓이지 않았다.

작은 규모의 B&B는 대개 24시간 관리인을 두지 않기에, 너무 늦게 도착하면 문이 닫혀 들어가지 못할 수도 있다. 삼사십 분 뒤, 택시에서 내려 알자스의 작은 마을 콜마르 한 귀퉁이에서 오갈 데 없이 남겨질 일을 상상하니 불안감이 점차 더 커졌다.

"걱정하지 말아요. 내가 틀림없이 호텔 안에 들어가게 해줄 테니. 그런데 가만, 여기 잠깐 내리세요. 국경에 강이 있는데 뭐 좀 보여 드리려고요."

'너무 늦어져 안달이 나 죽겠는데 한밤중에 웬 관광 가이드를 한다고 난리람?' 속으로만 구시렁대며 마지못해 내려섰다. 별것도 아닌 수문이었다. 이틀 전 모젤강에서 배를 타고 다닐 때도 여러 번 본 갑문인데, 여기는 근무하는 사람 없이도 모든 시스템이 자동으로 작동한다며 자랑을 한참 늘어놓았다.

그러니 어쩌겠는가? 호텔 방에 고이 들어가려면 "대단하네요!"라며 감탄사를 남발할 수밖에. 하물며 '오른손 바짝 위로 쳐들고 하일 히틀러(Heil Hitler)를 외쳐라.'라고 명령해도 찍소리 못하고 따라야 할 판인데….

"보세요. 아까 우리 독일과 여기 프랑스는 사뭇 다르지요? 이쪽 길이 훨씬 좁고 위험해요. 이렇게 터덜거려서야 타이어가 어디 견뎌나겠나, 나 참!"

국경을 넘어 프랑스 땅으로 들어서자, 운전기사는 자신의 조국 독일이 한껏 자랑스러운지, 말이 점점 거칠어졌다. 그야말로 점입가경이었다.

"길가에 무성한 잡초가 보이죠? 저 추레한 건물도 좀 보세요. 얘네들은 관리를 못 해요. 독일이 아니면 지금 유럽 몇 나라는 벌써 무너지고 말았을 겁니다. 우리가 돈을 끔찍스레 퍼 주고 있다고요!"

운전기사에게 만족과 의심, 우월감과 불안감이 한꺼번에 몰려든 걸까? 오만 가지 감정이 북받치는 듯 그의 안색은 점점 어두워졌고, 입가에 남아있던 웃음기가 서서히 사라졌다.

"한 가지 물어볼게요. 나는 한국 치과의사입니다. 내가 쓰는 독일제 수술 도구는 미제나 일제보다 훨씬 정교하고 단단합니다. 한국인에게 독일 하면 떠오르는 이미지는 '정확'과 '신뢰'예요. 그런데 오늘 불과 세 시간 거리의 기차가 1시간 이상 연착했단 말입니다. 오늘뿐 아니라 어제도, 그제도 항상 제시간을 못 지키더라고요."

잘난 체하던 운전기사의 입을 잠재울 겸, 못내 궁금했던 점을 물어보았다. 운전기사는 잠시 뜸을 들이다가 무언가 떠오른 듯 뒷좌석의 나를 돌아보며 말했다.

"아, 그건 '불루드' 때문이에요. 불루두."

고개를 갸웃거리며 '불루두?' 하고 되묻자, 그는 답답하다는 표정으로 손등의 핏줄을 가리켰다. 아, 블러드(Blood), 피를 말하는구나! 그제야 그의 말이 뭘 가리키는지 알아챘다.

"자만심이지요, 자만심! 각자 잘난 체하는 게 독일인들의 문제입니다. 다들 자기가 최고라고 믿으니 그런 일이 생기는 겁니다."

그의 말은 다소 격앙되어 있었고, 내 것보다 그다지 크지 않은 자기 코를 잡아 늘리며 비꼬는 시늉까지 했다. 하지만 그 자신이 운전 내내 과시했던 바로 그 우월감을 말하는 게 아닌가 하는 의문이 얼핏 스쳤다. 그러나 '누워서 침 뱉기'를 했단 말을 굳이 꺼내 긁어 부스럼 만들 필요는 없다고 판단해, 나는 화제를 슬쩍 다른 쪽으로 돌렸다.

"이런 일이 자주 있나요? 열차가 지연돼서 철도회사가 택시 요금을 대신 내주는 경우 말입니다."

그의 기분을 풀어주려는 의도로 약간의 아첨을 섞어 물었다.

"그럼요. 꽤 많지요."

택시 기사는 생각하면 할수록 흐뭇한지 입가에 미소가 돌았고, 얼굴도 점점 밝아졌다.

언젠가 울적하고 슬픈 마음이 들 때
마시려고

　　나의 술 저장고 한쪽에는 일본 소주 네 병이 자리하고 있다. 세 병은 쌀, 보리, 고구마의 원료별 맛을 비교 시음하기 위해 학습용으로 구입했고, 나머지 한 병은 특별히 마음이 울적하거나 슬플 때를 대비해 따로 보관해 두었다. 바로 '히타치야마 사나보리(常陸山 さなぼり)'다. 일본 후쿠오카현 구보다시에 자리한 모리노쿠라 양조장은 '후나구미' 같은 사케로 유명하다. '킹고로' 같은 소주도 소규모로 생산하며, 규슈를 대표하는 도가로 손꼽힌다.

　　비가 추적추적 내리던 2010년 4월 초, 나는 모리노쿠라 주조회사 사무실 한쪽에서 '히타치야마 사나보리'를 시음하고 있었다. 사장은 청색 테두리가 둘러진 순백색 소주 전용 잔에 술을 따라서 내게 건넸다. 그런데, 병아리 요강만 한 그 작은 술잔을 입에 대기도 전에 묘한 비애감이 밀려왔다.

"어딘가에서 슬픔이 피어오르는 듯해요. 카나시이(悲しい)!"

까닭 모를 외로움과 서글픔이 북받치며, 나를 감상에 잠기게 했다.

"아, 그럴 수 있어요! 정말 흥미로운 시음 평이네요."

사장 모리나가는 내 말을 듣고 관심이 동했는지 바짝 다가왔다. 슬픔 자체가 재미있다는 뜻은 아닐 터, 내 표현이 그의 마음에 꼭 들었는지 진지하게 응대해 주었다.

"애잔한 느낌이 드네요. 마치 그라파를 마시는 듯한…."

돌연 이탈리아 브랜디 '그라빠'가 떠올랐다.

"맞아요. 사케를 만들고 남은 찌꺼기가 이 소주의 원료입니다. 그러니까 지게미를 긁어모아 발효시킨 술을 재차 증류한 거죠. 그래서 '구라빠'와 비슷하다는 말이 전혀 이상하지 않네요."

사장은 미소를 지으며 손끝으로 테이블을 살짝 두드렸다. 그의 제스처에는 동의를 넘어, 술에 대한 자신감과 애정이 묻어났다.

이 술은 태생부터 화려함과는 거리가 멀었다. 이름조차 초라해, 찌꺼기를 뜻하는 카스 소주(粕燒酎)라 불린다. 일반적인 일본 소주는 원료를 1차 발효한 뒤 모로미 상태에서 단식 증류해 완성된다. 반면 카스 소주는 사케를 만들고 남은 지게미를 끌어모아 추가 발효한 후 증류한다. 하마터면 퇴비로 사라질 운명이었으나 끈질긴 생명력으로 다시 태어난 술인 셈이다. 기차로 치면 급행열차에 길을 내주는 완행열차, 인간으로 따지면 푸대접받는 천덕꾸러기다. 하찮은 재료에서 태어나 초라한 취급을 받으며, 정통의 벽에 가로막혀 짝퉁으로 살아간다. 그러나 이 소주는 감칠맛과 함께 은은한 곡물 향, 숙성된 풍미를 지니며 나름대로 개성을 드러낸다. 일반적인 곡물 기반 소주보다 생산 비용이 적어 한때 서민적인 술로 여겨졌으나, 오늘날에는 그 독특한 향과 맛 덕분에 다시 주목받고 있다.

주요 와인 생산국에서도 유사한 방식으로 만들어지는 술이 있다. 정통 브랜디는 정상적인 와인을 증류해 만드는데, 특히 프랑스의 코냑과 아르마냑이 높은 명성을 자랑한다. 한편, 여러 와이너리에서 와인을 만들고 남은 포도 찌꺼기를 모아 다시 발효시킨 뒤 증류해, 저렴한 브랜디를 만들기도 한다. 도랑 치고 가재 잡기보다는, 쇠를 갈아 바늘을 만든 격이다.

프랑스에서는 이를 '마흐(Marc)'라 부르고, 이탈리아에서는 '그라파(Grappa)'라는 이름으로 널리 알려져 있다.

"가녀린 슬픔이 배어 나오다가, 마지막에는 따뜻함과 안온함이 피어나네요."

태생적 과거 때문일까? 이 술에서는 진한 설움이 느껴져, 마시기도 전에 바라보는 것만으로도 마음이 아려왔다. 한 모금을 머금으니 쌉쌀하면서도 가련한 기운이 입안을 감쌌다. 그러다가 세련되고 고소한 세이버리 향이 조용히 스며들더니, 부드럽고 잔잔한 여운으로 깃들었다.

보리로 만든 소주는 맥주를 증류한 위스키처럼 곡물 향이 풍부하고 깔끔하며, 고구마 소주는 희석식 소주처럼 특유의 달큰한 향과 은은히 톡 쏘는 매력을 지닌다. 반면 쌀이 주원료인 이 소주는 사케처럼 마무리에서 달콤하고 우아한 부드러움이 물씬 퍼졌다.

"네, 맞아요. 다른 제품과는 달리 3년 동안 숙성시킨 후에 출시하니 그렇게 느끼실 법도 하죠."

일반 소주는 제조 후 바로 출고되나, 이 술은 3년이라는 긴 숙성 과정을 거친다. 그 시간 동안 풍미는 깊어지고, 다양한 맛이 더해지며 자연스럽게 고급스러운 매력을 갖게 된다. 그 과정은 술의 가치만큼이나 가격에도 고스란히 반영된다.

혹독한 겨울을 견디고 봄이 되어야 새싹을 틔우는 인동초처럼, 이 술 역시 오랜 숙성을 거쳐 완성된다. 시간이 흐를수록 애절한 깊이와 강인한 매력을 품으며, 부드러움과 달콤함이 어우러져 복합적인 풍미를 만들어 낸다. 감칠맛은 더욱 깊어지고, 목 넘김은 한층 부드러워진다. 사케와 소주의 경계를 허무는 독창적인 매력을 지니게 된다.

비록 시작은 순탄하지 않았지만, 좋은 양부모를 만나 정성껏 길러진 셈이다. 오랜 보살핌과 섬세한 손길을 거치며, 마침내 누구도 흉내 낼 수 없는 품성을 지니게 되었다.

검은색 술병 표면에는 오목하고 볼록한 무늬가 새겨 있어, 마치 세월의 흔적을 머금은 듯하다. 알코올 도수는 약 34도. 전통 단식 증류기로 빚어지기에, 이 소주는 매번 출고될 때마다 맛과 도수에서 미세한 차이를 지닌다.

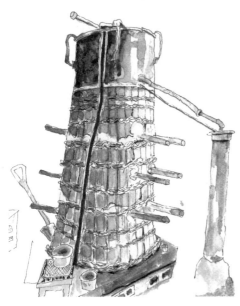
단식 증류기 (Pot Still)

"증류법은 어떠합니까?"

'화조풍월(花鳥風月)'이라 했던가. 자연의 섭리에 순응하며, 땅에서 자란 양질의 쌀과 맑은 물로 전통을 이어온 술. 천지의 아름다움에 대한 감사의 마음과 정성을 다해 빚어낸 사케는 그 자체로 풍요로움을 온전히 담고 있다. 그러니 그 사케의 찌꺼기 정도야 버려도 하등 아쉬울 리 없으리라. 그럼에도 그 찌꺼기에 다시 생명을 불어넣어 새로운 술로 재탄생시키는 과정이 문득 궁금해졌다.

"일본에서는 본격 소주라 부르는, 즉 포트 스틸(Pot Still) 방식입니다."

일본 소주는 갑류와 을류로 나뉜다. 갑류 소주는 연속식 증류기를 사용해 도수가 높은 주정을 추출한 뒤 물로 희석해 상업적으로 대량 생산한다. 반면 을류 소주는 단식 증류기를 이용해 비교적 낮은 도수의 알코올을 천천히 추출하므로, 시간과 품이 훨씬 많이 든다. 히타치야마는 청동 투구를 닮은 독특한 형태의 전통적인 목제 솥에서 증류한다. 한 번에 추출되는 양이 적고 시간도 오래 걸리는 단식 증류 방식이므로, 이 술은 을류 소주에 속한다.

"네, 그래서 재료 특유의 쌀 향이 은은하게 남아있군요. 깊고 풍부한 부드러움이 참 인상적입니다!"

갑류 소주는 연속식 증류를 통해 만들어지기에 맛이 단순하고 깔끔한 반면, 을류 소주는 단식 증류기를 사용하므로 원료 본연의 맛과 향이 그대로 배어난다. 일본 세무 행정상의 편의로 만들어진 갑·을 구분은, 을류 소주의 품격을 낮추는 인상을 준다는 지적을 받기도 했다. 이를 의식한 일본 양조업자들은 을류 소주를 '본격 소주'로 바꿔 부르며 이미지를 쇄신했다. 단지 명칭을 바꿨을 뿐인데, 술의 격조가 한층 높아진 듯하다. 역시 술도 이야기가 붙어야 더욱 빛을 발하는 법이다.

"아, 이렇게 알아주셔서 정말 감사합니다. 한 병 선물로 드릴 테니, 귀국하셔서 꼭 즐겨보세요."

모리나가 사장은 직원에게 2006년산 '히타치야마 사나보리' 한 병을 정성껏 포장하도록 지시했다. 그저 받기만 하기가 민망해, 나도 그가 추천한 '후나구미' 사케 한 병을 따로 구입했다. 일본에서의 이 특별한 경험을 한국으로 가져갈 생각에, 두 병을 품에 안은 가슴이 어느새 따뜻해졌다.

이러한 특별한 이력을 지닌 술이었지만, 마실 기회를 찾지 못해 한동안 따지 못하고 있었다. 그러던 중, 2014년 세월호 진도 참사가 발생했고, 존경하는 남 선배의 영식(令息)이 그 사고로 세상을 떠났다는 비보를 접했다. 단원고에서 영어 교사로 재직하던 아드님은 침몰 당시 절체절명의 순간에도 끝까지 제자들을 구하려다 35세의 젊은 나이에 생을 마감했다.

어머니께서는 국립묘지를 마다하고, 천주교 성요셉공원의 단아하고 견고한 석조 묘소에 아들을 안치했다. 장례 날, 나도 그의 마지막을 지켜보며 깊은 슬픔과 경의를 가슴에 새겼다. 묘비에는 '세월호 의인'이라는 문구와 함께, 그의 숭고한 희생이 영원히 기억되길 바라는 마음이 새겨져 있었다.

이 가슴 아픈 일을 겪은 후, 마침내 나는 오래도록 열지 못했던 그 술병을 꺼내 들었다.

지난가을, 청주 성화동에 집을 지었다. 블록형 단독 주택 단지라 여러 건물이 들어선 중에, 난 시야가 탁 트인 곳을 골랐다. 거실에서 내려다보면 연못이 한눈에 들어와, 폰드 뷰(Pond View)라 이름도 붙였다. 뼈대는 콘크리트로 하면서 외벽을 대리석으로 마감하고, 정원의 일부 바닥도 화강암으로 마무리했다.

준공 후 집들이를 겸해 남 선배를 비롯한 고교 동문을 초대했다. 외아드님을 잃은 비통함은 감히 짐작조차 어려웠기에, 사고 이후 우리는 그 앞에서 말 한마디도 조심스러웠다. 따라서 모임은 다소 가라앉은 분위기 속에서 진행되었다.

"축하하오, 박 원장. 이렇게 초대해 주어 고맙네. 언제 이사한 건가?"

남 선배가 먼저 모두를 대표해 차분하게 말문을 열었다.

"감사합니다. 그러고 보니 이사한 지 벌써 6개월이나 되었네요."

아파트를 떠나 단독 주택으로 옮기고 나니 할 일이 많아, 나도 시간 가는 줄 몰랐던 터였다.

"대리석으로 지어서 그런지 웅장하고 품위 있어 보이는 석조건물이네. 참 훌륭하군."

남 선배는 집 구석구석을 살피며 칭찬과 덕담을 아끼지 않았다.

"60대가 되어서야 겨우 이런 주택에 살게 된 걸요, 조금 더 일찍 지을 걸 그랬나 봐요."

나는 아쉬움이 서린 듯 답했다.

"하긴 그려, 알다시피 내 아들 윤철이는 30대부터 석조 주택에 들어가 살고 있잖아!"

남 선배는 여전히 특유의 감각을 간직하고 있었다. 깊은 상실감을 안고 있으면서도, 슬픔과 고통을 승화시킨 그의 위트 덕분에 모임에는 서서히 온기가 돌기 시작했다.

술은 술이로다

"원장님, 롭 로이요."

"칵테일 잔, 스터, 스카치위스키 1½ 온스에 스위트 버무스 ¾온스. 에… 그리고 앙고스트라 비터스 1 대시, 체리 가니시."

Rob Roy 롭로이.
스카치 대신 버번을
넣으면
맨해튼 칵테일이
된다.

칵테일 롭 로이

영문을 모르는 사람에겐 이게 무슨 "개 풀 뜯어 먹는 소리"인가 할지 모르겠다. 사실은 조주 기능사 시험을 보러 대전 ㅎ대학 실습실로 가던 중 차 안에서 나눈 대화였다. 상대는 청주 ㅊ대학 4학년생으로, 국가에서 시행하는 조주사(Craftsman Bartender) 자격을 스펙으로 취득하려는 청년이었다, 그는 칵테일 시험에 대비하여 나와 함께 입때껏 공부해 온 학생이었다.

"아니. 레시피 말고 실제로 만드는 것처럼 말해 보시오."

그는 실기 고사를 코앞에 두고 긴장을 덜고 싶었는지, 짐짓 시험관 같은 거만한 태도로 나에게 명령하듯 했다.

"예, 알겠습니다. 칵테일 잔에 얼음 넣고 다시 얼음 빼내고, 그 잔에다가 스카치 1½온스 붓고 스위트 버무스 ¾온스에… 앙고스트라 비터스 1대시(dash), 칵테일 핀에 체리를 끼워 장식하고."

나도 그처럼 세 시간 후면 시험관 앞에서 칵테일 세 가지를 실시간으로 조주해 내야 하는, 동병상련의 가련한 수험생 처지였다.

"틀렸어요!"

"으잉? 난 외우는 건 자신 있는데…. 나이는 좀 들었어도."

기실 그즈음 기억력이 좀 부실해져 가끔 까막까막하곤 했다. 그래도 작정하고 달려들면 암기력은 누구보다 뛰어나리라 자부해 왔다. 이번에도 필사즉생(必死則生)의 각오로 혼신을 다해 레시피를 외웠으니, 온몸에 자신감이 가득했다. 한창때, 그러니까 대학 2학년 때 의사학 과목 강의를 통째로 머리에 집어넣어 답안지에 되돌려 준 오기도 부려 본 나 아니었던가!

"그럴 리가 있나. 무엇이 잘못됐지?"

"스터(Stir) 기법은요, 믹싱 글라스에 얼음을 담고 주재료와 부재료를 함께 넣어 냉각한 뒤, 바 스푼으로 휘저어 잔에 따르는 방식이에요. 원장님이 말씀하신 곧바로 잔에 재료와 얼음을 넣는 빌드(Build) 기법과는 다르죠. 근데 믹싱 글라스 대신 셰이커 보디를 사용해도 됩니다."

그려? 아니, 이거 기초부터 흔들리는군. '이제 시간도 얼마 안 남았는데 큰일이네.'라 걱정하면서 학생이 가르쳐 준 내용을 머릿속 한편에 구겨넣었다. 혹시나 하는 마음에 다른 몇 가지를 더 묻고 답해 봤는데, 나머지는 그런대로 맞아떨어졌다.

"저는 조주 기법 네 가지는 그냥저냥 알겠는데, 주재료랑 부재료는 너무 헷갈려요."

내내 쪽지를 들여다보며 시험 내용을 암기하던 그가 하소연했다.

"그런가? 그렇다면 내가 한 가지 물어볼게, 대답해 봐. 줄곧 암송만 하지 말고. 핑크레이디의 레시피가 뭐지?"

나로서도 운전만 하기는 무료하여, 복습도 할 겸 그의 대답을 기다렸다.

"네. 샴페인 잔에 드라이진 1½온스, 우유 1온스, 설탕 1스푼, 달걀흰자 넣고 셰이킹, 장식은 없고."

"틀렸어요!"

나도 일부러 엄숙한 목소리로 외쳤다.

"예? 뭐가 잘못됐죠?"

그는 눈이 휘둥그레지며 즉시 되물었다.

"부재료로 설탕 1스푼이 아니라 그레나딘 시럽 1티스푼을 넣어야 하고, 주재료인 드라이 진은 셰이커에 1온스만 넣어 혼합해야 해."

난 학생의 틀린 점을 고쳐주며 생긴 묘한 쾌감에 살짝 들떴다.

"외워도 외워도 이 레시피는 항상 혼동이 와요. 시험 볼 때 착각하면 어떡하죠?"

학생은 풀이 죽어 점차 말끝을 흐렸다.

"그럼 요렇게 외워보는 건 어떨까? 핑크빛 옷을 입은 레이디가 바에 들어왔는데, 그녀는 오늘 밤 술에 많이 취하고 싶지 않아. 살도 찌기 싫고. 그래서 푸짐한 저녁 대신 영양이 듬뿍 담긴 칵테일 한 잔을 원하는 거라고."

그는 온순한 강아지처럼 귀를 바짝 세우고 나의 다음 말을 기다렸다.

"그러니까 드라이 진은 과하지 않게 1온스만 넣고, 부재료로는 영양가 있는 우유와 달걀흰자를 쓴다고 상상해 봐."

나는 점점 신이 났다.

"설탕과 시럽이 엇갈리면 이런 식으로 생각해 보렴. 숙녀는 핑크색 옷을 입고 있으니, 흰 백설탕 말고 빨간색 그레나딘 시럽을 넣어야 색깔이 어울린다고."

무척이나 복잡다단한 핑크 레이디 레시피를 내가 외운 비법대로 알기 쉽게 설명해 주었다.

"그리고 말이야, 설탕에 대해서는 이렇게 기억해 둬. 여자들은 살찌는 거 싫어하니까 설탕은 넣지 말자고."

"어! 단박에 머릿속에 들어왔어요. 이젠 잊어버리지 않을 거예요. 고맙습니다."

학생은 그제야 얼굴이 환하게 밝아졌다.

"뭘, 나도 덕분에 배웠잖아. 스터는 빌드와 기법이 완전 다르구

먼. 이제야 제대로 알았네!"

칵테일을 만드는 방법을 조주 기법이라 한다. 가장 대표적이고 화려한 방식은 셰이커에 얼음과 재료를 넣고 공중에서 흔들어 혼합하는 쉐이킹이다. 그 외에도 재료의 비중 차이를 이용해 층을 형성하는 플로팅(Floating) 같은 기법도 있다. 칵테일마다 걸맞은 기법을 써야 했는데, 나는 그중에서도 스터와 빌드를 끝내 헷갈렸다. 비록 바로잡긴 했지만, 스터 기법은 시험 직전까지도 엉터리로 알고 있었다. 그래도 할 만큼은 했다고 믿으며, 대전 'ㅎ' 대학 시험장으로 들어섰다.

수험생은 시험장에서 제시된 문제를 즉각 다음 순서로 조주를 해내야 한다.
1. 먼저 칵테일 이름에 어울리는 술잔을 고른다.
2. 수십 가지 주재료와 부재료의 정확한 용량을 측정하여 기구에 붓는다.
3. 알맞은 조주 기법으로 이를 섞거나 그대로 잔에 따른다.
4. 마지막에 장식을 얹어 내놓는다.

국가에서 정한 주요 50가지 칵테일 중 무작위로 3종이 출제되면 수험생은 그 자리에서 7분 안에 만들어 내야 한다. 처음 대여섯 개의 레시피는 어찌어찌 외워져도, 십여 개를 넘어가면 뒤죽박죽 혼란이 찾아오기 시작한다. 여러 종류의 잔, 주재료와 부재료의 종류와 용량, 조주 방법, 장식까지 맞추려면 모든 게 뒤엉키기 마련이다. 결국 50가지를 모두 외우려면 머리가 극심한 무질서에 빠지기에 십상이다.

필기시험은 실기시험 전에 미리 합격해 놓아야 한다. 주류 전반에 대한 일반 지식을 평가하는 필기시험은 나로서는 식은 죽 가장자리 둘러 먹기 수준이라 이미 가볍게 통과해 두었다.

'1. 블러디 메리, 2. 마티니, 3. 모스크 뮬.'

지금도 선명히 떠오른다. 시험장의 하얀 보드판에 검정 매직펜으로 적힌 이 세 가지 문제가.

시험이 끝난 날 밤, 우리는 그간의 고생을 위로하기 위해 뒤풀이를 했다. 수험생일 때는 칵테일 이름만 들어도 가슴이 답답해졌다. 이제는 시험 부담이 사라지고, 그저 한 잔의 술로 다가올 때가 되었다. 합격을 자신한 가뿐한 걸음으로 일찌감치 바에 자리를 잡았다. 나는 시험 문제로 출제된 칵테일을 떠올리며 기세 좋게 주문했다.

"블러디 메리 하나 주세요."

수백만 번도 더 외웠던 레시피였다. 보드카 1½온스, 우스터 소스 1티스푼, 타바스코 소스 1대시, 소금과 후추 약간, 그리고 토마토 주스 8부. 완벽했다. 그러나 선배 바텐더가 재료를 섞는 모습을 보자 불안감이 스멀스멀 올라왔다.

"어, 혹시 타바스코 소스도 넣었어요?"

"네, 당연하죠."

"후추까지요?"

"네, 잊지 않았습니다."

나는 걱정스러운 눈빛으로 학생을 돌아보며 속삭였다.

"내가 생각한 그 맛이 맞겠지?"

학생은 피식 웃으며 고개를 끄덕였다. 잠시 후 잔을 들고 한 모금 넘기는 순간, 나는 그대로 얼어붙었다.

"으윽…!"

강렬한 매운맛과 짭조름한 풍미가 입안을 후려쳤다. 목이 턱 막히는 듯한 느낌과 함께, 타바스코 소스와 우스터 소스, 소금과 후추가 섞인 맛이 혀를 마비시켰다. 이건 칵테일이 아니라 매운 라면 국물을 스트레이트로 들이킨 느낌이었다. 나는 눈을 질끈 감았다.

"이게 뭐야! 내가 외운 블러디 메리는 이런 맛이 아니었는데!"

학생은 배를 잡고 웃었다.

"이게 정석이에요. 원래 그런 맛입니다!"

블러디 메리 칵테일은 잉글랜드의 메리 1세, 즉 '피의 메리'에서 유래했다는 설이 있다. 가톨릭을 부활시키고 신교도를 무자비하게 탄압한 그녀의 잔혹함이 이름에 담겼다. 칵테일 역시 그 별칭처럼 강렬한 맛과 색을 지닌다. 토마토 주스의 새콤함, 보드카의 알싸함, 타바스코의 매운맛이 어우러져 검붉은 빛을 띠며 독특한 조화를 이룬다.

불행히도, 이 풍미를 직접 맛본 적은 주문하기 전까지 단 한 번도 없었다. 실습에서는 원재료 대신 대체품으로 흉내만 냈을 뿐이다. 숱하게 만들었어도, 정작 마셔볼 기회조차 없었으니 그야말로 그림의 떡이었다.

학생은 무사히 합격했고, 또 다른 스펙을 찾아 줄달음친다는 소

문이 들려왔다. 나 역시 합격하여 조주기능사가 되었다. 무척 아쉽
게도 롭 로이를 비롯한 대부분의 레시피는 그날 이후, 바텐더를 꿈
꾸어 오던 나에게서 영영 사라져 버렸다.

　'산은 산이요, 술은 술이로다.'

칵테일 블러디 메리

마침내 술독에다
황(黃)도 태워보았지만

어느 여름날 "꺼억, 꿔. 꺼억, 꿕…" 돼지들이 술에 취해 제멋대로 소리를 내지르며 탈출하려고 마구마구 발버둥을 쳤다. 목재로 얼기설기 지어진 돼지 집은 그놈들이 이리저리 부딪히는 바람에 박살 나기 일보 직전에야 겨우 모습을 되찾았다. 어쩌다가 뛰쳐나온 돼지는 긴급 소집된 양조장 전 직원이 달려와, 한쪽으로 몰아가며 재차 우리에 집어넣어야 했다.

양조장에는 사무원, 일꾼, 배달부 등 식구가 적잖았고, 자연히 음식물 쓰레기도 많았다. 술을 거른 뒤 남는 지게미 역시 상당하여, 이를 처리할 겸 돼지를 길렀다. 사육장은 양조장 건물 뒤쪽 비탈길에 있어 다행히 살림집과 거리가 좀 있었다. 한여름이면 술이 쉬어 전부 내다 버려야 했으나, 아까운 마음에 돼지에게 먹였다. 그러면 막걸리에 취한 녀석들이 고성을 질러대며 날뛰는 바람에 집안이 한동안 비상사태에 빠졌다. 이백 킬로그램 넘게 나가는 영국 종자 요크셔 돼지가 꿱꿱 고함을 토해내면, 인근까지 한바탕 소동이 벌어지곤 했던 1962년 우리 집 풍경이었다.

이보다 더도 덜도 말고 딱 백 년 전, 1862년. 프랑스의 영웅 루이 파스퇴르는 세계사적으로 유명한 '백조 목 플라스크 실험'을 했다. 이를 통해 아리스토텔레스 이후 이어져

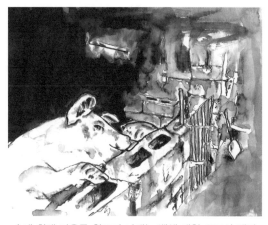
술에 취해 자유를 찾으려 나대는 백색 대형 요크셔 돼지

온 '생물은 자연적으로 무기물에서 우연히 발생한다'는 자연 발생설은 완전히 부정되었다.

파스퇴르가 화학자로서 처음 파고든 연구 주제는 포도주의 부패를 막는 방법이었다. 와인 산업은 그때나 지금이나 프랑스 경제의 핵심 축이다. 포도 재배(제1차 산업)에서부터 양조(제2차 산업), 판매와 유통(제3차 산업)에 이르기까지 와인은 나라 살림에서 큰 비중을 차지했다. 그러나 포도주가 쉽게 상하는 문제로 인해 프랑스 경제 전반이 적잖은 타격을 받고 있었다.

파스퇴르는 포도주를 산패시키는 미생물을 연구한 끝에 원인을 밝혀냈고, 발효가 끝난 포도주를 60도 정도의 낮은 온도로 30분가량 가열하면 이 세균을 제거할 수 있다는 사실도 알아냈다. 이

른바 '저온살균법'으로, 오늘날에도 우유나 맥주 등을 처리하는 데 널리 쓰이는 방식이다. 다만 와인에 적용하면 맛이 변질되어 상품성이 떨어지는 탓에 활용이 제한적이다.

와인병의 후면 라벨을 보면 '이산화황' 또는 '무수아황산'이 포함되어 있다고 적혀있다. 이산화황은 발효 과정에서 원치 않는 효모나 박테리아의 증식을 억제해 생산자가 원하는 방향으로 진행되도록 돕는다. 병입 시 극소량을 첨가하면 산화를 방지하고 품질을 일정하게 유지하는 역할을 한다. 또한 붉은색과 폴리페놀 성분을 포도 껍질에서 효과적으로 추출하는 데에도 유용하다.

이산화황은 와인뿐 아니라 껍질을 벗긴 채소나 말린 과일의 갈변을 막고, 색을 유지하는 용도로도 흔히 사용된다. 다만 너무 많으면 유황 냄새가 나거나, 코끝이 아리고 목이 따끔하게 느껴질 수도 있다. 그러나 천식이나 알레르기 환자가 아니라면 건강에 큰 영향을 미치지는 않는다. 휘발성이 강해 공기와 접촉하면 즉시 분해되므로, 포장된 채소는 가볍게 데치기만 해도 대부분 날아간다. 와인 역시 마개를 열고 일정 시간이 지나면 거의 사라진다. 주요 와인 생산국들은 당연히 법규에 따라 사용량을 엄격히 규제하고 있다.

이렇듯 유럽에서는 미생물이 와인을 부패시키고 시게 만든다는 사실을 일찌감치 간파했다. 하지만 이를 인지하고도 품질을 유지하면서 미생물의 악영향을 줄이는 방안까지는 알지 못해, 발효조와 숙성 통을 닦아내는 데 집중할 수밖에 없었다. 그러던 중, 마침내 이산화황의 이러한 효능을 간파하고 1900년대 초부터 적용하기 시작하였다.

불행하게도 우물 안 개구리의 사정은 훨씬 더 열악했다. 한국의
관계자들은 그로부터 반세기가 훌쩍 지난 뒤까지도 발효조 항아리
만 꾸준히 씻어내는 것 외에는 다른 방도를 알지 못했던 듯하다. 와
인의 나무통보다 막걸리 항아리가 세척 효과가 조금 더 나았을지
모르지만, 그렇다고 해서 여름철 유해 세균으로부터 자유롭지 못했
다. 게다가 값비싼 옹기가 씻는 과정에서 깨질까 조심스러웠을 것이
고, 세척제 등 환경적 여건도 충분치 않아 효과는 미미했다.

1970년대 초, 내가 중학생이 되어 시골집에 내려왔던 어느 여름
부터 양조장 직원들이 발효조 항아리가 가득한 사입실에 황(黃)을
피우기 시작했다. 어디서 정보를 입수했는지는 알 수 없으나, 황이
술의 시어짐을 막는다는 사실을 어렴풋이 깨달았던 모양이다. 그
러나 그 넓은 사입실에서 무턱대고 태운다고 공기 중의 황 성분이
항아리 속 발효액에 제대로 침투할 리 만무했다. 유럽에서 이산화
황을 활용한 지 육칠십 년이 지난 후에야 우리도 이를 써먹으려 했
으나, 원리도, 방법도 제대로 모르는 상태였다. 술을 살리겠다고 건
강까지 죽여가며 황을 피워댔지만, 헛수고였다. 술은 시었고, 덜 시
린 건 마음뿐이었다.

그냥 '황(慌)'일 뿐이던가.

慌(황): 당황할 황. 허둥대며 어찌할 바 모르는 상태.

나라를 살릴래?
아니면 너를 살릴래?

　　존경할 만한 사람이 그다지 많지 않은 세상이라도, 나에겐 '안중근 의사'만큼은 존경을 넘어 경외의 대상이다. 그분의 철학과 행동, 그리고 거사를 치른 후의 의연함은 찬탄해 마지않을 일이다. 민족사에 그 누구보다 애민 애족의 정신을 온전히 갖춘 위대한 분이시다. 그러한 위인이 계시는가 하면, 우리 민족에는 나 같은 인간도 존재한다. 애국은커녕 전생에 나라를 팔아먹지만 않았어도 천만다행이다. 만약 어느 무지막지한 자가 '나라를 살릴래? 아니면 너를 살릴래?' 하고 묻는다면, 말이 끝나기도 전에 저만치 줄행랑을 쳤을 거다. 그런 나를 자식들이 닮지 않았을 리 없다. 더구나 아주 어린 시절부터 국적이 바뀌었으니, 나보다 애국심이 부족하면 부족했지, 넘치지는 않을 테니 말이다.

　그런데, 그런데 말이다.

이번 영국 출장길에 큰아들이 이사한다기에 도와주려 자취방을 찾아갔다. 가보니, 가히 백 년은 족히 되어 보이는 낡은 주택의 0층 문간방에 세 들어 살고 있었다. 나름 치운다고 치운 모양이었으나, 오래된 집이라 창틀과 라디에이터에는 때가 잔뜩 끼어있어 한눈에 보기에도 지저분함이 느껴졌다. 방 한쪽 구석에 접이식 책상이 휑하니 놓여있었는데, 그 위쪽 벽에 태극기가 붙어있었다. 마치 북한 가정집의 김일성 초상화처럼, 말뚝 보고 절하듯 덩그러니 걸려있어 괜스레 시선이 갔다. 신기해서 물어보니, "오래전 학교 행사에서 사용하던 것을 계속 가지고 다니며 걸어 둔다."라 했다.

기특했다.

금번 가을, 대학에 입학한 작은아들이 기숙사에서 사용할 이불을 마련했다. 그러나 아이는 평범한 이불로는 만족하지 않았다. 그는 엄마에게 "이불 겉감에 커다란 태극기를 그려주세요."라며 특별한 부탁을 했다. 태극기의 강렬한 빨강과 파랑, 그리고 묵직한 검은색 선을 제대로 표현하기 위해 그는 직접 여러 문구점을 돌아다니며 적합한 물감을 찾아왔다. 함께 색을 발라 태극기의 선명한 색감을 구현하고, 하나하나 정성을 다해 선과 곡선을 이불에 그려넣었다. 이불 위에 그려진 태극기는 단순한 장식이 아니라, 내면에 자리한 정체성과 자부심을 담아낸 상징이었다.

기특했다.

영국 도시를 걷다 보면 티케이 막스(TK Max) 간판이 어김없이 눈에 들어온다. 괜찮은 물건을 싸게 건지는 점포라 늘 사람들 발길이 이어진다. 재고가 한정적이고 물품 구성이 들쭉날쭉한 단점이 있어도, 심심할 때 구경 삼아 들르기에 적합한 상점이다.

어느 날, 위스키 교재로 쓸 책을 구하려고 갔다가 문구용품 코너에서 한가로이 진열대를 지키던 지구본 하나를 찾아냈다. 마침 조만간 여행할 스코틀랜드의 위도가 궁금해 이리저리 돌려보던 중, 한반도가 눈에 들어왔다. 자세히 살펴보니 바다의 표기가 'East Sea(동해)'였다. 대개 'Japan Sea(일본해)'로 쓰거나, 간혹 '동해와 일본해'를 병기하는 현실을 떠올리며 반가운 마음이 들었다. 혹시 한국산이라 그런가 싶어 제조회사를 확인해 보았더니 다행히도 이탈리아 회사 제품이었다. 그 덕분에 우리 집에는 또 하나의 지구본이 생겼다.

기특했다.

영국으로부터 독립 여부와 관계없이 에든버러는 스코틀랜드의 수도다. 수도답게 국립 박물관도 여기에 있다. 박물관 중앙 현관에 들어서서 계단을 조금 올라가면 한 인물의 초상화가 보인다. 스코틀랜드의 유명한 탐험가 데이비드 리빙스턴이다. 그는 아프리카 대륙의 빅토리아 폭포를 발견한 인물로도 잘 알려져 있다. 초상화 아래에는 그가 사용했던 지구본이 벽에 바짝 붙여 전시되어 있다. 자세히 보면 이 지구본은 초상화 속에도 그려져 있다. 그 자체로 훌륭하거나 희귀하다기보다는, 세계적인 모험가에게 영감을 불러일으킨 도구라는 점에서 더 큰 가치를 지닌 셈이다.

이번에도 어김없이 한국 찾기를 시도했다. 당연하게도 지구본은 스코틀랜드가 가장 잘 보이도록 진열되어 있어, 벽에 밀착된 동쪽 나라는 쉽게 확인하기 어려웠다. 후에 애국자가 될지도 모를 아들 녀석이 어렵사리 스마트폰으로 사진을 찍는 데 성공했는데, 놀랍게도 그 지구본에는 'Gulf of Corea(한국해)'라고 표기되어 있었다.

기특했다.

나의 애국자 흉내 내기가 어떻게 바깥에 알려졌는지 모르겠으나, 뉴욕의 고지도 판매상에게서 연락이 왔다. 발 없는 말이 천 리 간다더니, 내 이야기가 태평양을 건너 미국 대륙까지 퍼져버린 모양이다. "한국해로 표기된 옛날 지도 원본을 사시겠습니까?"라는 메일이었다. 값이 꽤 나갔으나, 성의가 괘씸해서라도 보내달라고 했다. 액자에 넣어 걸면 어설픈 그림보다 훨씬 근사할 것 같았다.

　보증서와 함께 도착한 지도는 1747년 영국 지도제작가 엠마뉴엘 보웬이 만든 'Double Hemisphere World Map(이중 반구 세계지도)'였다. 한반도는 비교적 정확히 표현되어 있었으나, 일본의 모습은 실제와 크게 달라 오히려 묘한 만족감을 주었다.

　물론 바다 이름도 'S. of Korea(한국해)'로 표기되어 있었다.

　참으로 기특했다.

최후의 모델

로켓트 선생

"야, 너 혹시 로켓트 봤냐?"

고등학교 졸업 30주년 기념 파티에서 한 친구가 나를 보자마자 대뜸 엉뚱한 질문을 던졌다.

"오늘 그분은 안 오신다던데. 왜 그래?"

별명이 로켓트인 선생님은 2학년 때 담임이었다. 우리는 한국도 아닌 세계의 역사엔 눈길조차 주지 않았다. 그런데 하늘의 뜻도 안다는 지천명을 넘긴 친구가 별안간 그분 교과목에 매달렸다. 무슨 미련을 곱씹는 건지, 아니면 학창 시절 성적을 다시 뒤집으려는 건지 도통 종잡을 수 없었다.

"그분이라니! 어림도 없어. 유다 같은 사람이야."

그는 화난 듯 테이블을 툭툭 두드리며 쏘아붙였다.

"글쎄… 난 잘 모르겠어. 무슨 일인데?"

갑자기 웬 유다라니, 나도 갑갑하긴 마찬가지였다.

"너 진짜 생각 안 나? 로켓트한테 담배 갖다 바친 거?"

기억도 못 할 뿐만 아니라 제 편도 안 들어줘 서운하다는 투로 채근했다.

"난 정말 모르겠어. 너, 그 선생님하고 무슨 원한 관계라도 있냐?"

나는 하도 답답해서 되물었다.

"하, 내가 그자랑 무슨 원한이 있겠냐. 그냥 싫다는 이야기지. 근데 네가 그 사건을 까맣게 잊었다는 게 나로서는 더 신기하다."

그러면서 들려준 이야기는 나를 30여 년 전, 고등학교 2학년 시절로 되돌려 놓고 생생한 영상 속으로 이끌었다.

나는 당시 학교에서 약 500미터 떨어진 명륜동 하숙집에서 지냈다. 하숙생은 열대여섯 명. 성균관대와 서울대생이 대부분이었고, 고등학생은 나와 보성고에 다니는 박노준 둘뿐이었다. 또 한 사람, 문간방에 기거하는 군필 고려대생은 서른두 살 만학도로, 내 눈엔 영락없는 아저씨였다.

1학기 말, 그 친구가 하숙집에 찾아와 푸념을 쏟아냈다.

"로켓트가 나를 계속 괴롭혀."

피부가 희고 이국적인 얼굴 덕에, 친구는 부잣집 아들처럼 보였다. 그런 아이들은 보통 부모가 담임을 찾아와 뭔가 바람을 일으키기 마련인데, 그는 스스로 그걸 차단했다고 했다. 그게 화근이었는지, 선생이 유독 자신을 못살게 군다고 했다.

우리는 머리를 맞대고 해결책을 궁리했다. 친구는 모아 둔 오천 원과 아껴 두었던 거북선 담배 한 보루까지 챙겨 왔다. 나는 문간방 형이 요령껏 잘 처리해 줄 거라 믿고 조심스레 문을 두드렸다.

"내 친구가 이런 일로 곤란한데, 좀 도와줄 수 있어?"

형은 흔쾌히 고개를 끄덕였다. 우리는 봉투에 돈을 넣고, 담배는 정성껏 포장해 들려주었고, 그는 사촌 형 행세를 하며 선생을 직접 찾아갔다.

결과는 대성공이었다. 친구는 2학기 내내 평온했고, 애써 공부할 필요도 없어졌다.

그로부터 다시 이십 년이 지나, 이젠 하고 싶은 대로 해도 도리에 서 벗어나지 않는다는 종심(從心)에 가까워졌다. 이 기억이 희미해 지기 전에 또렷하게 기록하고 싶었다. 친구를 청주로 불러 함께 흩 어진 조각을 맞춰보았다.

"내가 알고 있는 한 이게 전부야."

나는 떠오르는 대로 그때의 일을 들려주었다.

"아니야, 좀 달라. 나만 당한 게 아니라 너도 같이 걸렸어. 우리 반에서 너랑 나, 단둘이 불려 내려갔잖아."

그는 고개를 저으며 반박했다.

"그래? 네 부모님이 인사를 안 드려서 그랬던 거잖아? 나까지 엮 였던 건지는… 처음 알았네."

뜻밖이라 말끝이 조금 내려앉았다.

"그가 말하길, 우리 둘 다 성적이 형편없기 때문이랬어. 물론, 속 내는 따로 있었겠지."

친구 사영이는 물귀신처럼 나까지 끌어들이더니, 그제야 분노가 한풀 꺾인 듯했다. 선생을 부르던 호칭이 '그자'에서 '그'로 바뀐 걸 보면.

로보트 선생님

"…, 박정용, … 이상 5명. 수업 끝나면 교무실로 내려오래."

2학년 겨울방학을 앞둔 어느 날, 결국 올 것이 오고야 말았다. 날씨만큼이나 을씨년스럽게, 반장을 통해 담임선생 로보트의 호출이 떨어졌다. '왜 직접 부르지 않고 꼭 반장을 거쳐야 하는지.'라 투덜거릴 새도 없이, 우리는 판결을 앞둔 죄수의 발걸음으로 줄을 맞춰 교무실로 향했다. 떳떳하지는 않았다. 그렇다고 풀이 죽거나 기가 꺾인 기색도 없었다. 친구들의 표정을 살펴보니, 다들 비슷한 심정인 듯했다. 도살장에 끌려가는 신세였더라도, 김기산의 시 「사람이라서 미안하다」에 나오는 소처럼 "되새김질하며 그렁그렁한 눈망울을 하거나, 올려다보며 산울림 같은 소리를 내지"는 않았다.

도살장에 끌려가는 소, 눈물 자국이 애처롭다.

선생님 책상은 교무실 문 바로 옆이라 굳이 안으로 들어갈 필요 없이 복도에서 대기하면 되어 그나마 망신이 덜했다. 학년 말이면

어김없이 열린다는 로보트의 연례행사, 올해는 우리 다섯 명이 초
대받았다. "이제부터라도 공부 시작하거라."라는 훈시와 함께 정신
봉 세례를 받는 시간이었다.

　이윽고 꼴찌가 불려 들어가면서 형 집행이 시작되었다. 잠시 조
용하더니 퍼억, 퍼억, 다섯 번 소리가 나고, 녀석은 씩씩거리며 나
왔다. 바닥을 치는 성적도 서러운데, 매까지 맞아야 한다니. 억울
함을 곱씹을 틈도 주지 않고, 우리는 먼저 들어간 녀석들이 얼마나
아파하는지에만 온 신경을 곤두세웠다.
　"아프냐?"
　누군가가 물었다.
　"보면 모르냐?"
　맞은 놈이 퉁명스럽게 내뱉고, 다음 순번을 지적했다. 그러고는
궁둥이를 부여잡으며 교실로 줄행랑쳤다. 다음도 별반 다르지 않
았다. 으악, 소리가 네 번 들리더니, 역시 말없이 기어 나왔다. 이제
는 아무도 묻지 않았다. 그다음, 세 대를 맞은 왕근이가 나오더니
턱으로 나를 가리켰다.

　드디어 내 차례였다.
　"왜 불렀는지 잘 알겠지?"
　"네."
　"할 수 있는 녀석들이 하지 않으니 내가 정신 좀 차리게 만드는
거야. 아직도 늦지 않았어."
　"네, 열심히 하겠습니다."

"엎드려!"

퍼억, 퍽. 선생님도 기운이 빠졌던 건지, 아니면 내가 미리 겁을 너무 먹었던 건지 몰라도, 생각보다 덜 아팠다. 그렇지만 그 '사랑의 매'는 정신이 번쩍 들 만큼 깊이 새겨진, 마치 예수님의 계시와도 같았다. 담임선생님은 고교 시절은 물론, 인생 통틀어 학업 성적으로 나를 꾸짖은 유일한 존재이셨다.

다섯 명 중에서 가장 성적이 좋은 마지막 아이에겐 굳이 순서를 알려줄 필요가 없었다. 나는 두 대를 맞았지만, 이제야 들어가는 녀석보다는 마음이 훨씬 가벼웠으리라. 고개를 푹 숙이고 교무실 문을 여는 그의 뒷모습이 한없이 안쓰러워 보였다.

매는 먼저 맞는 게 낫다는 것, 역시 진리였다.

빈치 마을 출신의 레오나르도

레오나르도 다 빈치는 명화 「최후의 만찬」을 그려내는 데 무려 7년을 쏟았다. 그림 속 인물들은 모두 당대에 가장 적합한 모델을 찾아 그렸다고 전해진다. 작업 초반, 그는 예수의 얼굴을 완성하기 위해 순수하고 인자한 청년을 물색했다. 1492년, 마침내 19세의 한 청년을 모델로 선정했다. 신성한 분위기를 지닌 그는 고요한 미소를 머금고 캔버스에 자리매김했다. 이렇게 가장 먼저 그림 속에서 예수가 완성되었다. 이후 6년 동안 다 빈치는 차례로 11명 제자의 모습을 그려넣었다.

남은 인물은 단 한 명, 유다였다. 그러나 유다의 얼굴을 찾는 일은 생각보다 까다로웠다. 배반자의 형상을 그려야 한다는 강박에 사로잡힌 다 빈치는 장터, 거리, 술집은 물론이고 음침한 뒷골목과 사창가까지 샅샅이 뒤졌다. 몇 년을 헤매던 끝에, 그는 마침내 로마 감옥에서 한 사형수를 발견했다. 그의 얼굴에는 음산한 기운이 서렸고, 몸은 세파에 찌들어 허리는 굽고, 다리는 절뚝였다. '이제야 유다를 제대로 완성할 수 있겠군!' 다 빈치는 기쁨에 차서 즉시 작업에 들어갔다. 며칠 동안 죄수를 앞에 앉혀놓고 세밀한 붓질을 이어가던 중, 모델이 조용히 입을 열었다.

"선생님, 저를 어디선가 본 기억이 없습니까?"

다 빈치는 붓을 멈추고 그를 찬찬히 뜯어보았다.

"아니, 처음 보는 얼굴인데."

그러자 사형수는 쓸쓸한 미소를 지었다.

"저는 예전에도 여기 같은 자리에 앉아 있었습니다. 그때는 예수 모델이었지요."

붓을 쥔 다 빈치의 손이 떨렸다. 여섯 해 전, 신성함과 순수함의 상징이던 청년은 지금 세상의 무게를 짊어진 채 황폐한 눈동자를 하고 있었다. 삶이 그에게 새긴 깊은 주름과 거친 흔적들은, 배신자의 얼굴로 더할 나위 없이 적합해 보였다.

그렇게 「최후의 만찬」 속 예수와 유다는 결국 한 사람이었다.

사실은 로켓트 선생과 로보트 선생님도 한 분이셨다.

장발 삼재(三災)

　　길어도 단속, 짧아도 적발. 남자들은 머리가 길다고 끌려가고, 여자들은 치마가 짧다고 붙잡혔다. 무자비한 군사 독재 시절, 작은 재치와 기지가 때로는 최소한의 자유라도 지켜내는 방법이었다.

일재.

　　고2까지, 학교보다는 바깥 세상에 더욱 충실했다. 하숙집에서 생활한 탓에 나는 아무런 제약을 받지 않았다. 선배들의 대학생 배지를 달고, 가발을 쓰면 그럴듯한 장발의 대학생이 되어 시내로 나가 쏘다니다 어쩌다 한두 번 술도 마셨다. 장발 단속이 극심했던 당시, 대학생은 머리를 강제로 깎이면 그만이었지만, 고등학생이라면? 인생이 송두리째 날아갈 판이었다.

8월 중순, 폭염이 기승을 부리던 날. 스트레스를 푸는 건지 쌓는 건지도 모른 채 청진동을 헤매다 집으로 향하는 길이었다. 해 질 무렵이라 주위는 어둑했다. 성균관대 정문 앞을 지나던 찰나, 뒤에서 오토바이 소리가 들렸다. 경찰이었다. 멀리서도 내 긴 머리를 포착했는지, 매처럼 날카롭게 파고들었다.

갑작스레 뛰어들게 된 초록색 대문 집

순간, 본능적으로 위험을 감지한 토끼처럼 겁에 질려 잽싸게 골목으로 뛰어들었다. 온몸이 땀에 젖은 채 정신없이 도망치다 보니, 푸른 철제 대문이 시야에 들어왔다. 작은 샛문을 밀치고 안으로 뛰어들자, 수돗가에서 등목하던 아주머니의 당혹스러운 눈길과 딱 맞닥뜨렸다.

"아주머니! 제가 성대생인데, 데모 주동하다가 경찰한테 쫓기고 있어요! 제발 숨겨주세요!"

황당했을 법한 아주머니는 잠시 멈칫하더니, 이내 부엌문을 가리켰다.

"들어가요, 빨리!"

바로 그때, 경찰이 대문을 두드렸다.

"경찰입니다! 혹시 수상한 사람 못 보셨습니까?"

"아이고, 내가 등목하느라 정신없었는데, 아무도 못 봤어요."

아주머니는 반라에 가까운 상태로 능청스럽게 대답했다. 순경은 눈을 마주치지도 못하고 몇 마디 더 묻더니 이내 다른 집으로 향했다. 한참 뒤, 아주머니가 부엌으로 와 나를 챙겼다.

"이제 나가봐요. 정말 용감하네요. 학생 같은 젊은이가 세상을 바꿀 겁니다."

나는 아무 소리도 못한 채 고개를 푹 숙여 감사 인사를 건넨 뒤, 조심스레 빠져나왔다.

이재.

2학년 말, 담임선생이 교무실로 호출하셨다. "이대로 가면 대학은커녕 예비고사 통과도 장담할 수 없다"며 정신봉 세례를 주셨다. 그제야 정신이 번쩍 들어, '4시간 자면 합격, 5시간 자면 불합격'이라는 '4당 5락' 표어를 금과옥조로 여기며 책상 위에 붙여두고 후회 없는 고등학교 3학년을 보냈다.

학년 말, 진로를 결정해야 할 즈음에 훗날 부산치대 교수로 봉직한 하숙집 룸메이트 김진범 선배의 권유로 치과대학 진학을 결심했고, 어느덧 입시는 코앞이었다. 겨우 안정을 찾았나 싶었는데, 마음 한구석에서는 또 다른 갈등이 스멀스멀 피어오르고 있었다.

그러던 제법 쌀쌀한 겨울날이었다. 한 동급생 친구와 명동을 배회하다가 평소 궁금해하던 'PJ'에 들렀다. 좁고 가파른 2층 계단을 오르던 중 내려오던 대학생 무리와 어깨가 스쳤다. 나는 대수롭지 않게 넘겼지만, 친구는 불쾌한 기색을 드러냈고, 말다툼으로 번졌다. 상대가 위협하며 다시 올라오려는 찰나, 친구가 불쑥 발을 들었다. 그게 대학생 중 한 명의 가슴에 맞았고, 이내 분위기는 험악해졌다. 그때 술집 종업원들이 나타났다. 팔뚝이 굵고 어깨가 떡 벌어진 거구들이 계단을 막아서며 실랑이를 단숨에 끝냈다. 말없이 우리와 대학생들을 3층으로 끌고 갔다. '기도실'이었다. '木戸(키도)'는 일본어로 '문지기'를 뜻하는데, 유흥업소에서는 질서를 유지하고 말썽을 처리하는 해결사를 의미한다.

온통 검은색으로 칠해진 창문 없는 밀실, 벽에 걸린 시퍼런 일본도, 방 한가운데 놓인 철제 의자, 곰팡내 가득한 공기. 한마디로 공포 그 자체였다.

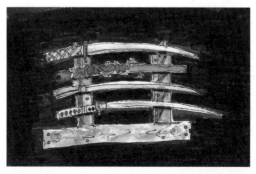

공포의 흑체 방. PJ 기도실의 한쪽 벽을 회상하며

"꿇어앉아."

반항할 분위기가 아니어서 그대로 주저앉았다. 그 짧은 동안, '다리만이라도 성히 빠져나갈 수 있게 해달라'고 나는 간곡히 빌었다. 술집 기도실이 교회 기도실이 되어버린 셈이었다. 종업원들은 위압적인 분위기로 우리를 내려다보았다. 이유는 중요하지 않았고, 복종만이 허용되었다. 긴장감이 최고조에 달한 순간, 한 사람이 내 머리를 잡아챘다. 결국 친구의 가발까지 몽땅 벗겨졌다. 멍한 상태의 우리 둘은 물론 기도, 대학생까지. 모두가 얼어붙었다. 수치심과 두려움이 끝없이 몰려왔다. 숨길 방법도 없었다.

그때, 철제문이 쾅 하고 닫히며 나이 지긋한 두목 같은 남자가 들어왔다. 피우던 담배를 손가락에 걸친 그는 지독히 낮은 쇳소리로 물었다.

"이놈들은 도대체 뭔 짓을 하다 걸린 거야?"

한 기도가 상황을 설명하자, 그는 천천히 다가와 내 얼굴을 들여다봤다.

"고삐리 주제에 어딜 기웃거리냐. 나 원 참 쯔쯔."

한심한 듯 혀를 끌끌 찼다.

"제가 고3인데, 안 하던 공부를 갑자기 하려니 너무 힘들어서 친구랑 잠깐 나왔습니다."

나는 최대한 공손하게 말했다. 그는 어이없다는 듯 껄껄 웃었다.

"오늘은 그냥 돌려보내지만, 또 말썽 피우면 가만 안 둔다. 얘네들 잘 살펴봐."

우리는 허리를 180도로 접었고, 기도들은 시차를 두어 대학생들을 나중에 내보내기로 했다. 덕분에 명동 거리에서 다시 얻어터질 위험도 피할 수 있었다.

돌아오는 길, 친구 덕순이는 신이 나서 무용담을 늘어놓았다. 내가 보기엔 그냥 발을 들었을 뿐이고, 상대는 올라오다 가슴에 닿았을 뿐이었다. 그렇게까지 대단한 일은 아니라고 깎아내렸지만, 사실 그의 자랑도, 나의 폄훼도 우리가 무사히 빠져나올 수 있도록 배려해 준 종업원들 덕택에 가능했다.

그들은 나의 간절한 기도(祈祷)에 응답하여, 하늘이 내려준 진정한 기도(木戶)였던 셈이다.

삼재.

대학 1학년 겨울, 같이 항상 어울리던 절친들은 하나같이 유급을 했고, 나는 간신히 가을학기까지 마쳤다. 군 복무를 먼저 끝낼까 말까, 고민하던 시기로 머리가 복잡해져 부산으로 여행을 갔다. 마침 동아대 입시를 치른 친구가 있어 그 집에 묵으며 합격자 발표를 함께 보러 가기로 했다. 친구는 부모님 강권으로 삭발을 당했고, 나는 그와 정반대로 머리카락이 하늘 높은 줄 모르고 자란 상태였다. 아침 식탁에는 친구 어머니가 차려 주신 푸짐한 밥상이 올라왔고, 우리는 든든히 배를 채웠다.

두근거리는 마음을 다스리며 불길한 기운을 떨쳐내려 애쓰던 중, 발표장 근처에 이르렀을 때 경찰관이 우리를 불러 세웠다. 가는 날이 장날이라더니, 하필 이런 날 무슨 일이 터지려는 걸까.

"잠깐, 학생. 파출소로 가야겠어."

순간 멍했지만, 곧 무슨 일인지 짐작이 갔다. 친구는 삭발, 나는 장발. 부산 사직운동장 내 파출소로 끌려가 보니, 이미 장발로 붙잡힌 젊은이들이 줄지어 앉아 있었다. 바닥에는 갓 잘린 머리카락이 널브러져 있었고, 책상 한쪽에는 녹슨 바리캉(Baricant)이 놓여 있었다. 순경이 이발 도구를 챙겨 들고 다가왔다.

"머리 자르고 가야 해."

머릿속이 하얘졌다. 이제 곧 민머리가 되면 바깥까지도, 머리 안팎이 죄다 하얘질 판이었다. 최소한 발버둥이라도 쳐봐야 했다. 최대한 애절한 얼굴로 읍소했다.

"오늘 대학 합격자 발표가 있습니다. 재수해서 이번이 마지막 기회인데, 머리까지 깎이고 불합격이라도 되면 얼마나 억울하겠습니까? 한 번만 봐주시면 안 될까요?"

순 뻥이었으나, 내 눈빛만큼은 진심이었다. 순경이 내 얼굴을 유심히 째려보더니, 심각한 표정으로 상관에게 귓속말을 건넸다. 소장이 한숨을 내쉬며 말했다.

"그래, 이번만 봐준다. 하지만 다음부턴 어림도 없어."

나와 친구는 연신 "감사합니다!"를 외치며 허리를 꺾었다.

그날 친구는 합격자 명단 안에서 자신의 이름을 확인했고, 나도 거울 앞에서 내 머리카락을 확인할 수 있었다.

리쳐드 기어가
되어보고자

토요일 오후.

　12월 중순, 한낮 기온이 영하 가까이 떨어졌다. 머리 손질하기엔 썩 좋은 날씨가 아니었어도, 올해의 버킷리스트를 떠올리며 큰 맘 먹고 동네 미장원을 찾았다. 갈 때마다 "시간 나면 파마하러 오겠습니다."라고 말만 해왔는데, 드디어 그 약속을 지키는 날이었다. 자르거나 감으러 간 적은 있어도, 파마하러 간 건 정말 모처럼만이었기에 약간 설레기도 했다.

　"어떻게 해드릴까요?"

　"오래 가게 해주세요!"

　딱 한마디씩 주고받고는 그녀의 손에 모든 걸 맡겼다. 나는 이런 게 편하고 좋다. 머리에 대해 뭘 어떻게 해야 할지 고민할 필요 없이, 의자에 앉아 미용사에게 맡기면 이제부터 난 그녀의 작품이 된다.

그 시간만큼은 신경 쓸 일이 없어, 몸은 묶여도 영혼은 자유롭다.

　방금까지 다른 손님이 앉아서인지 철제 의자는 의외로 따뜻하고 편안했다. 코를 찌르는 특유의 냄새만 **빼면**, 마치 비행기 비즈니스 클래스 좌석에 앉은 듯한 기분이었다.

젊은 시절 미장원 첫 출입 풍경

　머리를 말아 올리는 동안 꾸벅꾸벅 졸았다. 졸음과 무료함이 벌인 혈투 끝에, 마침내 새로 태어난 머리를 맹물로 씻어냈다.

　드라이어로 머리칼을 말린 순간, 두 시간 전의 나와 전혀 다른 사람이 거울 속에 나타났다. 산발한 독거노인은 간데없고, 멋진 컬을 두른 배용준이 입가에 미소를 머금은 채 사각 액자 속에 자리했다. '이 푸석푸석한 머리카락을 이토록 예쁘게 바꿔주시다니!' 어떻게 감사를 전해야 할지 몰라 잠시 당황했다. 매캐한 가스와 골치 아픈 파마약 냄새를 참아내며 버틴 두 시간이 마침내 보람으로 돌아온 시점이었다. 나는 파마 요금 25,000원에 팁 10,000원을 얹어, 거금 35,000원을 기꺼이 지불했다.

일요일 오후.

"리처드 기어 같으세요. 영화「뉴욕의 가을」에 나오는 주인공 머리 그대로네요."

다음 날 아침에 골프장에 갔더니, 접수 데스크 직원이 기분 좋은 인사를 건넸다.

"아니, 난 어떤 배우가 걸어오는 줄 알았어. 박 원장, 아주 멋있어졌네!"

함께 플레이할 친구도 만나자마자 거듭 덕담을 쏟아냈다. "사람 맵시는 머리가 9할"이라는 속담이 딱 들어맞았다. '퍼머넌트(permanent)' 한 번으로 이렇게 자자한 칭송을 받게 될 줄은 꿈에도 몰랐다.

일요일 저녁.

그날 저녁, 라운드를 마친 뒤 의례적으로 함께하던 샤워를 마다하고 바쁜 척하며 혼자 먼저 빠져나왔다. 파마약을 너무 빨리 씻어내면 웨이브가 오래 가지 않을 것 같았기 때문이다. 하루만 더 버티고 월요일 아침에야 머리를 감을 작정이었다. 미용사는 적어도 일요일 저녁이면 샴푸를 해도 괜찮다고 했다. 그렇지만 웨이브가 오래오래 살아남아 준다면 그만큼 길게길게 행복하지 않겠는가? 그런 기대를 품으며 참고 또 참았다.

일요일 밤.

골프장을 나서자마자 꿉꿉한 상태로 어머니가 계시는 시골로 문안차 내려갔다. 연로하신 어머니께서는 나의 우아한 변신을 전혀 눈치채지 못하셨다. 기껏 잘 만들어 놓은 웨이브를 혹시나 망칠까 싶어 베개를 목 아래로 한껏 고이고 가만히 누워 자는 나를 보시더니, 한 말씀 하셨다.

"모처럼 오더니 잠자리가 무척 불편한 모양이구나!"

어릴 적부터 머리만큼은 길게 기르고 싶었다. 그러나 초·중·고 시절엔 멋모르는 교사들이 훈육을 빙자하며 막아섰고, 대학 시절엔 못돼 먹은 정치군인들이 총칼을 들이대며 훼방 놨다. 꽁지를 매든 상투를 틀든 누구 하나 시비 걸지 않는 착한 세상이 어렵사리 찾아왔는데, 정작 이번엔 내 머리카락이 따라주질 않았다. 점점 가늘어진 머리카락은 자라면 자랄수록 서로 뒤엉켜 사방에 거푸집을 지었다. 가만히 걷기만 해도 제멋대로 휘날려서 눈을 찌를 지경이었다. 옛말에 "머리가 검고 굵으면 사주팔자가 나쁘다"고 하더라도, 돼지털처럼 빳빳한 친구들의 머리카락이 한없이 부러울 따름이었다.

그런 불평불만을 듣고 직장 동료였던 위생사가 제안한 처방은 다름이 아닌 파마였다. 1982년, 소위 '페이 닥터' 시절, 그렇게 시작된 미장원 출입 역사가 어느덧 삼십 년을 넘겼다. 지금은 남자가 미용실에서 머리를 자르는 게 당연하다지만 당시엔 그게 몹시 쑥스러워 첫날에는 위생사를 대동하고 갔었다.

나는 약품 파마보다 고데를 더 선호했다. 고데(コテ)란 일본어로 불에 달궈 머리 모양을 다듬는 집게 같은 기구나 그 작업을 뜻한다. 머리카락 타는 냄새는 지독하나, 약품 파마보다 시간은 덜 들고 머리는 더 오래 갔다. 처음 1~2주는 북한의 김정일 머리로 지냈고, 자연스럽게 풀린 뒤에는 두세 달간 최적의 형태를 유지했다. 그 시절엔 지금보다는 머리카락에 힘이 남아있어, 그나마 어느 정도 결과를 얻을 수 있었다.

월요일 아침.

밤새 머리가 가려워 잠도 제대로 못 자고 뒤척이다가, 혹시나 하는 마음에 새벽녘 거울에 머리칼을 비춰보았다. 다행히 멋들어진 컬(curl)은 고스란히 남아 기대를 저버리지 않았다. 그래도 아직 안심할 단계는 아니었다. 샤워는 되도록 더 늦게, 샴푸 액은 가능하면 더 적게, 조심조심 머리를 감았다. 그런데 뭔가 낌새가 이상했다. 수십 년 미용실 출입 경력으로, 파마한 머리카락은 물에 젖어 있을 때 컬이 제대로 나타나지 않는다는 것쯤은 알고 있었다. 그러나 이번엔 느낌이 완연히 달랐다. 살펴보니 주변머리는 간신히 웨이브가 남았으나, 앞머리는 몽땅 쓰러져 있는 게 아닌가! 불안한 마음으로 드라이를 끝내고 다시 서울을 들여다보았다. 아뿔싸! 어렵게 얻은 머리 컬은 온데간데없고, 무성한 잡초만 부스스하게 나를 뒤덮고 있었다. 머릿속엔 쓰나미가 몰아쳤다. 리처드 기어 머리로 온 세상을 주름잡으려 했건만, 사흘도 못 가 흔적도 없이 사라지고 말았다.

화무십일홍이라는데, 파마는 겨우 이틀 천하였다.

충북대 평생교육원 '와인 스피릿 Wine Spirits'.
다양한 와인을 객관적으로 비교하기 위해 ISO 3591 국제 표준 시음잔을 사용한다.

월요일 저녁.

월요일 저녁엔 어김없이 평생교육원 '와인 스피릿' 강의가 있다. 비록 하루 종일 기분이 상하고 우울했으나 먹고살려면 강의는 해야 했다. 혹시나 하는 마음으로 교실에 들어섰는데, 역시나 스무 명의 수강생 중 누구도 '내 머리'에 눈길조차 주지 않았다. 아마 속으로는 이러고 있었겠지. '저 양반 오늘도 봉두난발, 머리도 빗지 않고 산발한 채 나타나셨군.'

그러나 어쩌겠는가? 몽땅 사실인 것을.

그로부터 며칠 후.

시간이 약이라더니, 이제는 충격이 제법 가라앉았다. 미장원에서는 다시 파마를 해주겠다고 했다. 내 불쌍하고 연약하며 헐벗은 머리칼을 생각하면 아무리 멋들어진 머리 컬(curl)을 준다 해도 이번 겨울에는 사양할 생각이다. 그나마 얼마 남지 않은 머리털을 보호하려면 당분간 파마약은 멀리해야 한다. 머리카락 한 올 한 올이 아까워 샴푸 후에 수건으로 거칠게 닦지 않고, 조심스레 눌러가며 말리는 내게 더 이상의 파마는 독배(毒杯)나 다름없다. 이런 불쌍한 나에게 누군가 성배(聖杯)라도 건네준다면 얼마나 감사할까.

머리카락을 빳빳하게 세워줄 '머리그라' 같은 기적의 처방 말이다.

느리게 살자

'ORIVETO'라 쓰여있는 창문 상호

"유리 창문에 상호 '오르비에토(ORVIETO)'의 철자 I와 V가 뒤바뀌어 '오리베토(ORIVETO)'라 쓰여있네요."

나는 조심스럽게 주인 아주머님께 말씀드렸다. 그녀는 잠시 멈칫하더니, 이내 당황한 표정이 역력했다.

"에, 그럴 리가 없는데요. 제가 한번 살펴볼게요."

주인은 문으로 다가가 들고 있던 메뉴판의 철자와 비교했다. 그래도 확신이 서지 않았는지, 아예 문을 열고 나가 건물 옥상에 붙은 대형 간판의 글자까지 살폈다.

"아고, 셋 중에 이것만 다르네요. 정말 죄송합니다."

그녀는 크나큰 잘못이라도 저지른 양, 어쩔 줄 몰랐다.

"그럴 수 있죠. 간판 회사에서 실수했나 봐요."

주인 아주머님의 안절부절에, 지적질한 내가 도리어 민망해졌다.

"근데 어떻게 그걸 발견하셨대요? 지금껏 아무도 몰랐는데요."

그녀는 살짝 겸연쩍은 표정으로 물었다.

"아, 예. 오르비에토는 다녀온 기억이 생생한 이탈리아 도시라서요."

나는 별일 아니라는 듯 대화를 마무리했다.

'느려서 행복한 섬, 슬로시티' 신안군 증도는 규모는 작지만 다양한 관광 자원을 품고 있다. 리아스식 해안이 빚어낸 변화무쌍한 해안선과 모래사장이 어우러진 섬들은 독특한 매력을 선사한다.

전체 숲의 형상이 한반도를 닮은 해송 숲 십 리 길이 우전해수욕장의 백사장을 따라 길게 이어진다. 바다 전망이 빼어난 엘도라도 리조트에서 절벽길을 내려서면 선택은 두 갈래다. 빽빽한 해송 사이를 지나 솔향 가득한 바람을 느끼며 걷는 길과 탁 트인 바다 풍경을 따라 모래사장을 거니는 길. 어느 쪽을 택하든, 갈매기와 파도 소리가 길동무가 되어준다. 짬뽕과 자장면 사이에서 고민된다면, 두 길을 번갈아 걸으며 짬짜면의 매력을 맛보면 된다.

길을 따라 걷다 보면 마지막에 짱뚱어 다리가 모습을 드러낸다. 이 목조 다리는 썰물 때 갯벌을 뛰어다니는 작은 물고기 짱뚱어에서 이름을 따왔다. 다리를 건너면 넓은 솔무등 공원이 펼쳐지고, 그 전면에 '오르비에토' 카페가 자리한다.

슬로시티 창시자 파울로 사투르니니는 증도를 '신이 키스한 곳'이라 표현했다. 바다와 농토가 어우러진 이곳에서 주민들은 갯벌에 나가서 자원을 얻고 전통 방식으로 농사를 짓는다. 기계보다 사람 손길이 먼저 닿는 농어업은 환경을 아끼고 배려하는 삶을 보여준다. 무리한 개발 없이 자연을 존중하며 살아가는 모습이야말로 증도의 가장 큰 매력이다. 바닷바람과 소금기가 만들어 내는 독특한 분위기 속에서, 염전은 고요한 바다와 어우러져 평화로운 시간을 선사한다. 증도는 단순한 여행지가 아니라, 전통과 자연을 지키며 살아가는 공간이다.

2007년 슬로시티로 지정되며 속도와 경쟁보다 여유와 느림의 철학을 실천하는 성지가 된 증도. 그러나 아이러니하게도 '아시아 최초'라는 타이틀을 얻기 위해 그 철학과는 정반대로 서둘러 절차를 마쳐야만 했다.

앞서 1999년, 이탈리아 떼르니주의 오르비에토와 주위 마을 주민들은 '느리게 살자'는 철학을 표어로 삼아 슬로푸드 운동을 시작했다. 패스트푸드의 범람을 거부하고, '먹을거리가 인간 삶의 기본이자 삶을 결정짓는 중요한 요소'라는 신념에서 출발했다. 이는 전 세계로 확산되어 치따슬로(Cittaslow), 즉 슬로시티 운동으로 발전했다.

증도와는 '느림'이라는 공통된 철학을 공유하며, 우연히 카페 이름으로도 또 다른 인연을 이어가고 있다. '천 리 인연도 한 끈으로 이어진다'지 않던가.

치따슬로(Cittaslow) 로고:
달팽이는 느림과 여유를 상징하고, 집은 지역 전통과 공동체 보존을 뜻한다.

로마에서 북쪽, 해발 300m 언덕 위에 자리한 오르비에토는 절벽으로 둘러싸여 평화롭고 고즈넉한 분위기를 자아낸다. 기차로 약 1시간 20분이면 닿을 수 있다. 기차 승객은 주로 역 앞의 푸니쿨라(Funiculà)를 타고 마을로 올라간다. 두 대의 객차가 케이블과 선로로 균형을 맞추며 가파른 언덕을 따라 오르내리는, 의외로 빠르고 효율적인 이동 수단이다.

역설적이게도, 나는 느림의 성지를 찾으면서도 매번 가장 빠른 교통편을 선택했다. 기차 중에서도 가장 빠른 쪽을 골랐고, 푸니쿨라와 셔틀버스를 놓고도 시간을 비교했다. 느림을 서둘러 체험하고 싶었던 걸까, 아니면 모순된 태도를 스스로 실감하려 했던 걸까?

오르비에토의 골목을 걷다 보면 상쾌한 바람이 스치고, 마음이 한결 가벼워진다. 돌담 위로 따스한 햇살이 내려앉고, 오래된 석조 건물들이 그윽한 운치를 더한다.

이 마을의 매력은 단순한 산책에 그치지 않는다. 거리를 따라 미술관과 유적지가 자연스럽게 녹아있어, 걸음을 옮길 때마다 중세의 흔적을 마주하게 된다. 장인의 손길이 깃든 도자기와 수공예품을 판매하는 작은 상점들은 볼거리를 더하고, 독특한 기념품을 찾는 재미까지 선사한다.

여행의 즐거움을 배가시키는 것은 역시 지역에서 생산된 음식과 와인이다. 오르비에토는 슬로시티의 철학을 실천하며, 패스트푸드를 철저히 배제하고 지역 농가에서 생산한 신선한 식재료로 만든 요리를 선보인다.

오르비에토는 단순한 관광지를 넘어 '느림의 철학'을 경험하는 공간이다. 천천히 걸으며 사색하고, 삶의 여유를 만끽하며, 시간을 온전히 음미할 수 있는 곳. 여기서는 속도를 줄이고, 풍경과 그 흐름 속 숨결까지 온전히 받아들이는 게 가장 큰 즐거움이다.

오르비에토의 와인과 증도의 천일염은 다시 만나게 된다.

오르비에토에서는 산비탈 구릉 위로 따스한 태양이 내려앉고, 포도는 가을 햇살을 머금으며 서서히 익어간다. 낮과 밤의 큰 일교차 속에서 땅속 깊이 뿌리를 내린 포도나무는 석회질 점토와 해양 화석이 풍부한 토양에서 자라난다. 이 땅의 미네랄과 축적된 수분을 흡수하며, 산미와 풍미가 균형을 이루는 와인으로 거듭난다. 정성 어린 양조 과정을 거친 이 와인은 시간이 선사하는 깊이와 여운을 품은 채, 신의 선물이라 불리기에 손색이 없다.

한편, 증도에서는 부드러운 바닷바람이 섬을 감싸고, 광활한 갯벌 위로 태양이 내리쬐는 가운데 소금이 천천히 굳어간다. 조수 간만의 차가 만들어 내는 자연의 리듬 속에서 해양 유기물과 미네랄이 응축된 천일염은 특유의 감칠맛과 풍부한 영양을 간직한다. 바람과 햇빛, 바다가 빚어낸 이 소금은 단순한 조미료를 넘어, 자연이 남긴 축복처럼 귀하게 여겨진다.

서로 다른 땅에서 태어났으나 같은 가치를 품은 와인과 천일염. 자연과 시간이 빚어낸 이 둘은 느림의 미학을 오롯이 담아낸 완벽한 산물이다.

'어라, 짐들이 하나도 안 보이네?' 화물칸을 열 때부터 뭔가 수상함을 느꼈지만, 버스에 올라타고 나서야 이유를 알게 되었다. 다른 일행은 등산복 차림에 배낭 하나씩만 가볍게 챙겼는데, 나 혼자 양복을 입고 커다란 트렁크까지 들고 나타났다. 초가삼간에 금붙이를 들이민 격이니, 그들의 당황스러운 시선이 새삼 이해됐다. 급히 챙겨 온 점퍼로 갈아입고 나니, 그제야 어색함이 가셨다. 그렇게 2박 3일 청산도 일정은 다소 엉성하게 시작되었으나, 차츰 양복과 등산복의 대비 속에서 점차 느림의 진정한 의미를 배워갔다.

청산도는 느림의 정수를 담은 슬로시티로, '삶의 쉼터가 되는 섬'이라는 모토를 품고 있다. 관문인 도청항에 발을 디디는 순간부터 자연스레 여유로움을 체감하게 된다. 피에르 쌍소는 『느리게 산다는 것의 의미』에서 "길은 천천히 사는 지혜와 사소한 것에 감사하는 마음을 준다"고 했다. 청산도 길 위의 시간은 잊고 있던 꿈과 자유를 되찾게 하고, 바람과 풍광은 조급함을 가라앉히며 불필요한 짐을 내려놓게 했다. 그렇게 걷다 보니 단조로움은 사색이 되고, 느림은 깊이가 되었다. 느림은 단순히 속도를 늦추는 것이 아니라, 삶을 그대로 받아들이는 태도라는 사실을 깨닫게 했다.

증도와 청산도는 각자의 방식으로 삶의 본질과 마주하게 한다. 여유로운 태도는 세상을 더욱 부드럽고 우아한 시선으로 바라보게 한다. 늘 민첩함을 내세우며 오히려 시간에 쫓겨왔다. 이제는 더 이상 재촉에 떠밀리지 않기로 했다. 세상이 잊더라도, 스스로 잃지 않겠다는 자유를 품고 나만의 길을 묵묵히 걸어가기로 굳게 맹세했다.

돌아오는 버스에서, 이런저런 가르침으로 온몸이 충만한 채 막 잠에 빠져들려는 순간, 메시지 알람이 울렸다. 그동안 배운 대로 한껏 여유를 부리며 휴대폰을 열어보니 총무가 보낸 문자였다.
"여행 비용이 개인당 3만 원씩 추가로 들었습니다. 빠른 송금 부탁드립니다."
느림의 철학을 가르쳐준 섬이라 해도, 경제적 현실 앞에서 예외는 없었다. 청산도에서 마지막까지 분명한 가르침을 받았다.
'삶은 느려도 돈은 빨라야 한다.'

이쯤에서

전혀 예상치 못한 일이 기어코 일어나고야 말았다.

내가 70살 노인이 된 것이다!

오래 살기를 바라긴 했어도, 늙는 건 원하지 않았기에 묘한 씁쓸함이 밀려온다. '나이는 숫자에 불과해.'라고 아무리 외쳐보아도 공연한 푸념일 뿐이다. '너는 늙어 봤니? 나는 젊어도 봤다.'라며 스스로 다독여 봐도 공허함은 여전히 가시지 않는다. 이런 상투적인 말씀으로는 지금껏 걸어온 세월을 제대로 담아내기에 턱없이 부족하다. 젊은 그대들은 내가 그냥저냥 나잇살이나 먹으며 살아온 줄로 알면, 큰 착각이다. 70년이라는 시간의 틀 속에서 수많은 성취와 좌절에 맞닥뜨리며, 끝없는 선택과 도전을 거듭해야만 했다.

우리의 삶은 수많은 갈래가 공존하는 하나의 흐름이다. 갈림길에 설 때마다 한 치 앞도 보이지 않는 길을 걸었고, 매 순간 내린 결정들이 현실을 만들어왔다. 양자역학에서 관측이 이루어지는 순간 파동 함수가 하나의 상태로 수렴하듯, 내 삶도 수많은 선택을 거쳐 지금의 모습으로 이어졌다. 물리학은 쉽사리 이해하기 어려운, 정교하게 짜인 체계를 지닌 학문이다. 그래서일까, 인생을 비유하는 틀로 삼기에도 제법 흥미롭다.

돌아보면, 70년 동안 여러 길을 지나왔다. 학업에 몰두하고, 가족과 함께하며, 소중한 인연을 쌓고, 운명처럼 와인과 술을 탐구하고, 치과의사로 살아온 날들. 많은 도시와 나라를 오가며 다양한 경험을 쌓아왔다. 어느 것도 미리 정해진 길은 아니었다. 작은 결정들이 또 다른 문을 열었고, 그 과정에서 뜻밖의 고비를 겪으며 기대한 결과를 얻은 적도 있었고, 예상과 전혀 다른 방향으로 빗나간 적도 있었다. 무언가는 쥐었고, 다른 것은 놓아버렸다.

삶은 예측할 수 없기에 흥미롭다. 정해진 운명이 이끄는 단조로운 직선이 아니라, 선택과 우연이 얽혀 만들어지는 굴곡진 궤적이니까. 인생은 매 순간 갈라지는 갈림길 위에서 또 다른 가능성을 빚어낸다. 중요한 건, 얽매이지 않고 지금의 나를 온전히 받아들이며 나아가는 자세다. 후회하거나 과거에 머물지 않고 다시 한 걸음 내딛는 삶. 그것이 내가 70년을 살아온 방식이며, 앞으로도 변함없을 길이다.

우리가 만들어 가는 모든 '지금'이 바로 인생의 본질이다.

생명은 오직 기존 생명으로부터 태어난다는 '생명 속생설'을 굳이 들먹이지 않더라도, 지금의 우리는 결코 우연한 존재가 아니라는 사실을 잘 알고 있다. 그런고로 전쟁터에서 선봉에 서서 싸우다 일찌감치 전사한 용감한 분들은 나의 선조일 턱이 없다. 싸움을 피하고, 도망치며, 때로는 비겁하게 머리를 조아리며 살아남은 윗대 덕분에 내가 이렇게 태어날 수 있었다고 믿어 의심치 않는다.

여성들 역시 한낱 절개를 지키겠다고 항거하다 목숨을 잃었다면 후손이 남아날 리 없었을 것이다. 수만 년, 아니 수십억 년을 버텨내며 안간힘으로 살아남은 생명체들이 내 조상이라니! 설령 내가 지구에 잠시 들렀다 가는 외계 생명체라 하더라도, 이 정도 족보면 어디 내놔도 빠지지 않겠다.

이 세상의 희로애락을 견뎌내려니 무엇보다도 몸이 튼실해야 했다. 선천적으로 좋은 유전자를 타고났어도 몸을 함부로 굴리면 고희는커녕 회갑도 채우지 못하고 떠나게 된다. 그래서 운동이 필요했다. 테니스나 골프는 그나마 재미라도 있지, 단순히 건강을 위한 체력 단련은 얼마나 지루하고 무미건조하던가? 근처 그럴싸한 헬스클럽에서 연간 회원권을 끊어도 태반이 몇 달을 못 버틴다. 수질 관리가 잘 된 수영장 프로그램에 등록했어도 이런저런 핑계로 포기한 경험은 당신에게도 있지 않던가? 천년만년 해낼 듯 덤벼들다 작심삼일로 끝난 내 흔적도 미루어 짐작하길 바란다.

이것저것 다 시도해 본 끝에 결국 만만하게 덤빈 것이 매일 8천 보 걷기였다. 그렇게 마음먹은 지도 어느덧 30년째다. 입때껏 부지런히 걸어왔으니 최소한 지구 한 바퀴는 돌았지 싶다. 그러니 나를 따라오려면 고생 꽤 해야 할 것이다. 하긴, 설령 쫓아온다 해도 나는 이미 저 멀리 달아나 있을 테니, 따라잡기는 불가능할지 모르겠다.

운동만으로 몸을 지킬 수 있다면야 누군들 못하겠는가? 병에 걸리지 않는 것이 가장 중요하며, 설령 병이 찾아온다 해도 꾸준히 관리하여 이겨내야 한다. 몸을 지키는 데 음식이 8이라면 운동은 2쯤 될 뿐이다. 그러니 중년 이후 성인병에 대비하려면 먹거리에 특히 신경 써야 한다. 나처럼 당뇨 가족력이 있는 사람이라면 더더욱 그렇다.

60세 이후부터는 하루 음식의 총열량과 한 끼 식사의 영양소 비율을 맞춰 먹고 있다. 단팥빵이나 비비빅 같은 간식은 내게 사치다. 매 끼니 밥 100g을 저울로 재는 것은 기본이다. 채소 섭취량 140g은 정말 만만치가 않다. 상추로 따지면 세숫대야 한가득이다.

담배는 제대로 배우기도 전에 끊었으되, 술만큼은 언제까지나 함께할 수 있으리라 여겼다. 터무니없는 착각이었다. 팔구십이 되어도 나를 반겨줄 줄 알았던 술집 마담은 온데간데없고, 술친구들마저 이런저런 이유를 대며 하나둘 자취를 감추었다. 그들이 나를 멀리한다고 생각했으나, 정작 친구들은 내가 먼저 술자리를 피한다고 우겼다. 마치 '우리 아이가 공부를 못하는 건 친구를 잘못 사귀어서'라는 엄마들의 푸념과 하등 다를 바 없다.

삼겹살에 소주 한 병, 치킨에 맥주 한잔조차 조심스레 가려야 하는 삶을 견뎌왔고, 앞으로도 그럴 수밖에 없을 터이다.

병만 멀리한다고 칠십까지 버텨내 올 수 있을까? 지구를 구하거나 나라를 바로 세울 배짱은 애당초 없었으니, 정치나 경제 같은 거대 담론은 일찌감치 관심 밖이었다. 그렇다고 가족, 친구, 동료와의 문제까지 외면할 수는 없었다. 관계 속에서 피어나는 온갖 감정들, 갈등과 화해, 그 사이에서 밀려드는 불안감과 고독도 묵묵히 견뎌내야 했다.

어쩌면 그대들도 한때 숨 막히는 달뜸을 경험해 본 적이 있을 것이다. 이제 그런 감정은 나에겐 까마득한 과거의 일이 되어버렸다. 심장이 두근거리기만 해도 '혹시 심박수가 문제가 있는 건가?'라며 지레 겁먹는 나이에 접어들었다. 설렘은커녕, 가슴 속 작은 변화조차 건강 이상 신호로 여겨지는 시절이 되었다. 눈에 파리를, 귀에 매미를 기를 정도의 신체는 아직 아니더라도, 얼굴만으로 입장료를 단박에 할인받는 나이가 되었다. 현재는 약값보다 술값에 훨씬 돈을 더 쓰지만, 관광지에선 경치보다 화장실이 더 신경 쓰이는 지경에 들었다.

토플 점수나 학업 성적이 삶을 좌우하던 젊은 날은 이미 아득하고 혈압, 당화혈색소 같은 건강 지표가 나를 흔들어, 그 숫자 하나하나에 일희일비하게 만든다. '수치'는 더 이상 성취의 척도가 아닌 생존의 신호등이 되었다. 그럼에도, 여전히 꾹 감내하며 살아간다.

게다가 운도 따라야 한다. 로또 1등에 당첨되진 못하더라도, 불의의 사고를 피할 만큼의 운은 있어야 한다. 챗 GPT에 따르면, 나와 같은 해 태어난 한국 남성이 70세까지 살아있을 확률은 약 70%라고 한다. 동갑내기 10명 중 3명이 이미 세상을 떠났다는 말이니, 나도 운이 그리 나쁘지는 않지 싶다.

학비와 생활비를 마련하는 일이 쉽지 않았던 시절, 뒷바라지를 해주신 부모님 덕택에 큰 어려움 없이 대학까지 마칠 수 있었다. 게다가 머리도 나쁘지 않아 미적분 같은 수학을 쉽게 이해했던 점도 또 하나의 행운이었다.

내게 운이란, 노력과 선택의 산물일 뿐이었다. 어떤 머저리들과는 달리, 젊은 시절부터 사주니 관상이니 하는 건 믿지 않았다. 그런 나조차도, 이젠 집사람이 철학관에서 받아 온 "백수 하시겠다." 라는 점괘에 슬그머니 기대어 삼십 년쯤 뒤, 그저 '이래봬도 말짱해.' 그 한마디로 족하다.

이제껏 살아오며 막대한 재정을 소모했음도 자명하다. 꼭 젊은 이들의 기를 꺾으려는 건 아니라 하더라도, 그 규모만큼은 실로 엄청날 거다. 지금까지 쓴 돈이 얼마인지 따져보려니 막막해, 앞으로 필요한 생활비를 기준으로 역산해 보기로 했다. 한국보건사회연구원에 따르면, 은퇴 후 적정 생활비는 부부 기준 월 279만 원이다. KB국민은행 경영연구소는 노후 생활에 최소 3억 6천만 원, 적정 수준으로는 5억 4천만 원이 든다고 추산했다. 이 기준으로 보면, 월 300만 원은 품위와 사회적 활동을 유지하기 위한 최소한의 금액이다. 적게 잡아, 혼자 한 달에 300만 원을 썼다고 가정하고 평생을 계산해 보니 70년이면 총 25억 원이 넘는다. 물론 과거의 생활비를 이런 식으로 단순 계산하는 건 어불성설이긴 해도 복리로 따지면 이보다 적을 리도 없다고 본다.

이런 많은 돈이 필요했다니, 요즘 젊은이들은 앞으로 얼마나 더 큰 대가를 치러야 나 정도로 늙어갈 수 있을지 걱정스럽기만 하다.

이쯤에서 돌아보니, 몸과 마음을 다스리는데 지대한 공을 들였고, 막대한 돈까지 쏟아부었다. 70년을 살아내는 게 결단코 쉬운 일은 아니었다. 그런데, 참 이상도 하지?

정작 시간은 그리 많이 안 들더라고!

Poppy Appeal. 양귀비 훈장을 가슴에 단 한 노신사(2007년 11월, 런던 스트랜드가).
내가 지나온 자리엔 발자국만 희미하게 남아, 그제야 비로소 알아차린다.

박정용의
『이래봬도 말짱해』를 읽고

추억과 상상이 꿈틀댄다, 용트림한다.

작가의 글을 보고 감탄하지 않을 수 없었다. 직업이 치과의사이니 치료 현장에 있던 일화가 대부분일 것이라 생각했다. 두꺼운 책이 될 분량이 고만고만한 신변잡기일 것이라는 추측은 완전히 빗나갔다. 동·서양을 넘나드는 체험과 상상력으로 엮어낸, 그야말로 '잘 빚어낸 항아리'였다. 술에 관한 글이 많지만, 양주동 『문주반생기(文酒半生記)』식의 글이 아니다. 술의 역사를 꿰뚫고 맛의 미학을 정리하는 역작들이다. 술에 대한 박학다식이 유감없이 발휘하여 직업 외 직업의식을 보여준다. 취미 정도를 넘어, 이미 주류 감별의 베테랑이 된 43꼭지 글에서 작가의 역량이 한껏 펼쳐진다.

콩트는 길이가 짧아도, 그 속에 소설의 중요 요소가 응축해 있어야 한다. 이야기, 구성, 주제가 분명하고, 극적 전환도 당연히 갖추어야 한다. 박 원장의 글은 이러한 요소를 갖추었음은 물론, 전문지식을 치밀하게 풀어내었다.

43개의 글 꼭지를 읽으며, 먼저 길고 끈질긴 호흡에 놀랐다. 취미로 글을 쓰는 사람의 경우 주제나 소재를 선택한다든지, 글로 만드는 데 무척 고심하며 짧은 글에도 힘겨워한다. 그런데 박 원장의 경우는 소재가 무궁무진하고, 문장으로 엮어내는 저력이 대단하다. 외국의 삶에서 얻은 신선한 소재와 타고난 영민함, 습성화된 관찰력으로 수준 높은 문장을 만들어 냈다.

박 원장의 글은 양으로 따져도 모두 보통 콩트의 두 곱 이상이다. 특히 두 작품, 「멋과 맛」, 「대믈리에의 출장」은 거의 중편소설 분량이다. 쓸 말이 차고 넘친다는 뜻이다. 두 작품은 완전히 상상력만으로 꾸며지고 구성을 잘 갖춘 것으로 훌륭한 소설이다. 특히 두 작품은 모두 한민족의 자존심과 연관된 상상력이기에 흥미가 있다. 당연히 국뽕은 아니며, 작가의 상상력이기에 충분히 용인되는 만큼의 자부심이라 하겠다. 특히 작가는 탐정소설과 같은 추리력을 발휘하여 재미를 한껏 더한다.

「맛과 멋」은 술이 주제며, 일제강점기가 시대적 배경이다. 한일 양국의 상류층 몇몇 사람들의 애주(愛酒) 취미가 게임으로 변해 일촉즉발의 상황까지 몰고 나가 긴장감 한껏 고조시킨다. 일본인 아베 변호사가 강하게 요구하는 박 원장의 아내와 300만 엔을 내건 팽팽한 긴장감은 두 나라의 자존심 대결로 치닫는다. 아내의 지혜로운 판단으로 박 원장이 이기는 게임이 되는데, 아주 자연스러운 해피엔딩 기법이 탁월하다.

「대믈리에의 출장」은 고려 시대와 인물을 소환하여 현재의 영국과 한국을 연결시키는 작품이다. 대영박물관에서 보관하고 있던 도자기의 검증을 요구받은 인물이 현지에 도착해 비밀을 풀어내는 과정을 그려낸다. 와인을 부어 병에 새겨진 글자의 의미를 찾아내고 해석하는 과정은 실로 탐정소설을 방불케 한다.

위 두 작품만으로도 박 원장은 소설가의 능력을 유감없이 보여 줬다 할 것이다. 치과의사를 택하지 않고 소설가의 길로 들어섰다 해도 밥은 굶지 않았으리라 장담한다. 글쓰기가 취미라 해도, 이처럼 철저하게 매달려 제대로 된 하나를 완성해 낸다는 것이 절대 쉽지 않은 법이다. '배부르고 등 따스면 만사가 여벌'이라는데, 글쓰기에 여벌이 아니었다는 것을 분명히 알 수 있다.

작가는 사실의 추적, 상상의 추구에 끈질겨야 한다. 한껏 끈질기지 않으면 창조라는 게 한 치도 가능하지 않다. 상투적인 것을 넘어서기 위해서는 기왕의 생각을 벗어나야 하는데, 박 작가가 이런 모습을 충분히 보여주고 있다. 예컨대 「아바의 노래, '워털루'의 탄생 비화」란 글에서 보면, 노래의 사실적인 탄생 이야기가 있음에도 불구하고 자기 나름대로 여러 가지를 만들어 내는 것이다. 역사적 사실을 인정하지만, 또 다른 가능성을 이리저리 찰지게 궁리해 제시한다.

작가는 문장의 수사가 섬세하다. 풍경이나 인간의 행위 또는 감정을 표현해 내는 언어 선택 매우 적절하고 분위기에 알맞다는 점이다. 어휘 선택이 신선해서 말맛을 낸다는 것이다. 감각의 미묘함을 뭉뚱그리지 않고 감각을 더욱 세분화시켜, 그것에 알맞은 어휘를 구사하는 능력은 가히 훌륭한 시인에 비할 바다. 아마도 이런 능력은 술의 맛을 감별해 내는 훈련에서 비롯된 것이겠다. 그러니 입맛과 글맛 상통한다 하겠다. 입맛의 격이 높아야 글맛의 격도 높일 수 있다는 생각이다.

작가는 이야기의 반전(反轉) 기법에도 능하다. 콩트를 읽는 맛은 반전에 있다. 물론 소설이나 희극들 어느 곳에나 반전은 필수적이다. 인생에는 굽이굽이 수십 수백의 반전이 있기 마련인데, 글에 반전이 없겠는가? 반전은 지루함을 전환하여 뭔가 큰 것을 깨닫게 하는 효과를 준다. 각성이나 재미를 절정에 이르게 하는 효과를 갖게 된다. 박 원장의 작품에는 맨 끝에 필히 반전이 따른다. 오랜 연륜에서 깊이 터득한 삶의 경지를 요약하는 일이다.

속담 구사력이 빼어나다는 것을 덧붙여야 하겠다. 속담은 천의 얼굴을 가진 언어요, 문장이다. 말이나 글에의 적재적소에 속담을 구사하면 말과 글이 빛나기 마련이다. 상투적인 속담은 글의 수준을 깎아내리지만, 낯선 속담은 글에 신기성을 보탠다. 많은 작품에서 숱한 속담을 구사해 내는 모습은, 작가가 재기발랄한 글쟁이 기질이 있다는 것을 증명한다.

「이쯤에서」란 맨 마지막 글이 진하게 가슴을 친다. 누구나 제 삶을 나름대로 열심히 살아왔지만, 황혼기에는 몸도 정신도 헐거워지기 마련이다. 제 욕심이나 목표의 성취도와는 상관없이, 누구나 예외 없이 겪게 되는 고적감이겠다. 작가도 세계를 넘나들랴 치과의사의 직분을 해내랴, 무척 바쁘게 살았다. 게다가 글 쓰는 짐까지 스스로 짊어졌으니, "인생은 무한 일이라"는 말대로다.

지난 제 인생을 추억하고 성찰하는 것만으로 노년을 보내서는 안 된다. '앉아서 삼천 리요, 서서 구만 리'라고 할 통찰력을 가졌는데, 하던 일을 그쳐서는 안 될 일이다. 이제까지 유지해 온 속도를 줄이지 말고, 계속 유지해야 한다. 제 몸에 나이테가 새겨지는지 모르게 부지런히 움직여야 한다. '부지런이 반복(半福)'이라 했다. 치료하는 일에, 글을 쓰는 일에도 부지런하면 온 복이 되겠다. '늦게 된 사람이 더 된다'고 했다. 늦게 펴낸 이 작품집을 마중물 삼아 더욱 발전하시길 기원한다.

정종진(청주대 명예교수, 국문학 박사)

19 SEP '20
spar

자기계발서가 대세인 요즘, 이런 글을 들고나왔다. 틀에 얽매이지 않았다. 어떤 꼭지는 모조리 체험이었고, 또 어떤 건 깡그리 허구였다. 떠오르는 대로 지어냈고, 때로는 '이건 좀 썼다.' 싶어 뿌듯해했다. 몇 꼭지 덜어낼까도 했으나, 밀어내기엔 아깝고 비워두긴 또 허전했다. 그 틈에 남은 삶의 조각들이 끼어들어, 취한 듯 흐트러졌어도 사람 냄새는 피어난다. 남도의 한상차림이 그렇듯, 대체로 맛있어도 전부 마음에 들 순 없다.

혹여나 술 한 잔, 안주 한두 접시라도 입맛에 꽂혔다면, 다음 잔은 당신이 채워 누군가에게 건네주시길.

글 · 그림 · 사진
박정용